寻找桃花源

卫毅 —— 著

2017年·厦门

图书在版编目（CIP）数据

寻找桃花源 / 卫毅著 . —厦门：鹭江出版社，2017.9
ISBN 978-7-5459-1329-3

Ⅰ. ①寻⋯ Ⅱ. ①卫⋯ Ⅲ. ①新闻采访—作品集—中国—当代
Ⅳ. ① I253

中国版本图书馆 CIP 数据核字（2016）第 083690 号

XUNZHAO TAOHUAYUAN

寻找桃花源

卫毅 著

出版发行：	海峡出版发行集团	
	鹭江出版社	
地　　址：	厦门市湖明路 22 号	邮政编码：361004
印　　刷：	北京市十月印刷有限公司	
地　　址：	北京市通州区马驹桥北门口民族工业园 9 号	邮政编码：101102
开　　本：	710mm×1000mm　1/16	
插　　页：	2	
印　　张：	18	
字　　数：	229 千字	
版　　次：	2017 年 9 月第 1 版　2017 年 9 月第 1 次印刷	
书　　号：	ISBN 978-7-5459-1329-3	
定　　价：	48.00 元	

如发现印装质量问题，请寄承印厂调换。

自序 | 走过漫长的路来到这里

三月的一个早上，我妈在北京接到我姨从老家广西平乐打来的电话。我姨告诉我妈，外公外婆的墓消失了。外公外婆的墓在家乡的一座山上。这几年，当地搞开发，一条新修的路将山劈掉半截。墓原本在半山腰，忽然变成身处悬崖边上。开路须放石炮，石炮震松了山体，加上连日大雨，山体崩塌下来，外公外婆的墓被埋在了石头和泥土下边。

我妈说，这让人比外公外婆去世时还要难过，他们好像又去世了一回，父母的坟都没了，回家乡都没有意义了。

好多年前，我听过一位作家说："什么是故乡？故乡就是埋葬着自己亲人的地方。"外公外婆的墓在县城一所中学后面的山上。外婆在2005年去世，与去世多年的外公葬在了一处。外公在1973年去世，葬在那里是他临终遗愿，他说可以看着子孙以后在那里上学。

我在那所中学读书的时候，经常带着本书，翻过围墙，去山上找个地方静静地看。有时候，我会走到外公的墓前。那里的视野很好，能看到树林、山峦与河流。

外公姓陈，但他的墓碑上刻的名字却是姓林。那是他40年代在游击队时用的化名，后来，他就一直用化名做自己的名字，真名反而没多少人知道了。

我从墓碑上看到过，外公的爷爷"青年时，只身于故土闽漳州入经粤罗定，再入桂蒙山平乐"。在广西平乐，外公的爷爷定居了下来，然后，就有了一个家族的人。

卫家的长辈告诉我，我们这一脉卫姓族人，是一百多年前从广东东莞来到广西平乐的。

如此说来，我是广东人和福建人在广西的后代。可是，更往上的祖辈又是从何处而来呢？

我高考的时候，语文试卷的作文题目是《假如记忆可以移植》。我写的是议论文，开头引述的是高更在塔希提岛画的那幅画——《我们从哪里来？我们是谁？我们往何处去？》，假如记忆可以移植，"我"便不再是"我"，这些作为人的基本问题便无从回答。

我从小对这些问题感兴趣，或者说是困惑。我们在世上身处的地方，后边都有无数的人走了漫长的路，才来到这里。

小时候，我在家乡县志"民国时期历任县长、县知事更迭表"里，看到了我外曾祖父的名字，但那只是一个表格，没有多少文字。伯外公是我外公的二哥，他留下了一份四页纸的家史。从这几张纸里，我知道了外曾祖父自幼家贫，聪颖好学，字画兼好，字近王羲之，擅画菊、梅，年少时负责管理大家族的藏书。为家庭生计，离乡闯荡，在南宁一家客栈偶遇陆荣廷，受其赏识，成为其师爷。那时候，陆荣廷还只是一介绿林。这拨绿林在越南打劫法国人和富商，被称为"义盗"。某一次，他们在西贡闯下大祸，各自逃回家乡。外曾祖父从此与陆荣廷失去联系，教书为生。多年以后，陆荣廷称霸广西，外曾祖父被陆荣廷起用，在广西多地做过"知事"，也就是县长。

外曾祖父走过的路，如果伯外公没有记录下来，将永远消失在时间之中。文字的力量在乎此，记录下来比口耳相传更能对抗时间之河的冲刷。伯外公的记录毕竟只有四页纸，很多历史的细节都让我感到好奇。比如，外曾祖父对陆荣廷的许多做法十分反感，提出过许多意见，两人多次争吵，而更生动的历史现场，又是如何的呢？

多年以后，我成了写人物的记者。很多时候，我最开始知道的也只是某个人的名字，然后通过采访，汇集处理各种信息，最后将一个人呈现于纸上。这些人物报道，有长有短，有粗有细，就好像历史有时只是表格，有时是亲朋记忆，有时是某段叙述，有时是一部书。梁漱溟曾说，他最关心的两大问题是：中国问题和人生问题。这大致也是我所关心的问题。我们关心历史、文化、科技、政治、经济、社会，本质上都是关注人本身，关注我们短暂人生的应有之义。

我记得自己大学毕业前的日子，白天的大部分时间泡在系里的资料室，翻阅的大都是20世纪20年代的报纸影印件。下午，太阳西斜，阳光从窗户照进来，灰尘在光柱里飞旋。我有时候会想，这些灰尘漂浮亿万年了吧，比我们所见都多，地球只不过是宇宙中的一粒微尘，亿万年也只不过是倏忽一瞬间，而个体的人生，是瞬间的瞬间。可是，这一瞬间，却有古往今来的冷暖悲欣。

大学毕业十几年了，这些年里，我去过许多的地方，见到许多的人，听过许多的话语。闭上眼时，许多场景如临眼前，许多声音如在耳边。我非常感谢他们，因为他们，我往往在一天里便经历了一个人的一生，无数的人生构筑了一个不是所有人都能经历的世界。但我又会想，如果把他们的故事从这十多年里抽掉，我自己在哪里呢？我不应只是记录者和观察者，还应是自我的体认者，而我对于世界和人生的认识最早来自于家人，这一切交织在一起，才更像是真实的人生。我尝试着把这些写下来，便有了这本书。

清明节，我回到家乡，看到了那垮塌的庞大山体。外公的墓碑找到了，但仍未见骨骸。外婆的骨灰找到了，但还不见墓碑。家人在公墓园里新选了两块墓地，等待来年安葬外公外婆。外婆的骨灰暂时存放在公墓园的一间房子里。我和家人把骨灰坛子取出来祭拜，然后再放回去。我看着那个坛子，想着这里面是我的外婆，眼泪流了下来。

我想起在兰州上大学的时候，寒假回到家里，舅舅说，你外婆现在每天都看兰州的天气预报。外婆跟我说，那边的冬天好冷啊，气候好像不好，还是回广西得了。现在，她一定会关心北京的雾霾。

有一天，我坐在行驶的汽车里，穿过山林，从耳机里听到了胡德夫演唱的《最最遥远的路》：

> 这是最最遥远的路程
> 来到以前出发的地方
> 这是最后一个上坡
> 引向田园绝对的美丽
> 你我需穿透每场虚幻的梦
> 才能走进自己的门　自己的田

当我走过许多的路，发现很多叫"世外桃源"的地方。在我的家乡，也有一处地方叫"世外桃源"。那是山里的一片僻静之处，风景秀美，许多人会带着餐具和食物去那里野炊。我小时候去过几次。有一次，一位长辈指着山谷里春天的田野跟我说："你看，这跟《桃花源记》里写的多像。"顺着他所指的方向，我看到了远处的群山，我想的是：山的那边是什么？

山的那边仿佛才是一个看不见的桃花源。少年人好像都是如此踏上了通往远方之路。那个桃花源永远无法抵达，但人们从未停止寻找。

卫毅

2017年8月于北京

目 录

第一章　山的那边 / 001

第二章　最长的一年 / 023
　　看不见的北京 / 024
　　川流不息 / 028
　　紫禁城的晨昏 / 042
　　万荷堂的夏日 / 049
　　奥运梦游 / 053
　　伤心列车 / 062
　　四季的死生 / 068

第三章　乡村生活图景 / 071
　　Take Me Home, Country Road / 072
　　乡宴 / 088

第四章　流动的八十年代 / 095
　　落基山下的思想者 / 096
　　梦里已知身是客 / 105

第五章　他乡与故乡 / 119
　　在弗吉尼亚思考幽暗意识 / 120
　　抒情波士顿 / 122

　　　　白色纽黑文 / 125

　　　　纽约的老顽童 / 131

　　　　北港的仕女图 / 138

第六章　时代的漫游者 / 145

第七章　百年萍聚 / 169

第八章　革命之路 / 187

　　　　香江到中原有多远？ / 188

　　　　一天里的一生 / 201

第九章　A Better Tomorrow / 205

第十章　灾民的后代 / 235

第十一章　游园惊梦 / 255

致谢 / 278

第一章 山的那边

我有时能听到水声，有时又听不到。这在于梦境的真实与否。时间过于久远的场景，有时就没法分清是梦境还是现实，两者混在一起，像半瓶糨糊倒入流沙。水声有时出现在通往密山渡的路上。红色的风化山岩上流下来的泉水汩汩作响，时间是春天或者夏天，甚至是冬天，总之阳光刺眼，空气灼人。亚热带气候中，季节的特征并不是特别明显。那时候是1984年，我正跟着爷爷步行去密山渡，赶赴三叔公嫁女的喜宴。密山渡是爷爷出生的村子，位于广西平乐。

而此时，2008年春天，我身处广西东兰，天色已暗。我要去采访一位从北京来此地教书的老师，做完这次采访，我就要去北京了。北京有时候像梦境。我仍能记起第一次到北京时的情景。火车在市郊的铁轨上疾驰时，我甚至怀疑北京在此前是否存在，是不是一座只在观念中存在的城市。小时候，和同一条巷子里的小朋友曾有约定，2000年，迎接21世纪的那一年，一起去北京玩。21世纪遥远得和科幻世界差不多。1992年，北京申办奥运会的时候，我在一张纸条上写下：我希望2000年到北京看奥运会。2000年，我应该上大学了。要看奥运会，最好考上北京的大学。2000年到来的时候，北京既没有举办奥运会，我也没有考上北京的大学，也没有跟巷子里的小朋友一起去北京。

我住进了江边的一家旅馆。旅馆后边就是黑黝黝的山脊。躺在床上，看着那些山，我又听到了水声。我想起了爷爷。东兰大概是爷爷工作过的离家乡最远的地方。他在这里的邮局工作过一段时间。爷爷曾考上大学，但作为家里的老大，他没去上学，留在了家乡——广西平乐。那已经是20世纪30年代的事情了。

我从未问过爷爷是否心甘情愿留在家乡，当我想问他这个问题的时候，他已经去世多年。我们家就住在县城中学旧址的墙根边。爷爷曾经指着门前那些老房子的窗户，告诉我哪里是食堂，哪里是教室，哪里是厕所。通往厕所的木质天桥横跨巷子。

酷暑时节，爷爷会在家门口倒上一大盆凉水，我看着那些水慢慢变成水蒸气，消失在阳光下。太阳远远地从金子岭落下去了，望着那些山，我会想，山那边会是什么地方呢？我会离开这里，到山的那边去吗？

看着那些逐渐隐入夜幕的山峦，我睡着了。睡姿不好，早上起床时脖子有些疼。退了房，我登上了从东兰县城开往隘洞的车。

客车在东兰雨后的崎岖山路上快速盘绕，每一次猛烈的拐弯都让人感觉车子将会飞身坠入山谷。一位上了年纪的村妇不停地向着窗外呕吐，司机大声地和回乡的青年们用壮语聊天。颠簸的客车在一条小河边上停了下来，前方已没了可供一辆车行驶的车道，乘客们都下了车，并卸下大袋的化肥、饲料以及各种杂物。

"萧老师昨天才坐我的车回来。"女售票员在得知我是来这里找萧望野之后，指着河对岸的校舍说。

寒冬过后的料峭空气中，这所乡村小学里巨大的木棉树还未开花。正值午休时间，我在树下坐了一个小时后，一位女子从学校唯一的教师宿舍楼里走出来。一个学生告诉我，那就是萧老师。

她一头短发，矮个子，看上去白皙而柔弱。跟我握手之后，她拒绝了我观看她教学现场的请求。"现在还不成熟，我不想让别人看。"

各个教室里传出的声音汇集在校园里，萧望野所在的教室传出的声音显得很欢快，而其他的一些教室，则可以听到老师用近乎嘶吼的声音在讲课。

临近黄昏，萧望野随着寄宿的学生进到学校食堂里。由于中午忘记拿饭盒到食堂蒸饭，她只能从几个学生那里分得一些米饭。除了米饭，食堂里只有一大锅水煮的青菜，每份四毛钱。一些学生只是吃着米饭。以前是两毛钱，现在涨价了，有的学生吃不起。

晚饭结束后，学生们围着萧望野问着一些什么。一个学生说，以前的这个时候，萧老师会吹笛子，听到笛子声，他就会去阅览室。

阅览室里堆着杂物。这个周末，学校要拆掉一幢不合格的旧教学楼，须要占用这里的空间。书整齐地摆放在木质的螺旋形书架上，以画册居多，一本叫《七谷》的小画册上署有这所小学四十位学生的名字。这是萧望野和学生一起做的书。

从阅览室内的一本相册里可以看到，螺旋形的书架上点着一圈蜡烛，学生围坐一旁。萧望野会先敲击扬琴，让学生安静下来，蜡烛吹灭后，她带着学生沿着螺旋形的书架走进去，开始他们每天的课外阅读。这是让他们获得安宁的途径。

锁着门的阅览室外，学生们在打篮球。萧望野偶尔也会出手投几次篮，更多的时间，她坐在木棉树下，被几个孩子从各个方向搂抱着，轻松地聊天。

萧望野住在教师宿舍的一楼，窗户玻璃早就掉了，她用了一只簸箕来遮挡。屋子对面，有一个空置的房间，从山外至此的人会被校长安排在这里留宿。

几年前，从北京第一次来这里进行教育交流的萧望野就住在那个房间里。

"活动进行了一个多月吧，学生们很高兴。我要走的那天早上，五点钟，孩子们拿着火把和食物站在窗外。他们很伤心,哭着问我,老师你什么时候回来?"萧望野觉得这样的回忆有些肉麻,她不愿意继续说。

她感觉到她和这些山里孩子有缘分,于是,在回到北京之后,她重返此地。

她写于2004年12月13日的日记,对这次重返有过描述。她抱着女儿光之奴,搭乘火车、汽车和船,来到这里。"坐在船的甲板上,风有些大,可是干净的阳光、山峦、河流、低飞的鸟,我想这就是我要去的地方了。"

萧望野认为这与"幻想""诗性""浪漫"毫无关联,她只是选择了一种自己愿意的生活。

自己愿意的生活?我有时候会想,什么是自己愿意的生活呢?在很长一段时间里,我只是想着能去北京就好了。北京,离广西的这些山那么远,足够远就好。而此时,我是在采访一个从北京来到广西山里的老师。

早上,天空湛蓝,阳光充足。萧望野没有课程安排,备完课后,她往山上走去。往上走,就是她的书稿《那美》中所说的叫"那美"的地方。

山路上落满黄褐色的枯叶,村里的猪、牛、马、鸡在上面或跑或走,发出一阵断裂的声响。在刚过去的这个异常寒冷的冬天里,山上的许多树木在冰雪中倒下,然后被村民拖回家后截成木段堆放成堆。在一堆木头的附近,一座黄土砌成的房子凋敝不堪,房门上的锁头已经锈迹斑斑。

四年前,她就在这里给孩子们上课。

在这个环望皆山的村子里,有好几个这样的教学点,以方便山里的孩子上学。这个教学点有三十多个学生,由一位五十多岁的每月领八十元工资的代课老师上课。教室里有两块黑板,一、二年级学生坐在教室两边,一半人听课,一半人做作业。冬天里山风穿房而过,孩子们几乎整个冬天都挂着鼻涕,老师有时候得停下来,让孩子们集体擤完鼻涕才能上课。

我还在上大学的时候,《南方周末》有一个栏目叫《百姓茶坊》。有一天上晚自习的时候，我在这个栏目里看到一个故事，说的是一个乡下代课老师去外地开会，吃午饭的时候，他没有跟其他老师去餐馆，而是找了个水龙头，就着自来水吃自己带的馒馍。我的眼泪哗哗地流了出来。我想到了自己听闻过的一些故事，就用信笺写了下来，买了个信封，我看了看栏目编辑的名字，写下"徐列编辑（收）"，就把信寄了出去。

如今，我成为了《南方人物周刊》的记者。徐列是《南方人物周刊》的主编，我的新老板。

在正式入职《南方人物周刊》之前，我来过东兰的这所学校，采访德国人卢安克。

实际上，我见到萧望野的同时，也见到了卢安克。这是让我感到有些尴尬的时刻。卢安克化解了这样的尴尬。他把自己的房间让出来给我住，就像半年前那样。

半年前的那次采访，卢安克并不希望自己被报道，但我觉得，他在这里做的事情应该被世人所知道，介绍我来采访卢安克的朋友们也如此认为。报道发出去之后，卢安克生气了。此次见到他，他的笑容让我觉得心安了一些。但心里真正放下，是几年之后，他在电视镜头前接受了柴静的采访。

多年以后，很多人会问我："在你采访过的人当中，给你印象最深的有哪些？"我列出的名单中，有卢安克。

我第一次见到卢安克的时候，他正走在青黄错落的稻田间。阴天，午后的浑浊阳光漫过山梁上的茂密树林，洒在他留有泥渍的宽大T恤上。这个穿着廉价迷彩裤，蹬着劣质塑料凉鞋，钥匙用白色尼龙绳串在腰间的瘦弱德国人，从背后看去，仿佛是赶圩归来的农民。

卢安克走了三个小时的崎岖山路，到乡里能上网的地方下载了一个程序，再步行回学校。学校的电脑出了问题，他希望能快点解决。

小学没有通网线。卢安克问过电信部门,回答是——要有五个以上的用户申请,他们才会把网线拉过来。在这里,凑齐五户人家是不可能完成的任务。

电脑在卢安克的摆弄之下恢复了正常。下午已过,黄昏来临,宁谧的山村里升起白色的炊烟。

卢安克到校门口的小卖部买了一小袋花生米,回到宿舍炒熟了,再煮上一小锅饭,这是他的晚餐。餐桌上方,有不少苍蝇嗡嗡盘旋。在同一间屋子里,同宿舍的几位老师喝着乡民自酿的糯米酒,盘子里是油腻的五花肉。

卢安克不吃肉不喝酒,口渴了,直接把嘴往水龙头边一凑。"这里的自来水比商店里卖的纯净水还好喝。"

吃晚饭时,夜色渐浓的窗外有一群孩子在打篮球,嬉闹声和叫喊声混杂着,四散开去。孩子中有三个卢安克以前的学生,去年小学毕业后进入初中,由于表现非常"糟糕",这个学期被拒收了。

这三个孩子告诉过卢安克,他们不喜欢被人讨厌。"但别人对他们的看法已经定下来了"。他希望人们对这三个孩子的看法能够改变。

他更希望世界上的很多事情能够通过教育得到改变。从1997年起,他在中国广西的大山里已经待了十年,辗转多处山村,坚持做他的教育研究。

因为不喜欢甚至害怕露面,他拒绝了无数次采访要求,但他的模糊形象还是通过媒体的只言片语得到了广泛传播,"活雷锋""白求恩""感动中国人物"……无数顶"帽子"飘落到他的头上,可他并不喜欢。

2006年,卢安克再次被媒体推上话题浪尖,他希望加入中国国籍而未获批准的事被炒得沸沸扬扬……签证到期的卢安克在争议还没结束时便离开广西,回到德国。八个月之后,他返回中国,再次来到这个山村。

萧望野此时也来到了这里。

"我来到这里的时候,那位老师很高兴,觉得终于有人来帮他了。"那位老师是山上的代课老师。萧望野感到有些为难,她希望用自己的方法教授孩子一些东西,而不是帮孩子们应付中国偏远山村里同样具有的考试压力。

半年后,这个教学点解散了,代课老师失去了每月八十元的工作,回家继续种田。空置的黄土瓦房被萧望野改造成了幼儿园,她的女儿和村里的孩子们就读于此。

她居住的房子中,老鼠随意跑动,虱子、跳蚤、臭虫轻易便可寄居在人的身体上。上厕所时,蚊子和苍蝇成群,大便后,需用废弃的竹篾条来清洁。"在潮湿、阴冷的晚上,痛会浸入你的四肢,最后进到你的心里"。

当女儿的脚上长出很痒的疱,当绿毛在房间的各个角落里隐秘生长,当在漆黑的夜里找不到归路时,人的耐性会受到考验,"对自己充满疑惑,害怕留下来,也害怕离去"。

在那美的日子,萧望野患上了风湿病。"这样的天气,得好好晒晒太阳。"萧望野坐在村民老牙家用竹子搭成的晒台上。

十分钟前,老牙在山道上遇见萧望野,邀请她去家里吃午饭。在我和萧望野行走的山道上,每个经过的人都认识萧望野,每个人都会提出这样的邀请。

"这里潮湿,很多人都有风湿病,上了年纪的人几乎都有。"老牙边张罗饭菜边说。

在萧望野的眼中,并非所有的事情都如此糟糕,在那美住下来后,她欣喜于获得了充沛的时间来阅读、冥思、祈祷和反省,还可以打水、劈柴、烧火、煮饭,关心小鸡的冷暖。

她觉得最重要的是,可以按照自己的教育理想开展教育活动——这被她认为是极其迫切的事情。

透过山上那间紧锁的土房门缝,还能看到一些残迹。那里摆放着破烂的桌椅,有远方来的朋友曾建议她换些新的桌椅,但她拒绝了。

"这些桌椅还保留着孩子们的父辈成长的生命痕迹,但是,很多人感觉不到这些,我们的教育是有问题的,除了有物质的感觉以外,还应有灵性的感觉。"

下午三点,当萧望野从那美山上下来的时候,学校里的学生和老师已开始把桌椅从那座即将拆除的教学楼里移出来,搬到学校附近的好几个村民家。学生们将分散到这些村民家临时上课。

萧望野和几个老师、学生将书架拆了下来,她希望这个书架能够被重新布置,那是她对学生进行"灵性教育"的一部分。她在《那美》一书中写道:"书中谈论的是灵性教育,而不是在谈宗教教育。灵性是人的一种区别于其'它'的特性。无论你是不是一个宗教信仰者,你都是一个灵性的生命。"

在萧望野看来,人有身体和心灵,而精神是看不到的,心灵像一面镜子,去反射精神的光。"反射得明亮的时候,我们把这种状态叫灵性。"

很遗憾,萧望野没能让我亲眼观看她是怎么进行灵性教育的。她只是告诉我说,我们要对色彩、音乐、语言、文字、文化……有一种精神范围的研究,这样它们才会真正有生命,在我们的生活中活起来。

"比如,我们不会在教小孩画画时,让小孩在一个框框里填颜色,那是强迫小孩服从于一种标准。像鹦鹉和猴子那样模仿别人的课程,不能带来精神力。"

萧望野还举了"水"的例子。在认识"水"字时,应先和孩子们在大自然中感受"水";接着用毛笔蘸上有"水"的特点的不同颜色来表达感受;在地上画一个包涵着平衡、和谐、循环、川流不息、"你在我中，我在你中"的"水"的图形，然后，让小孩模仿和感受老师的节奏，在这个图形上走动，那么，平衡、和谐、循环、川流不息的"水"的特质，就会被小孩的身、心、灵所感受到。

阳光下，孩子们来回搬着桌椅，他们当中的一些人在那美读幼儿园时便接受了萧望野的"灵性教育"。她很关注这些孩子，希望看到一个结果。

我问萧望野："你强调老师对学生的作用，而你不可能一直带着学生读完初中、高中、大学，当你离开他们时，效果有多大？你在山里待这么久又有多大的意义？"

并不是我一个人有这样的疑问。

一位朋友在给她的信中问："如果你想全身心地投入于那美的事业，我可以理解。可是，你在信里说，学校那边的情况并不好。那，你未来怎么办呢？继续带着孩子在大山里游荡？……有时候，想到你的生活，我在心里会觉得悲哀——对，是悲哀。我看到晏阳初（民国时期的著名教育家）当年在定县的努力。他当年做的事情，灰飞烟灭，除了一些记忆之外。"

萧望野在回信中这样写道："学校的确面临危机，现在只剩下五个小孩。我趁春节他们外出打工的父母回家时去家访。结果，他们只关心我吃饱了没有。我认为他们需要的却不是他们认为他们需要的……我的未来？我是不清楚的，但我是清醒的。我妈妈以前经常为我设想，不过，我的人生却比她想的有意思多了。目前，我还继续和之奴在大山里生活，而非流荡。晏阳初所做的一切，都是真实的，永恒地存在着。这些，是整个世界发展的酵素……寒冷在两天以前过去了，短短的两日阳光，我房门外的白梨花开了。春天总是要开花，在真理中总是有希望。"

学校的周围种着许多青菜，天气回暖，青菜开始开花。青菜的花朵意味着，接下来的一段时间，山村里将没有青菜可吃。

"那时，村里人就上山挖野菜吃。"萧望野提到她吃鱼腥草的一次经历，"我贫血，而鱼腥草是凉血的，一吃就晕了过去。"

在那美住的那两年，每到春天来临，她自己翻土、种菜。朋友听说了她的生活，寄了一本《瓦尔登湖》给她。梭罗说："从今以后，别再过你应该过的人生，去过你想过的人生吧。"

两年前，幼儿园的人数越来越少，萧望野不得不结束在那美山上的生活，随着她的学生到山脚的小学里去了。

已是星期五的傍晚，当教室里的桌椅都处置好之后，萧望野和一些回家的孩子往山里走去，她要去看一个叫韦云会的十一岁学生。

山间的田野满是正在开花和即将开花的青菜，而韦云会家缺少篱笆的菜地里，青菜已被村里觅食的鸡啄食殆尽。韦云会的家在半山腰一处裂痕累累、似乎行将倒塌的黄土房里。村里没有多少人在乎这家人的处境，长期的贫穷已经让他们神情麻木。

韦云会的家门前，堆着数百块大石头。他的父亲在过去一年里，独力将这些每块上百斤重的石头从河边挑上来。他想给孩子们建一所更坚实的房子。而他在两个月前一次醉酒行路时，从山上摔了下去，再没有回来。

天色已暗，刚从学校回家的韦云会正在山里找寻他家的两头牛。他没有名字的傻姐姐站在门口看着萧望野，笑着，她喜欢萧老师的到来。

牛没找到，失望而归的韦云会快速地生火、切菜、煮饭。他是这个家庭唯一的劳动力。他的傻姐姐和常年有病的母亲需要他照顾，他只有十一岁，能力实在有限，他弟弟已在一个月前被送到别人家抚养。

萧望野认识这家人是因为韦云会的傻姐姐。她去乡里赶街时，经常在村口看到这个头发蓬乱、任何季节都光着脚丫的傻女孩对她笑。"我很好奇,有一次就跟着这个女孩子回家,才知道韦云会在我们学校读书。"

萧望野将几张照片送给韦云会和他的姐姐,这是她去年来他们家时拍的,照片上有韦云会的弟弟,那个时候,他的弟弟还未送人。

韦云会的邻居看到萧望野来了,请她到家里住。"他们家连床都没有多余的,怎么住啊?"邻居说。

其实,也就是在当天,学校里的人才送给韦云会家一张床。刚过去的那个寒冬,他们家得有人睡地上那块破木板。此时,韦云会的妈妈用脚将木板踩断,准备扔到煮饭的火堆里烧了。

那天晚上,萧望野留在了这个家里,抱着那个全身脏兮兮的女孩,在满天繁星的夜晚里睡去。

第二天早上,大家准备去找走丢的牛。萧望野唤醒韦云会的时候,这个十一岁的孩子说他累了,须要再休息一会儿才能去找牛。萧望野的手感觉到孩子的体温很高,在她的执意要求之下,韦云会到村里的卫生所就诊,超过四十摄氏度的体温需要两大瓶药水才能降下来。

我和萧望野带着打完吊针的韦云会回家,路过河边的石桥时,韦云会的傻姐姐正对她笑。萧望野叫女孩回家去拿肥皂,女孩照做了。过了一阵,她拿着肥皂从山路上下来,回到了河边。"别看她傻,她内心其实什么都知道,她需要有人跟她做朋友,关心她。"

我坐在河边。几米之外,萧望野站在小河中间裸露的石头上,弯下腰去,用肥皂和山涧流淌下来的清水,细细地洗净了女孩结满污垢的头发,晌午的阳光从蓝色的天幕投下,让河流、小桥、房屋、树木以及这些场景中的人,变得温暖而有光泽。

给女孩洗完头之后，下午移向尾声，日头已经西斜。回到学校时，一个姓潘的八岁小女孩已经等候多时，她是来请萧望野到她家吃晚饭的。

萧望野已经一天没吃东西没喝水了。这是她斋戒的第一天，只能在天亮前和天黑后进食与饮水。她说这并不是因为她笃信某种宗教，而是相信这些宗教倡导的体验。"斋戒是体验放弃，你体验过什么是放弃吗？"萧望野问我。

在潘家的门前，可以看到西面向晚的山峦开始收敛光芒。萧望野看了看表，"时间还没到，七点钟才能去吃饭。"

潘家的火熏腊肉真是好吃，我和老潘就着这些美味喝下了很大一碗糯米酒。萧望野坐在旁边，只吃青菜。

"都认不出是你了。"潘家一位穿着土布衣服的老人对萧望野说。她为萧望野这个学期的新发型感到新奇，因为年前还梳着一条又长又粗大辫子的萧望野，如今是一头短发。

萧望野的解释是，上学期结束的时候，她缺少去南宁的路费，于是在乡里的集市上卖掉了她的辫子。此地有收辫子的习惯。"每次我去赶集时都有人问我辫子卖不卖。"萧望野这条好辫子卖了一百多块，她获得了去南宁的路费。

这个村子里延续着一些传统。萧望野曾对山村里农妇编织的土布感兴趣，她的一群热心于此的山外朋友还成立了一个土布社。萧望野曾穿上请本地人帮她做的布鞋赶街，她觉得那样真好看。

但没有多少人认为这些土布是重要的。这里的年轻人只存留着对自己文化的少许记忆，他们的父母甚至反对萧望野请本地老师教小孩唱壮语歌谣。他们说："萧老师，你真伟大，来这里教我们小孩讲普通话。可是壮话不好听，没有用。"

萧望野对他们说："如果你在外面打工，受了委屈，生了病，你是不是想回到这里？这是你的家。如果有一天，这里的房子是汉人的房子，语言是汉族的语言,衣服是汉族的衣服,那时候,你连回家的感觉也没有了。"

萧望野已经很久没回北京了,在来东兰之前,她曾在北京待了十几年。她回想起和那些诗人、画家、导演、音乐人谈论"什么是有意义的人生"的日子。

"不知道现在还有没有年轻人举办诗歌朗诵会,还会不会有诗人站出来,要求在场的人在聆听朗诵时,抱以一种虔诚的态度。诗歌会结束后,是否还有破自行车在吱嘎吱嘎地伴随着细碎的月光行走。"

有一次回北京,一位老朋友给她唱了一首歌,有几句歌词令她印象深刻:"我是一个要中途下车的人,你们不要觉得诧异,我们只是共同搭乘火车的人。你们认为我没有到达终点,这,就是我要下车的地方。"

北京的朋友问她,别人说你女儿像个乡下小孩,你如何让她以前生活的北京接受她?

萧望野觉得自己和女儿在北京的时候就是边缘人,一位朋友曾请她到学校工作,并免费让她的女儿在这个豪华的国际幼儿园上学。在圣诞节的表演中,所有的女孩都穿上一千多块钱的天鹅裙,萧望野只给女儿买了一条健美裤。

"如果所有的创造都可以通过钱、现代技术来达到,好无聊。之奴是乡下小孩,就意味着她的生活是通过她'自己'和'自然环境'来实现的。"

"中国的教育真的需要大家勇敢一点。"萧望野说,"不要过多考虑自己的利益。要大家一起呼喊,要有信念。我们在这里做教育研究,外面的人会被吸引,很多人也会有为中国教育做些事情的愿望,但很多人没能长期坚持下去,这只能说,他们的愿望不够强烈。"

萧望野在学校那棵木棉树下讲这番话时,树丫顶上的夜空,清晰得可以看清每一个星座。她曾对山外的人说，这里能看见整条银河。他们说，这怎么可能呢？

她曾经是学校的"叛逃者"。

萧望野上小学的时间是20世纪70年代末和80年代初，在家乡四川宜宾的小学里，她的学习成绩很好，还乐于学雷锋，但当她真把时间用来学雷锋的时候，老师却到家里告诉她的妈妈，你的小孩不好好学习，把心思花在和学习无关的事情上。

萧望野感到疑惑，而且，疑惑快速增长。读到小学三年级时，她固执地认为，自己应该离开学校了。

她不想成为某种她并不认同的教育目标的实现者。"学校把我当成动物和工具，在利用我，有不纯洁的动机，就好像一个人对我说'你跟我合作，我们来欺骗这个社会，我给你糖吃'，而我决定不吃这些糖。"

这个小学生做了一件令人惊讶的事情——退学。

萧望野多次用一个关于睡觉的隐喻来分析教育的好坏——在课堂上想睡觉的小孩，希望精神的世界得到保护，如果这个时候老师把孩子唤醒，这个孩子又适应了这个老师的话，这样的小孩在他一生当中都醒不过来。而当时坚持要睡觉的小孩在他成年之后却会醒过来。"像我这样，想睡，却被唤醒，但又适应不了的孩子就会有非常强烈的和社会做斗争的力量，我就是这样的孩子。"

十几岁时，萧望野离开家乡，去往北京，在圆明园画家村里与艺术家探讨艺术，并思考人类。这个喜欢雷诺阿、凡·高、塞尚、高更的女孩开始从事关于乡村的工作，也就有了后来从北京到广西的教育研究活动。

在那美和山村里的孩子一起度过幼儿园生活之后，萧望野的孩子光之奴去某所农民工子弟学校读小学。

"光之奴"这个名字会让人感到奇怪,萧望野解释,意思是"光明的仆人"。光之奴在学校里被同学开玩笑称作"光头",萧望野对孩子说,这没什么,每个人都会有外号,不叫你"光屁股"就行了。在她看来,家长的幽默与超然也能够让孩子幽默与超然。

"那里的学费很便宜,孩子也很高兴。"孩子具体在哪里读书,她不愿意说,她并不乐意过多地谈论个人生活:她以及和孩子有关的人,包括孩子的父亲。

"之奴其实可以去非常好的学校,不少人邀请我去深圳办学校,我的孩子会受到所谓的很好的教育,但那都不是真实的。真实的是我现在的生活;真实的是内在的力量和信心,对精神世界的信任;真实的是我是什么样的人,这会给我的孩子带来真正的成长,也会给我带来真正的快乐。"

未来,萧望野说她也许会继续待在这里,也可能去往他乡,决定这些的,她觉得是命运。

晚上九点,萧望野走过布满星光的木棉树,按时回屋休息了。周遭静谧至极,山村里大多数人都已睡去。白天,他们都会说:"萧老师是一个好老师,学生喜欢她,我们也喜欢她。"然而几乎没人真正了解,这个老师究竟要做什么。

对于卢安克,大家也不知道他要做什么。

那次离开中国前,他和学生拍摄了一部全由乡间孩子真人演出的"电视剧"。

卢安克自己创作了充满魔幻色彩的剧本。在剧情中,孩子们从"魔法世界"进入"技术世界",最后"解放世界"。

卢安克的同胞哥哥卢安思是摄影师,在收到弟弟求助的电邮后,正在泰国工作的他来到中国的大山里,并从当地电视台借来设备,协助弟弟拍这部"电视剧"。

孩子们刚开始对剧本不感兴趣,他们最希望做的,是像香港武打片那样表演武功。卢安克不喜欢香港片的暴力,但为激起孩子们的兴趣,他还是设计了一些武打镜头。

拍电视剧的过程并不轻松,学生不认真,道具很容易被破坏。"电视剧"拍完之后,卢安克和哥哥并不满意最后的成片。但孩子们看了片子之后很惊奇,并为自己当初的不认真感到后悔。

卢安克觉得学生会从中获益,"重要的是,这些孩子应该多进行文化创造活动,只有创造才能获得力量"。

发掘人的创造能力,正是卢安克教育研究的重要部分。"我做事情的大方向是和华德福教育一样,但是具体做法不同。"

华德福教育是由德国教育家鲁道夫·施泰纳创立的一种教育体系,强调从头、心、手整体出发,培养和谐完整的人。诺贝尔文学奖得主索尔·贝娄甚至说过,如果他有一个学龄孩子,一定送他去华德福学校学习。

卢安克和哥哥卢安思是一对双胞胎,两人小时候性格孤僻,不愿意和人接触。周围的环境对兄弟俩并不包容,许多孩子看不起他们,他们为此而自卑。

为了两个孩子,他们的父亲放弃了收入优厚的工程师工作,到一所华德福学校当老师,然后用华德福的方法教育儿子,使他们受益。

十几年前,卢安克来到中国留学。

他选择农村作为他研究教育的基地,他认为,农村孩子可借助的力量较少,从他们身上更能看到教育的实际作用。另外,亲近自然的孩子比在钢筋水泥森林里生活的孩子更有想象力。

在东南大学无法获得接触农村的机会时,他转学到了广西农学院。

在山村的小学里,喜欢戏水的学生想建一个游泳池。卢安克就让学生自己去考察,然后一起设计游泳池。

等到动工的时候,许多家长来帮忙,这么一来,学生什么也不敢做了。

"这里的大人认为不可能和小孩在一起工作"。卢安克觉得这样失去了做这件事情的意义,便不让家长继续参加。大人走了,孩子自己来做剩下的工作。这样的情形才是卢安克希望看到的。

"我们是为了做,而不是为了有结果。"卢安克说。

东兰县一所中学的老师韦天钰参与了这个游泳池的修建,他为卢安克对孩子动手能力的要求感叹不已。"我们是想着怎么快点做好,他是想着孩子的感受。"

刚刚过去的暑假里,卢安克住到了深山里学生的家中。这段宁静的日子里,他翻译了施泰纳的一些教育理论著作。卢安克已经写作和翻译了许多关于华德福教育的书。他把这些文字放到了自己的网站上,供人免费下载。

卢安克并不认为自己有多大力量。"我讲课时,学生随意打闹,似乎没有意识到我的存在。"他甚至为此感到困扰。

卢安克兄妹四人,只有弟弟生活在德国。弟弟的工作是策划和组织大型晚会,他是全家挣钱最多的人。

哥哥卢安思是绿色和平组织的成员,他并不参加所有绿色和平的活动,按卢安克的话来说——"只有那些会被特警抓起来的",他才参加。

2003年年初,卢安克收到了哥哥的一封电子邮件:"1月24日,我在英国南安普顿登上了绿色和平组织的'彩虹勇士号'。我的工作,除了像其他人一样要攀爬到船上表示对战争的抗议之外,还担负着现场摄像任务。我们直接把船开往南安普顿的马奇伍德军港去。准备攻打伊拉克的美国和英国军队正从这个港口运送武器前往波斯湾，其中有军用直升机、卡车和坦克……"

"这件事情很危险，但也没有伊拉克人活得那么危险。"卢安克支持哥哥。

卢安克的妹妹在非洲，受聘于纳米比亚的一所幼儿园，领着一份并不高的工资。

卢安克最想念的是自己的父母。

在德国汉堡，清晨，卢安克的父亲会按时起床，吃完老伴做好的早餐，听一段古典音乐，吹上一会儿黑管。在教堂里，卢安克的父母会和别人谈起在中国的儿子。

从前，卢安克的父母对孩子也有一些传统的期望，就像大部分家长一样，希望卢安克能有好的收入，有医疗保险和社会保险，有自己的房子和自己的家，生活在美好舒适的环境中不用受苦。

"幸好有一天他们发现，'为了满足他们的愿望'，'为了实现社会保险'等目标，会让我失去理想。在发现我活在世界上不是为了把个人生活安排得更好时，他们就放弃了对我的所有期望。这给了我自由，使我能做一些我认为在世界上需要有人做的事。"卢安克说。

之前，卢安克还在另外一个山村时，村民们曾请他去求政府拨款帮他们建桥。"他们以为我是个重要人物，只要我说句话，政府就会满足我的愿望。不过，我是走路的，政府官员是坐空调车的，我怎么去找他们？过了几年，倒是政府的人来请我帮他们找钱，但是我也不懂得怎么找，只好拿自己的稿费给他们。"

村民几乎已忘了他是一个外国人，他们像对待村里人一样，和他打招呼、聊天、开玩笑。

在小学里，学生见到卢安克，经常一起扑到他身上。每到周末或是假期，冷清的校园会让卢安克感到不安，他会住到学生家里去。刚过去的暑假，他只在学校里住了一个晚上。

"每个人都需要一个家，我也需要家。我的家（学校）比较大，我的孩子（学生）比较多。他们的父母外出打工，多年不回家，他们也需要一个可以暂时替代他们父母的人，他们那么靠近我，就是因为没有父母可以靠近。"

很多人觉得山村生活很苦，但卢安克却觉得舒服。头一年，卢安克回到德国，吃东西拉肚子，很久才适应过来。他已不习惯家乡的生活。

大城市的生活对卢安克似乎诱惑不大。"大城市一方面是花费太贵，在德国一个月要花相当于几千块人民币的钱，而我在这每个月花不到一百块。另一方面是不自由，不能尽情按照自己的想法生活。"

卢安克不是个愿意袒露内心的人，他敏感而腼腆，声音柔和舒缓，对人充满善意。"我从来没见过他发脾气。"山村里的一位朋友这样说。只有在讲述他感兴趣的事情，比如他的教育心得时，他才会滔滔不绝。他认为天地间存在着"真理"，这种"真理"类似老子的"道"，他最感兴趣的是研究能够通向"真理"的教育。

卢安克要求自己教书不领工资，一个原因就是希望自由。"我只做我自己感兴趣的事，拿工资的人是不自由的。"

他曾经拿过工资。他在汉堡美术学院读书时，学的是工业设计专业，但他发现这是一个错误的选择。做工业设计方面的工作需要很多时间来表现自己，向别人证明自己的能力。他说他"做不了这样的事情"。

2004年，卢安思来广西看卢安克，卢安克送哥哥到南丹去坐车。在半夜返回山村时，卢安克乘坐的农用车突然轮子脱落，车身从几十米的山坡翻滚而下，在只差两米就要掉入红水河时，被一棵巨树挡住。

卢安克和司机从变形的车身里爬出来，发现另一个朋友不见了，他们在暗黑的河边摸索了很久，最后在车底发现了他，朋友的脖子卡在车轮下，已经没气了。

走了很长的山路，他们才找到一处透着灯光的屋子。司机去寻求支援，把卢安克留在屋里。不知情的主人请卢安克进屋看电视，他一动不动，脚上的一道大伤口正不断流血，他告诉主人，自己不看电视，他的朋友刚才死了……

这次车祸让卢安克的脊柱压缩了三厘米。

2006年，卢安克注册的德国鲁道夫·施泰纳教育友好协会驻中国办事处执照到期，他的中国居留证也到期了。为方便留在中国做研究，他打算加入中国国籍。根据有关规定，他的申请没有获得批准。原因包括"要有中国籍配偶""需在国家一级单位工作四年以上"，等等。

一些媒体为卢安克打抱不平，但一向心平气和的卢安克认为这事没那么严重，"不符合条件，没被批准很正常。我只想试一试，不行就算了。"

2007年4月开始，卢安克获得了中国共青团国际志愿者的身份，成了广西唯一的国际志愿者。

一个德国人在广西的贫困山区里待了十年，他会一直待下去，从青年、中年直至老年吗？

卢安克说他以前不会考虑未来，现在也不会。但他显然不想离开中国广西的这个小山村。"我喜欢这里的孩子，还有我的研究，离开这个地方就等于没我自己了。"卢安克低声说。

他还是会怀念德国。"那是另一个世界，是我的另一条生命。"

他曾是德国一家帆船俱乐部的成员，到现在已有十几年没碰过帆船了，那时他还是二十多岁的小伙子。来中国前,他把自己的那艘帆船卖掉了。

卢安克曾冒出一个想法,希望能做 2008 年北京奥运会帆船项目的志愿者。他当过教练,和帆船世界冠军比赛过,但一想到记者会汹涌而来时,他又担心了。

"志愿者的事……还是算了吧。"也许,平静的生活才更珍贵。

第二章 最长的一年

看不见的北京

航班要到达首都机场三号航站楼的时候，我看到了那些像大怪兽一样长着刺的楼顶。2008年5月10日，我从广州总部来到北京记者站工作，将长住北京。

到北京工作——我几乎已经放弃这个想法了。2003年到2007年，我生活在南宁。每天骑着单车去上班，采访也是，有时候，单车后边还载着实习生。忙忙碌碌地，几年很快就过去了。

有一天，我妈忽然对我说："我觉得，你每天都在一座城市里转，是不对的。"这句话好像钥匙掉到了花岗岩地板上，发出"当"的一声。

2006年，《南方周末》上刊登了《南方人物周刊》的招聘启事，需要两名记者和一个编辑。我照着上面的地址寄出了简历和作品。

那时候，我在南宁的一家报社工作。某天凌晨，我一个人百无聊赖地在会议室里看完一场欧冠电视直播，在沙发上睡了两个小时。早上八点多，正准备离开，遇到了来上班的老总。老总对我"这么早来报社"表示了欣慰。然后，她让我去报社二楼旁听一个新岗位的竞聘会："去看看，以后对你有帮助。"

我强打精神坐到会场里，拿到了工作人员递过来的一张表格，上面有五个人的名字。中间的那个名字很熟悉。拥有这个名字的前辈原本在南宁的这栋楼里工作，后来去了广州大道中289号院，再后来去了北京的一家门户网站。我有些疑惑，抬头向台上眺望，还真是他。

前辈从北京赶回南宁，是来竞聘这幢大楼里最赚钱那份报纸的副总编兼网站总编的职位。前辈以文风浪艳且饱含乡愁而闻名于世。"临近年关,人就逐渐慵懒了。广州城浸在夜雨中,一阵阴风掠过,陌生的故乡就以这样的姿态侵入坚硬而冰冷的梦境:落叶飞旋,霜草委顿,一条瘦骨嶙峋的狗在巷口沉思。"前辈的这段文字,我几乎能背出来。我多想有一天,临近年关的时候,能在广州西望故乡,霜草和老狗随之入梦而来。看着在台上滔滔不绝的这位前辈,我有些懊恼。因为,我已心生奔向北上广之意,并且已经向《南方人物周刊》投了求职信,但未知结果。而前辈要结束"丧家犬"的生活,回到南宁。

前辈如愿获得了他应聘的职位,几乎与此同时,我获得了去广州大道中289号院工作的机会。我向老总递交了辞职信。老总说"不急",她安排了这位前辈跟我聊聊。于是,我到报社四楼找到了刚回来的前辈。前辈的真人与他在文中表现出的情状大相径庭,他像是斯文的中学老师,毫无"流氓"气息。他很坦诚,一开始就说老总找他帮忙挽留我,希望我继续在报社工作。但他接着跟我说,他并不打算那么做,而是希望我一直往外边的世界走,别回头。他介绍了广州大道中289号院的一些情况,对于如何适应那里的工作,他给了我一些建议。他还告诉我,可以在报社旁边的杨箕村租房子住,他以前就住在那儿。他的专栏文章对杨箕村有着不厌其烦的描述热情。他的文字甚至被戏称为"杨箕体"。

我在夜色中登上了去广州的长途大巴。上大学之前,我去过的最大的城市就是广州,但那也已经是1991年之前的事情了。广州给我印象最深的是东方乐园门口那个巨大的水泥做的机器人。我小时候想到广州的孩子们能经常看到这个机器人,就羡慕得不能自已。我并不知道,东方乐园在2004年已倒闭,机器人灰飞烟灭。

长途大巴到达广州是早上六点多。车子停在郊外的一片乱石堆旁,许多人下车,在空地上小解。我也下车撒了泡尿。天边泛起一片橘色,我的脑袋里忽然响起久石让在电影《太阳照常升起》中的配曲。那一刻，我看到一个新世界在眼前升起。

在广州，同事们喜欢到中大附近的一家旧书店淘书，那也是我去得最多的地方之一。我还记得，有一次和同事们买完书后回住处，在公交车上，大家聊得很愉快，车厢昏暗，路灯的光线次第照进来，明灭闪烁，那种感觉很美好，至今仍令我念念不忘，仿佛找到失散已久的组织。

我大学毕业之后，回到广西工作，第一次出差地是北京。我在清华大学东门租了辆自行车，像个学生一样，在海淀区的各个大学里转悠，找作者约稿。有一天，我跟一帮北大、清华学生吃完饭后，推着车往外走，脑袋里突然冒出一个问题——你最想在哪座城市生活并从事什么样的职业呢？我当时想到的一个职业是——南方报业的驻京记者。那曾经就像一个不醒的梦，悬在脑海里，我甚至都不奢望能够实现。

就媒体工作而言，北京比中国任何一个地方都更容易采访到你想采访的人。这是从事媒体行业的人愿意留在北京的重要原因。或者，说得更简单，你喜欢你所从事的行业，我的同事刘珏欣老师说："喜欢了，就必须承担。"

在北京住了几年，房子的问题有一天终于摆到了面前，你得承担。2010年年底，我在通州买了二手房，但房本没下来，没办过户。到了2011年上半年，北京开始限购，须在北京缴五年税收社保，我的税收社保当时是在广州缴纳的，没办法过户，只得把房子卖掉。而限购后的一段时间，通州的房价下跌，于是乎，我没买成房，还亏了一大笔钱。同事说："如果要采访在北京买房的倒霉案例，你很合适。"

我在这里不仅买不了房，还买不了车，因为买车不仅需要税收社保，还要赌博一样地摇号。这里还有雾霾，还有沙尘，还有沙丁鱼罐头一般满满当当的地铁……

为什么还要留在北京呢？我的另一位同事何三畏老师写了一篇《北京，难以离开》的文章："没有什么能阻碍青春的脚步，房价不能，雾霾不能，一切都不能。"

我十七岁之前，生活在家乡的县城里，从家步行到幼儿园只需要两分钟，步行到小学只需要十分钟，骑车到中学只需要十五分钟。县城不大，只要上街，就一定会遇到熟人。如今，我喜欢走在大城市的街头被淹没的感觉。在北京待久了，每回到家乡时，走上街，抠鼻屎都没那么自在，总觉得有认识的眼光看着我。

但有时候，我又觉得，我们对于大城市和小地方的认同或者不认同有些诠释过度了。我们生活在什么地方，也许并没有那么多宏大或细微的原因，而只是你恰好就在这里。

那位回到南宁的媒体前辈，一年之后，由于出乎意料的原因，被迫离开了广西，继续他"丧家犬"一般的漂泊。他如今生活在长沙。有一天，同事在微博上推荐我去看这位前辈新发表的一篇文章，我在结尾处读到了经年往事："他想跳槽去南方报业，领导请我以过来人之身劝阻他，我与他聊着聊着就忘了自己的说客身份，告诉他今世若不愿苟且就必须离开广西，去广州大道中289号。他随即呼啸而去，没多久我亦呼啸而去。青春终将腐朽，人世终将腐朽，可我们居然呼啸过，在山梁磷火和千秋月光之间盘旋过。这样的年月何其饱满，何其光芒，何其满面风尘，何其拈花不语。"

白居易有一首送给友人的诗，其中一句是："与君况是经年别，暂到城来又出城。"我等尘世中人何尝不是呢？大城市？小地方？命运将带我们去往何处？你我其实并不确切地知道。

川流不息

我来到北京的第三天，就是 2008 年 5 月 12 日，四川的一场大地震让在北京写字楼里工作的人们都感受到了。我和同事从北京去往四川采访，在那里待了快一个月。2013 年，5 月 12 日到来之前，我又去了一趟四川，做汶川地震五周年的报道。我们来到了北川的老县城，那里现在已经变成了遗址公园。

在茅坝中学的乱石堆旁，篮球架还在，国旗杆和国旗应该是新换的。倒下来的钢质吊臂上，不知什么时候贴上了长长的一条寻人启事："贺川，你在哪里啊？又过年了，妈妈每次来看你就听见你喊'妈妈来救我'。妈妈就是走不到你身边来，就像有一层玻璃把你隔在外面。儿子，妈妈每次来看你的时候，每一个脚步都有千斤重，每一分、每一秒都那么撕心裂肺地痛。贺川，你是妈妈最懂事的孩子，妈妈知道你不放心我的身体，请你放心，妈妈会照顾自己的，妈妈希望你能回家过年，妈妈多么希望一家人在一起吃个团圆饭！儿子，家里什么都安排好了，回家吧……"

贺川的家人在条幅的末尾留下了电话号码。那个号码那么醒目地挂在那里，就像悲伤的石头置放在时间的河流中，不舍昼夜地冲刷，也难以磨灭。

此前一年，我丢了手机，其中的号码尽失，包括朱远成的号码。朱远成的女儿朱兰是茅坝中学初三的学生，地震中被埋于乱石之下。五年前，我在一辆大卡车上遇到朱远成，他在寻找女儿。

我凭着印象，打了一辆过路的三轮车去了朱远成位于北川邓家的房屋前。他不在家，晌午将尽，他的妻子李昌平从山上采茶回来。朱远成到江油打工去了，仍然是他熟悉的建筑工。"重建完成后，这里已经没有什么活可以干了。"李昌平说。

朱远成将《圣经》留在家里，没有带去工地。"他怕在工地拿出来看不好。"

李昌平告诉我。两年前，我看望朱远成的时候，在他家的阁楼上看到了《圣经》和《灵歌集》。那是他在女儿去世后，到景家山盖房子的时候，从牧师那里获得的。

朱远成和李昌平组成的这个两口之家一度成为失独家庭。"失独"的问题在2008年地震后大规模地显现。根据四川省计生部门的统计，2008年的地震中，有子女死亡或伤残的独生子女家庭接近八千个，其中有生育意愿的丧子家庭超过六千个。

年近四十的朱远成和李昌平在震后生下了一个男孩，取名朱浩然。那些失独家庭，许多是通过试管婴儿生育，更多的是永远失去了再次获得孩子的机会。一些家庭选择了领养孩子。

下午四点，李昌平和邻居骑着车去幼儿园接小孩。幼儿园位于一所小学内。这所小学因为北川地震时无一人伤亡而且将全部师生安全转移而闻名。如今，即使在这所乡镇幼儿园里，都有严格的安保，只允许一个人拿着通行证刷卡进入。这些年里，因为多起幼童被杀事件，幼儿园的安全已经被广泛重视。

朱兰的东西，五年来，李昌平没有动过。"我不敢去想。"她找出朱兰的几本周记。我看到了其中许多动人的描写。这是一个勤奋的学生。一篇周记是《自传》：

> 我于1992年出生在四川省邓家一户姓朱的人家。我父亲是个杂工，没有多少文化，只能靠做苦力赚钱。母亲姓李，长年在家干活、种地、喂猪。一家全年的收入就靠父母这样赚来。时间一晃就过去了，到了我该上学的时候了。父母说啥也要凑钱让我去读。他们向邻居借足了钱。我背着妈妈给我买的小书包和小朋友一起高兴地去上学。我没有让父母送我，那是因为我知道他们还有很多的事要做，我不

想耽搁他们的宝贵时间。自打我懂事起，每天下午放学回家，都要煮饭、洗衣服，帮助他们减少生活中的负担……

我在北川新县城永昌镇见到谢燕祝的时候，她正在幼儿园接自己的侄子谢雨辰。她的大部分昔日同学现在新建的北川中学念高三。

谢燕祝去年已经不读书了。她对读书已经提不起太大的兴趣了。她的父母有两辆车，用来运货。她如果会开车，可以帮着父母做生意，这是她乐意做的事情。她正在驾校学开车。新的"读书无用论"正在一些年轻人中蔓延，每年大批待业的大学毕业生加深了他们对于未来的恐惧。"读了书又能怎么样呢？"

不读书是对是错，谢燕祝自己很难下判断。她在茅坝中学读初一的时候，并不是特别爱学习的学生。但有一次，她和英语老师打赌，期末考的时候如果获得好成绩，英语老师就让她当英语课代表。她当上了英语课代表。

2008年5月12日下午，谢燕祝所在的班级被派去参加县里的文艺演出。班主任认为自己班的同学去参加演出，会耽误一下午的学习，有可能会因此输给另外一个不去演出的班。班主任提出，让另外一个班的同学一起去参加演出。茅坝中学只有这两个班是在地震当天逃过灾难的群体。

茅坝中学成了北川县城废墟里的一个祭奠中心。学校前面曾经有一个施工时挖的坑，当年许多遇难者遗体被埋于其中。

到了清明节和"5·12"地震纪念日，聚集而来的人们对着废墟烧纸。有的亲人自己把碑刻好，在亲人遇难处，将碑立起。纪念日和纪念日之间，废墟冷清，长而缓慢的生活才是震后的常态。

在谢燕祝接谢雨辰的永昌镇幼儿园，下午五点才是接孩子的时间，但在三点的时候，爷爷奶奶们就在门口排起了长长的队伍。这可视作亲人对孩子无法远离的爱，也是对沉闷时光的打发。在北川，原来的熟人社会被打乱重建，人们住进了新楼房，但如同许多大城市人早已习惯了的那样，邻居是谁并不可知，人们在各种公共场合试图重新找到熟悉的群体。

2008年地震后，有一批灾区的孩子被派往俄罗斯进行短期交流。谢燕祝所在班获得了一个名额。班主任把机会给了作为英语课代表的她。时间太长，她几乎忘了去的是俄罗斯的什么地方。想了一会儿，她才艰难地说出："符……拉……迪沃斯托克。"也就是海参崴。

去俄罗斯之前，她随大队伍进入了中南海，在那里受到了胡锦涛的接见。"他和我握了手，那一天我都没洗手。"谢燕祝笑着说。

五年前的地震造成的困难不少。谢燕祝不仅失去了高年级的校友，还失去了哥哥谢军。谢燕祝的嫂子刘小燕当时正怀着孕，几个月后，刘小燕生下了谢军的遗腹子，取名谢雨辰。

"从去年九月到现在，谢雨辰一直没有见过她妈。"谢雨辰的奶奶周秀芳说。她对刘小燕充满了抱怨。在震区回访中，这样的抱怨司空见惯。在我当年采访过的四个地震遗腹子家庭中，有三家遗腹子的妈妈跟婆婆已经毫无往来。唯一不同的是张建清，她的婆婆公公在地震中已经去世。婆媳关系是千古难题，原本还有儿子隔在中间做缓冲带，如今这样的缓冲带没了，婆媳关系便向更糟糕的方向发展。

这些灾后激化的矛盾多是因为房屋和相关补贴的分配问题。在北川，比如重建房屋，按照人头进行补助，一家总共也就两三万块钱，而重建一幢房子动辄十几二十万，这些补助是杯水车薪。那些失去孩子的北川家庭，获得的补助则是六七万。

我没有联系上刘小燕，不知道她如今的境况。两年前，我在回访中见到她的时候，她已经改嫁，丈夫是位司机。他们生了一个小孩。那时候，谢雨辰还被奶奶抱着从另外一处来到这里。我问谢家人刘小燕的电话号码是多少，他们说，没有。

在幼儿园门口，和谢燕祝碰上的还有廖乾美。廖乾美并没有待在两年前我们回访灾区时她开的理发店里。理发店由家人打理，她现在家带小孩。她也改嫁了，去年又生了一个小孩。她的丈夫叫陈邦银。陈邦银在地震中失去了自己的妻子和四岁的孩子。他们经人介绍，走到了一起。这样的情况在灾区还有很多。"大家有着类似的遭遇，容易彼此理解。"廖乾美说。

下午六点多，陈邦银回到了家里。他是北川县政府的一位司机。以往此时，多是领导的各种应酬时间，他回家较晚。但现在有些变化了。"确实少很多了。"陈邦银在家里餐桌上边招呼我们吃饭边说。

当所有孩子都被接走以后，杨菊花才能从空荡荡的幼儿园下班。她现在是永昌镇幼儿园的生活老师，每个月工资八百元。这个工资即便是在北川，都很少。"为了方便照顾孩子，少点就少点了。"她的儿子朱扬也在这个幼儿园上学。朱扬是我采访过的四个遗腹子中的一个。

幼儿园的孩子在当天进行了运动会的排练。在杨菊花的班上，有差不多一半的孩子是地震之后出生的。这是北川的下一代，在他们的前面，从幼儿园到小学到初中到高中，形成了巨大而残缺的断裂层。

北川新县城人很少，有时候放眼望去，见不到几个人。这是一块飞地，周围都不是北川的地盘。这块地就这么孤独地存在着。这大概是中国唯一平地而起的新县城，像是一个巨大的房地产楼盘。几乎所有的建筑都尽力融入羌族元素，甚至建起了很多有高耸碉楼的羌寨，而在往日的北川，这样的建筑并不多见。

重建已经结束，招商引资是正在进行的事情。"小的看不上（这里），大的又不愿来。"一位北川的政府工作人员说。

北川的发展被总结为"北川模式"。在那五年中,各种"模式"常被提到。

老百姓们对政治并不关心,讨生活才是要义。新县城的街道冷冷清清,杨菊花以前的婆婆在这里做清洁工。在某一天,她把杨菊花的铺盖和东西都放到屋外。她们从此决裂。当时间沉淀下来,人们的怨恨也沉淀下来,看上去永难化解。

杨菊花和儿子住在亲戚位于北川新县城的房子里。她已经改嫁,丈夫在绵阳工作。

我当年采访的四个遗腹子的妈妈,唯一仍没有改嫁的是家住擂鼓镇的张建清。她现在在成都一家工地打工,给工人们做饭。大女儿席蝶在擂鼓镇上初中,小女儿席菁雯读幼儿园,平时由张建清的父母照顾。

在任家坪,张建清的父母接待了我们。她们说起自己去世的亲人,就像昨天一样,"恼火得很"。很多人觉得五年过去了,会有所不同。但在许多人心里,伤痛永存。

北川曲山镇小学的门口挂着一块心理健康教育基地的牌子。在任家坪卖茶叶的方文碧告诉我,学校里做心理辅导的志愿者现在已经走了。地震后,她看到自己的儿子郁郁寡欢,还让他去接受过心理辅导。方文碧在地震中失去了女儿。她的丈夫从外地赶回来,在自家废墟上挖东西时又受了伤。亲人送丈夫去医院时,路上出了车祸,他再次受伤。所谓祸不单行,便是如此。地震一周年的时候,我的同事在任家坪的路边见到了方文碧和刘华东夫妇。他们正在炒茶叶。如今,他们家是任家坪做得最大的茶叶店,生意不错,每晚都是最晚关门的一家店铺。方文碧给我们泡了几百块钱一两的雀舌。她热情好客,看到老朋友到来很高兴。

方文碧家有两辆车,其中一辆是平时用的微型面包车,另一辆是去年花了六千块钱买来的二手北京吉普。他们把北京吉普借给我们作回访之用,没有任何疑虑。当我们开着这辆车经过茂县时,他们的朋友看到了,打电话问他们:"你们到茂县了?"他们说:"没有,是借给记者朋友了。"他们的朋友说:"你们一定被骗了,现在骗子可多了。"方文碧并不相信朋友的话,在我们回访的路上,她只是关心我们的安全,而不是车。这样的人,在这个时代已不多见。

终于来到了茂县。2008 年,地震时,我从北京赶往四川采访。在首都机场候机的时候,我遇到了一位坐同一航班的焦急的年轻人。他叫吴松,茂县人,羌族,在北京 798 艺术区工作。他当时无法跟家人取得联系。茂县的通信与外界隔绝。吴松坐在机场的候机室里流泪。

我和摄影记者姜晓明商量,希望能以吴松为线索,一直从首都机场跟到茂县。我们一路同行,然后在北川受阻,垮塌的山体无法逾越。我们在北川待了下来,见到了令人惊悚的废墟。在北川分开后,我从此没有见过吴松。

这一次,摄影记者大食开着这辆借来的北京吉普,载着我,开始了灾区的回访。车至茂县时,那里的雪山有着惊人之美,让人联想到云南的香格里拉。

当年若想到茂县,得绕道马尔康等地。2008 年,我的同事就是这样做的。他们去了茂县,还去了汶川的萝卜寨,见到了在废墟上做法事的释比老人王明杰。

穿过茂县,便是汶川地界。在萝卜寨山脚下,我能看到"云朵上的街市"的大牌子。汽车在盘山公路上绕行,满山都是开花的樱桃树,白色的花瓣在风中飞舞,阳光越过积雪的山顶透下来,壮美得很。

萝卜寨的老寨子在地震中几乎全部垮塌。之后,在山的更高处,在农民各自的耕地上,建了新寨子。老寨子是户挨户,墙连墙,如同迷宫一样,那是千百年来连缀成的建筑奇观。新寨子有所改变，各户之间楼体紧贴的程度已经没有那么复杂。

我们见到王明杰的时候，他正在院子里洗衣服。屋子里，他那块由政府颁发的缺了一个角的"古羌释比文化传承人"的牌子又挂到了墙上。

王明杰带着我们去到老寨子里。老寨子只修复了一部分，只有几户人家住。他家的地里，种了几株新栽的树苗。他指着地里说，当年地震时，他就躲在猪圈里。

他现在很少去做法事了，通常他叫徒弟去。我们见到他的头一天，他的一个徒弟在萝卜寨的东岳庙杀了一只鸡，替人招魂。在东岳庙，我们看到鸡血还在，上面沾着鸡毛。远处是积雪覆盖的雪山，岷江流过因地震而伤痕累累的山脉。

即便是春天的周末，萝卜寨的游人也不是很多。我们在王贤贵家办的"羌家乐"里待了两天，顾客只有我和摄影记者大食两个。王贤贵曾担任了二十多年的萝卜寨村村主任。"我当村主任那会儿，每年只有二百五十块钱的补助，很少，没人愿意当这个村主任。"王贤贵之前当过兵，是骑兵团的骑兵。但在四川，骑兵似乎并不实用，他所在的兵团被撤掉，他回到了村里。

当村主任有很多苦恼，他并不喜欢，"什么事情都要你管"，而且，他还因为意见不合，和村支部书记打过架。

释比，相当于汉族的端公，在很长时间里是被禁止的。"三中全会之后"，这是王明杰的口头禅。也就是在这个时间之后，释比做法事才被允许。"文革"中虽然不许，"但大家私底下还是偷偷做，这是没法禁绝的"。王明杰说。王贤贵也表达了同样的意思。"你信不信？"我问王贤贵。"信！"他很坚决地说。

宗教信仰已经大规模地回归萝卜寨，道教、佛教、基督教，都在争取自己的信众。王明杰释比的身份，是属于道教的。但他同时信佛，他有居士证。

他认为这并不矛盾。

王明杰带我们去看了议话坪,羌语叫作"尔母孜巴"。包括羌族人在内,很多人不知道议话坪是干什么的。"你看,这片地以前就是议话评。"王明杰说。这是一片废墟。在20世纪50年代以前,这里曾经是议话坪。羌寨每有重大事情,都要将村民召集至议话坪,共同商议解决之策。古代,议话坪议题是羌丁武装、推选寨首及决定出兵打仗等事宜,近代则是制定乡规民约、解决纠纷等公共事务。议话坪制是羌族人对于"可操作的民主"进行的古老实践。

人民公社吃大锅饭的时候,议话坪成了食堂。"三中全会以后",这里卖给私人建了房。现在,这里是废墟。在很长一段时间里,大家对公共事务似乎并不关心。但在2008年地震之后,许多人开始积极参选村主任,有的人还不断地承诺并拉亲戚熟人关系,以获得更多的选票。一个原因是,地震之后,大量的重建项目连同大量款项进入萝卜寨,新的利益带来了新的诱惑。

萝卜寨离汶川县城极近,开车很快就到。吴松当年就读的阿坝师专遗址如今就只剩下一幢美术楼了。那里修建了地震纪念广场,树木成行,飘着花香。新的校址远离城区,在水磨镇。在映秀镇,当年的废墟也建成了遗址公园。两侧的两幢建筑物分别由贝聿铭和保罗·安德鲁设计。导游在废墟里为游客们讲解,她绘声绘色地描述地震时的惨烈情境,甚至带着哭腔,但她脸上却没有痛苦的表情。我相信她内心原本悲伤,但悲伤被重复一千遍后,连游客都有点不适应这种讲解的腔调。在震源中心牛圈沟,有几个售卖纪念品的铺位,摊主在向游客诉说自己的家庭在地震中的悲惨遭遇,这让游客们很难拒绝他们递过来的纪念品。

在汶川的山间穿行,要经过许多至今仍未完工的隧道。我们驾驶的汽车只有一盏灯能亮,有时候在数公里长的没有灯的隧道里穿行,着实考验司机的驾车技术。

就像我的同事大食说的那样，这里跟中国的许多地方其实是一样的。只是地震将这里与其他地方区别开来，中国几乎所有的问题在这里都存在。那些重建的建筑像是迎宾地毯旁精致的盆景，掩盖了一些表象下面的问题。

车过都江堰，透过玻璃窗，我们看到李冰父子的工程仍在造福这片土地，着实令人惊叹。现在，我们有几个工程在上千年之后还会被人记住？

过了都江堰，就是什邡了。在什邡市回澜镇中心村，烈日当空，谢文菊正在跟着村民们清理沟渠。春天来了，血吸虫开始繁衍。大队雇用他们做相关的预防工作，一个早上的工钱是二十多块。

谢文菊在田埂上来回走着，腿脚一深一浅。休息的时候，她放下手中割草的镰刀，挽起裤腿给我看她腿上的伤口，伤口大概有十厘米长。"当时挖掉了一大块肉。"谢文菊说。

2012年7月3日，什邡市市民拥上街头，反对宏达集团钼铜项目上马。他们认为此项目造成的伤害将远甚于2008年的地震。谢文菊那天正好在什邡街头逛街，结果被流弹所伤。

什邡市市民对化工项目的反感由来已久。比如，合并之前的双盛镇白龙村被称为癌症村。早在2006年，这里的癌症发病率就高达4%，远超全国平均水平几十倍。周边的农药厂被村民们认为是致癌的主要因素之一。

2008年地震之后，包括宏达集团在内的多家企业遭受巨大损失，这些年，他们贡献了什邡市GDP的重要部分。灾后重建过程中，宏达的钼铜项目被确定为四川省"十二五"发展规划重点项目。

李航（化名）如今是成都一所高校的大学生，2012年什邡事件发生时，他是什邡中学的学生。"我是一个观察者。"这是他对自己的定义。他持续关注宏达集团的钼铜项目。他给我看了一份什邡市第十七届人大二次会议的报告,这份截至 2013 年 3 月 3 日的文件显示,有人大代表提出 2013 年政府工作应重启钼铜项目建设,加强宣传力度的议案。被什邡市民视作洪水猛兽的钼铜项目仍在试图死灰复燃。

在震区穿行,沿途能见到太多曾经热闹如今清冷的所在。绵竹汉旺镇,东汽的一个工厂就在龙门山脉脚下,这里也有废墟遗址,安静得有些过分,可用死寂来形容。还有北川的茶坪乡,大食当年曾徒步走进被阻隔的山里,如今这里已经通车。但作为曾经的旅游区,已经没人来了。在千佛山,我们一路往里开,很长时间没看到其他车辆。好不容易见到一辆,还是驾校训练考生的教练车——这里的道路足够空旷。

千佛山里的水库大坝已经损毁,水流基本也断了。而在唐家山,地震后的堰塞湖成了景点。有游船在上面航行,供游人观看两侧滑落的山体。直至我们的车经过此处时,山体仍有碎石滑落。惊悚感会不时而来,路实在太窄。

过了堰塞湖,北川出现在我们面前。废墟已经用铁丝网隔离,被青草和野花所覆盖。我曾经和几个部队战士坐过的地方,如今长满了树木,毕竟五年过去了。

如果你已经好几年没来这里,你可能无法辨认出北川中学。原来的学校废墟之上,正在建造地震纪念馆。在纪念馆门口,我们被工作人员拦住了。他解释说,里边正在施工,要到 4 月 29 日才对外开放。我们还是从旁边没人管的入口进去看了一下。这跟许多纪念馆里以图片和实物为主的展览没有多少差别。在一组志愿者图片中,彭丽媛的照片被放到了最前面。

纪念馆里,一位知情人告诉我们,这里计划花六个亿修建,但怎么把这么多钱都花出去是一个问题。

我们是在纪念馆旁边的一家棋牌室找到王东的。他的家原本就住在北川中学后边。2008年5月12日，他将几十位北川中学的伤员送到了绵阳中心医院。他的妻子王茹在第二天凌晨生下了一个女儿，取名王震瑶。

王东正好胡了一把牌。看着他玩得正起劲，我说："你继续玩，你老婆在家吗？我们找她先聊聊。"王东没有回答。

第二天早上，我们再次见到了王东。这天是星期五，他要到安县安昌镇的一家私立幼儿园去接他的女儿。王震瑶读的是周托班，只有周末才回家。这所幼儿园比北川新县城永昌镇的幼儿园几乎贵了一倍。

我们在幼儿园门口看到了黄色的校车。这样的校车对于中国人来说，还是稀罕物。这两年层出不穷的校车事故才让大家对这个问题关注起来。

王东将女儿接到后，开车在马路上快速行驶，驶过路边的格桑花和刚发芽的龙爪槐。车里大声放着音乐。有 Lady Gaga 的"Just Dance"，Adele 的"Rolling in the Deep"，Michael Jackson 的"Beat It"，这让人产生行驶在美国公路上的幻觉。但接着往下听，还有陈慧娴的《千千阙歌》、Beyond 的《海阔天空》、伊能静的《念奴娇》，这些歌杂糅在一起，让人分不清听歌人身处的时代——走得太快后，几代的东西会夹杂在一起，连听音乐都如此。

在一个停车的间隙，其他人都下车买东西去了，我问王东："你老婆呢？""去年离婚了。"地震后重建这几年，王东承包了一些小工程，非常忙，经常不在家。"她就是在家想太多，以为我在外边有女人，经常跟我吵架。"

离婚之后，王东有了现在的女朋友陈莉。王东车里的歌都是她下载的。"还得继续过日子，是吧？"离婚这件事情，看上去对王东影响不大。他主动提出孩子归他养，不用王茹负担。"她一个人，不带着孩子，再嫁人容易些。"

陈莉是擂鼓镇的人。地震的时候，她正在江苏昆山打工。她2005年就出去了，在昆山做过许多工种，也知道了许多工厂不为人知的事情。比如某著名汽车品牌的部件，说是加拿大进口的，实际上是她们在昆山做的，发货到加拿大，然后再往国内销。

外出也让她打开了眼界。她会觉得 Adele 不错，陈慧娴不错，凤凰传奇也不错。年轻一代中，城乡之间的娱乐界限已经模糊。几乎与此同时，北京的单向街书店里，华裔作家张彤禾在介绍她的新书《打工女孩》。她认为中国如今在外打工的人有上升的空间，能在打工的城市留下来。这受到了许多人的质疑。陈莉也说，有的打工者在昆山买了房子，留了下来，但那毕竟是少数。其实，很多年前，有一部风行中国的电视剧叫《外来妹》，早已反映了这个群体的各种遭遇。

陈莉和王震瑶之间的关系看上去很融洽。王震瑶已经改了名字，现在叫王稚然。"家里人觉得原来的名字不好，就改了。"王东说。王东一家如今住在一套一百多平方米的房子里，开一辆国产SUV。他跟我算了一下他这些年赚的钱和别人欠他没给的钱，加起来，已经过百万。他有些发福了，少年白的头发也不再染，剃得几近光头。他大概是我们回访当中遇到的变化最大的人。五年前，他站在他那辆破损的农用车前茫然的样子，依旧如在眼前。

下午，王东被电话催促，上山工作去了。周末放假的王稚然要出去玩，陈莉便带着她在地震纪念馆的空地上骑了好几个来回的自行车。辽阔的空间里不时发出的嬉笑声，以及周围宁静的景色，让人觉得这安然的情状从来如此。

我坐在地震纪念馆的草坪上休息，几乎睡着。下午的阳光很好，大片人工培植的柔软草坪让人感觉置身草原。但我知道，五年前，我置身的地方是北川中学的废墟，下面是数百具没法挖出来的师生的遗体。2008年5月22日，我正在此处废墟里采访，突然不被允许出去，外边的人也不允许进来。已经给废墟消过毒的士兵仍拿着设备待命。两位士兵也许听错了口号，开始喷洒药水，随后被喝止。不久，一列车队进入北川中学。总理温家宝从一辆车里走下来。

总理的出现让人群乱成一团，原本维护秩序的警察、士兵几乎都从口袋里掏出了相机和能拍照的手机。总理和身边的人们匆匆地握了手。

那些漫天飞舞的水柱，乱糟糟的人群，以及被围在人群中的总理，组合起来，显得有些超现实。

五年之后，温家宝做了他的最后一次政府工作报告，卸任。在任家坪的茶叶店里，方文碧表达了对温家宝的尊敬。她在从事茶叶生意之前，在工厂里做过一段时间羌绣，所绣的图案中有温家宝的头像。就像我在震区，乃至全中国的基层听到过无数次的话那样，方文碧说："上边的政策是好的，到下边就坏了。"

我坐在草坪上，看着夕阳被山体慢慢遮挡，灯光一点点亮了起来，工人们仍在劳动，尘埃在灯光里升腾。

我的身边是一个关闭的水龙头，到一定时候，它会给草坪喷洒水柱。五年之后，日常的生活逐渐回到这夕阳下的草地，既温暖又略有哀伤。

太阳即将完全落山时，不远处的超市里响起了凤凰传奇的音乐。在来震区回访之前，我笃定地相信会听到两首歌：一首是《江南 Style》，另一首是《最炫民族风》。刚到北川的时候，我就从一家手机店听到了前一首，后一首则迟迟未来。此时，传来的是《天蓝蓝》：

让我变成美丽的骏马

和你驰骋在天涯

一起守护不老的神话和传说

永不凋落

摘朵美丽的晚霞

让它盛开在天涯

我的心被融化

梦想就会到达

凤凰传奇高亢的嗓音会让人们觉得一切都在毫无疑问地变好。但在时光之中，有些东西无可挽回地失去了。人们试图从"失去"中挽回一些东西，但"失去"无往不在人生之中。地震让我们更集中地意识到了"失去"为何物，每一片飘走的时光都值得留恋。我想起在朱兰的周记里看到的一段话："我觉得人活着就是追赶时间。有道脑筋急转弯的题说：只会往上爬，永远不会往下掉的是什么？答案是：时间。"

紫禁城的晨昏

许多人都会把重要的日子定义为时间开始的时候，2008 年的 8 月 8 日是被精心挑选的日子。距离那个日子越近，北京城越像被置放在了一锅沸腾的水里。

夏日渐盛，奥运临近，7 月 15 日，位于故宫文华殿的陶瓷馆作为迎奥运的一个项目对外开放，许多珍藏得以显露。七十一岁的叶佩兰说，找时间她也得去看看，尽管这些东西她已看过多遍。

叶佩兰曾经是故宫博物院陶瓷组的组长。

1956 年，高中毕业的北京人叶佩兰面临着多种选择。她在那年考上了河北大学，但这一南出京城的想法很快遭到了家人的否决，她的家人认为出了北京就很难再回来了。还有一个工作是到全国总工会去当书记员，叶佩兰觉得这也没多大意思。她当时其实最想当女飞行员，但体重不够，被刷下来了。

叶佩兰的中学老师对她说，要不，到故宫看看？叶佩兰从小就住在北京前门一带，但她在十八岁之前从来没进去过故宫。

十八岁的叶佩兰在老师的引领下进了故宫，一个深幽的世界展现在她面前。她到里面这么一转，觉得故宫真好玩，像个大花园。"当时也没什么远大理想，觉得就是找到了一份觉得还可以的工作。"

从1956年"入宫"到1998年"出宫"，叶佩兰在"宫中"的日子达四十余年。

在叶佩兰的年少回忆里，1949年之前，北京城的城墙都还在，天安门两旁还有牌楼。

1949年之后，梁思成和陈占祥提出的保留旧城另建新城的"梁陈方案"遭到否决，毛泽东支持的是苏联专家改建古城的方案。从那以后，北京数百年历史的城墙、牌楼等古建筑被陆续拆除。痛惜者的眼泪被毛泽东认为是"政治问题"。领导人的一个愿望是能从天安门城楼上看到林立的烟囱。

在一些人眼里，故宫甚至都在改建之列。1955年，何祚庥在批判梁思成的文章里写道："北京市当中放上一个大故宫，以致行人都要绕道而行，交通十分不便。"何祚庥的意见得到一些人的认同。还有的人则建议将革命历史博物馆建在故宫内。

当时的政协委员张伯驹坚决反对改建故宫。他提出，故宫有五百多年历史，必须保持其完整性，紫禁城为故宫博物院范围，绝不能拆建或开修马路。

在不同意见中，故宫得以完整保留。

叶佩兰在1956年进入故宫之后，觉得自己的工作很新鲜，这些工作是她之前从未想过从事的。同样是在1956年，六十三岁的孙瀛洲成为故宫的一位工作人员。

孙瀛洲当时已是名冠京城的古玩专家。1906年从河北到北京谋生的孙瀛洲从古玩店的学徒干起，白手起家，省吃俭用，在1923年创办了自己的古玩店"敦华斋"。多年之后，此店成了北京城里顶级的古玩店。孙瀛洲的儿子孙洪琦回忆，店铺最兴盛的时期是20世纪40年代，有学徒二十多人，每月进出货物几万件。

刚解放不久，孙瀛洲在努力向一个新的政权靠近。朝鲜战争爆发，孙瀛洲把自己的一些古董卖了，然后把钱捐给军队。为支持国家建设，他把自己的一子一女送到大西北参军。更大的手笔是，他把自己收藏的两千三百七十五件文物捐给了故宫博物院。此后多年，他又陆续捐赠了更多的藏品，其中包括他最喜爱的明成化斗彩三秋杯。

此杯是"每星期只吃一回猪肉"的孙瀛洲当年花了四十根金条所购。他的儿子孙洪琦也仅见过此杯四次。第一次是在孙瀛洲将此杯捐给故宫的头一天晚上，所有家人首次聚在灯下看到了孙瀛洲多年收集的奇异珍藏。

孙瀛洲的弟子，后来也进入故宫工作的耿宝昌描述此杯："器型隽秀，玲珑透体，花纹简疏，外绘纹饰内部明晰可见，施彩清淡雅致，无与伦比。"

"成化斗彩杯明朝有记载的就值十万两银子，现在如果拿去拍卖，能值上亿人民币啊。"叶佩兰这样形容明成化斗彩三秋杯的珍罕。

叶佩兰乐于回忆与孙瀛洲这样的老先生在一起工作的日子。有一次经历让她印象深刻。某天，孙瀛洲拿出一件哥窑瓷器和几件明清等朝代的仿品，让大家把这七八件东西给搅乱了，然后他闭着眼睛走过来触摸瓷器。"这个，明代仿的；这个是宋代的，这可是好的啊；这个是清代仿的……"孙瀛洲全说对了。"我们当时特惊奇，问：'您都是怎么知道的呀？'"孙瀛洲的解释是：手感不一样。宋代瓷器足部边际窄小，足内施釉有坡度，用手很难提起来；明清足边有棱角，可以提起来；明代的足边厚一些，清代的足边薄些，更规整。

这些学问让年轻的叶佩兰大开眼界，她开始"觉得自己的工作真是快乐"。

1957年，"反右"开始了。北京城里被打成"右派"的人很多。在故宫里稍微好些，但也有些专家成了"右派"。"大家开始花时间到业务以外的地方，不关心国家大事专心搞业务会被说成是走白专道路。"叶佩兰说。

关于故宫的争论仍在进行。1958年，北京市文化局党组提出《关于故宫博物院进行革命性改造问题的请示报告》，拟对故宫的宫殿建筑大事清除，表示要坚决改变"地广人稀，封建落后"的现状。而当时的中宣部部长陆定一的意见是："我们对故宫应采取谨慎的方针，原状不应该轻易动，改了的还应恢复一部分。"

1961年，故宫被国务院列为第一批全国重点文物保护单位。1964年，故宫改建方案再次被提出。1965年，清华大学辑录的一篇文章——《要用阶级观点分析故宫和天安门的建筑艺术》里提到，"一位解放军刘同志"说："我去故宫时是解放初期，看了之后觉得空空荡荡、松松垮垮，台上放个破椅子，看着腻味！比行军还累！而现在人民大会堂比它大得多，我上上下下倒一点也不累。"

1966年，在叶佩兰的印象里，"满大街全是来串联的人，那些南方来的小孩光着脚在大街上走，也不怕脚被磨破了"。

"破四旧"是那个时期流行的疯狂举动。显然，故宫在红卫兵的眼里是最大的"四旧"。故宫的外墙上开始出现"砸烂故宫！""火烧紫禁城！"的字样。

1966年，故宫的大门关上了，不再对外开放。在周恩来的指示下，军队进驻保护故宫。

从那以后，叶佩兰和她的同事们每天的主要任务就是学习毛主席著作。"图书馆当时也开着，但不敢主动去搞业务研究学习。"叶佩兰现在回忆起来，自己对于文物的研究基础是在 1966 年之前打下的，之后的很长时间都荒废了。"很多东西都是从老一辈那里学的，没有他们也没有我们的今天。"

故宫里专辟了一处宿舍，故宫里的老专家们被作为"黑帮队伍"集中在那里。有的被戴上雕塑模样的帽子，有的被要求提上个纸篓筐……"我都不想说，说起来难过。"

这些老专家里不包括孙瀛洲。由于孙瀛洲"对故宫有贡献"，没让他住在故宫宿舍里，让他回家住了。这反而糟糕了。孙瀛洲回到家里，红卫兵找上门来，对他进行批斗，老人家顶不住，口吐白沫去世了。

1969 年，荒凉的紫禁城几乎成了空城，除了少部分人员留守之外，故宫博物院的绝大部分职工被下放到湖北咸宁的"五七干校"劳动。

1971 年的夏天，一批神秘的客人突然到访。作为美国总统尼克松的特使，基辛格的四十八小时北京之行包括参观故宫。在基辛格到来之前，叶佩兰已经从同事口中略知一二，她觉得"这可是大事情"。

第二年，美国总统尼克松参观了故宫。同年来故宫参观的还有日本首相田中角荣。

叶佩兰觉得这些年变化最大的是库房。"文物现在都放到地库里了，条件非常好。"以前，是在地面上的老房子里边，四面的窗户都是纸糊的，风沙很容易吹进来。叶佩兰和她的同事们工作时常穿蓝色的大褂，下班时，大褂上已覆上一层土。有的库房架子上能看到黄鼠狼粪、耗子屎。

故宫地下文物库房的建设历时多年。一期工程 1987 年开工，1990 年竣工。二期工程自 1994 年始，于 1997 年完工。故宫地下文物库房为地下三层全埋式钢筋混凝土结构，防潮防水，具有战争防护能力和抗震能力。库房包括消防、防盗、空调、文物运送和计算机自控等诸多系统。

叶佩兰还说到，曾有人提议建故宫地下展厅，但此提议一直饱受争议，至今未决。

深藏库房之中的文物并没有太多露头的机会，能亲手触摸的人更是少之又少。叶佩兰记得有一次，李瑞环来故宫参观，她给李瑞环展示了一个珐琅彩的花瓶。"这花瓶胎体非常薄，我让领导用手掂一掂，看看手感怎么样。"叶佩兰此举被主任给批评了：万一出事了怎么办！

在故宫陶瓷组工作的人几乎都有不小心弄坏东西的时候。叶佩兰任陶瓷组组长的时候就遇到过一回。当时，她的一位同事拿着一个明代宣德年间的红釉僧帽壶进行辨识，一不小心把壶盖掉地上给摔碎了。"当时所有人都傻了，这可是无价之宝啊，我差点没晕过去。"所有相关的人都要做检讨，叶佩兰好几天都没吃下饭。

当时之所以把很多藏品拿出来让大家对比辨识，是因为要编一本《古瓷辨识》的书。那已经是20世纪80年代，市场上玩古董的人渐渐多了起来。人们有这个需要，所以编了这么一本书。

到故宫的游客也多了起来，每天都数以万计。大家还是喜欢看看谁谁谁曾经在哪里住过，到故宫看古董的人不多，看古董看得久的大多是搞收藏的。

许多玩古董的人找到叶佩兰，让她鉴定藏品的真伪。"改革开放以后，大家开始有财力了，文物市场发展了，你看看潘家园那一片，人多着呢。"

叶佩兰还会回忆起孙瀛洲老先生带他们这些弟子逛琉璃厂的情形。还有陈万里、冯先铭这些老先生，叶佩兰从他们那里受益良多。在这些老先生的指导下，他们学会了辨别什么是真东西，什么是假东西。"主要是因为在故宫里见了很多真东西，没见过真的怎么知道什么是假的呢？"她说现在玩古董的人多，但所谓的古董市场上真东西很少，"百分之八九十是仿品。"在她认识的人当中，玩古董赔钱的大有人在。

有时候，有的一家子好几个人拿着一个碗来，说："叶老师，您看看这是什么年代的？"叶佩兰一看，这大概是晚清民国的。来人第二句就问，这值多少钱？"我说也就几百块，马上就有人扭头走了。都指望着自己手里的古董值钱，没有几个人来当艺术研究的。"

时代确实变了，许多以前不敢想的事情实现了。比如，叶佩兰去过台北"故宫"两次，看到了曾经同处一宫的藏品。

紫禁城里也出现了一些新东西，比如星巴克咖啡厅。在叶佩兰的回忆里，故宫在很长一段时间里只有一个小卖部，后来卖东西的店陆续多了起来。提到星巴克，叶佩兰觉得，"这只是在一个角落里喝咖啡休息的地方，没什么问题呀，照那么说，你到故宫是不是得穿长袍马褂喝盖碗茶才相称呢？"

星巴克还是从故宫消失了。

这么多年了，许多叶佩兰熟悉的老北京建筑都在消失。故宫的老先生朱家溍在一次会议上拍桌子，说不能再拆了。

在品鉴瓷器的时候，叶佩兰经常跟大家说，瓷器太沉了不行，太薄了也不行，东西拿在手里得有一定的分量，什么东西都像这瓷器一样，得有个度。

站在故宫后边的景山上，叶佩兰可以看到北京城的许多景致。从她小时候到现在，北京的天际线变化太大了，她是看着各个时期的建筑如何改变北京城貌的。

"有的人说没出过国，不知道国外是什么样的，我说你到国贸那一带看看，就知道国外是什么样的了。"

叶佩兰觉得鸟巢和水立方这样的建筑瞅久了也就顺眼了，但国家大剧院她仍然不太习惯。她有一次晚上坐车从长安街上过，本来看着灯光点缀的街景挺舒服的，但一瞅着那大黑包心里就不舒服。

比起这些新建筑，叶佩兰还是喜欢故宫里的院落。这么多年了，忘不掉那里。

她庆幸自己的大部分人生是在故宫里度过的。她想起老库房旁的四棵古老的大海棠树，上边结着小酒杯这么大的海棠。外边没有这样的海棠卖的，工作休息的时候，用凉水这么一冲，吃起来酸酸甜甜的。冬天的时候，把海棠放在窗台上，还可以吃冻海棠。

往事只能追怀，故宫这样的好环境，在当时的北京也是特殊的。北京向来有风沙，但以前风沙来了很快就走了，不像现在的雾霾天气。

叶佩兰非常喜欢看体育比赛，特别是女篮、女排、女足。奥运会就要在北京开幕了，她说她还是像以往一样，待在家里通过转播看比赛。这几十年，北京人多的大场面她见过不少，她觉得还是不去人多的地方更好一些。

万荷堂的夏日

2008年8月的北京通州，夏日的万荷堂，荷花已谢，莲蓬兀自挺立于层层荷叶之上。院子里的狗、猫、鹦鹉等动物都平静地待着，四下里一片安宁。围墙上镶着一些石板，上面刻着黄永玉喜欢的诗句。其中有几句是："人活着／像航海／你的恨／你的风暴／你的爱／你的云彩。"

黄永玉叼着烟斗，不时划着几根火柴，沐浴在午后透窗而入的柔光里。玻璃窗外，停着三辆跑车，分别是宝马、保时捷、法拉利，都是鲜艳的红色。"父亲喜欢红色。"黄永玉的儿子黄黑蛮对我说。

我和黄永玉半躺在万荷堂整块花梨木制成的巨大卧榻上聊天。刚开始聊天不久，黄永玉提出与我调换一下位置，因为他一只耳朵的听力已经不太灵光。

8月9日，农历七月初九，黄永玉度过了自己的八十四岁生日，位于通州徐辛庄，占地近十亩的万荷堂已竣工十一年。

黄永玉跟通州挺有缘。20世纪60年代初，物资匮乏，生活困难，为了能让家人吃上几口肉，黄永玉经常带着猎枪去通州打猎。

万荷堂这么大的宅子，在四十年前，对于黄永玉来说，根本无法想象。"1967年，余住北京京新巷，鄙陋非余所愿也。有窗而无光，有声而不能发，言必四顾，行必踽踽，求自保也。室有窗而为邻墙所堵，度日如夜，故作此以自慰，然未敢奢求如今日光景耳。"这是黄永玉在自己的一幅油画上留下的文字。那个时候，黄永玉一家四口挤在白天也得开灯的小屋之内。

如今，在万荷堂"老子居"的大床上，黄永玉躺着就能透过头顶的透明天窗看到日光。天窗下挂着明代鸟笼，笼里鸟儿的饮水罐为乾隆年间烧制。鸟笼下面一尊陶俑为提着鸟笼的古人形象，陶俑的历史则可追溯至宋代。正对着大床的是一幅以表叔沈从文小说《山鬼》命名的画作。床头右侧挂着一幅照片，所拍的建筑是黄永玉一家在意大利佛罗伦萨的住所——一座建于中世纪的庄园，屋前是几十亩的橄榄林。

黄永玉在香港、家乡湖南凤凰的山间也有大宅子。他会根据工作的需要，选择在这几处住所居住的时间。

黄永玉已经很少去没有自家住所的城市了。在这几座城市里，他大多数时间也都是待在家中，一天的主要时间还是用来画画。万荷堂大殿是黄永玉的画室，屋内有花梨木制成的画案。万荷堂几块巨大的木料，来自非洲加蓬的同一棵花梨木。

万荷堂的蓝本是北海公园几间普通的房子。黄永玉很喜欢，照此画了设计图。万荷堂大殿的草图更是他随意地画在一个还没巴掌大的小盒子上。

20世纪50年代初，黄永玉从香港回到北京。1989年，黄永玉从北京又移居香港。经过一些年，他觉得北京人文化环境有利于迸发灵感，朋友也多，更重要的是，北京三十多年的生活经历，让他对这里有感情。

北京奥运会前，黄永玉创作了以奥运为主题的《中国=MC^2》的画作。奥运会期间，喜欢拳击的黄永玉得到了友人所赠的拳击比赛门票，但他觉得赛场还是太远，并未亲临现场观看。当北京奥运会即将结束的时候，他突然接到通知，自己获得了"奥林匹克"艺术奖。这是第一次有中国艺术家获此奖项。

8月24日，北京奥运会闭幕那天，他从国际奥委会主席罗格手中接过了奖牌。

与此同时，在王府井大街的一家服装专卖店里，一款印有黄永玉所作的《中国=MC^2》的T恤正摆在显眼的位置售卖，当店员向年轻顾客提到黄永玉这个名字时，他们感到陌生。这个写了许多"比我老的老头"的老人已经很老了，他像是城市边上的隐士，隐匿在现实与历史之后。

"怎么想起要画那幅关于奥运会的画？我有个朋友打了个电话给我，说他负责一个画展，让我画一幅画。打电话的过程中，构图我就已经想好了。整幅画画了三四天。"

画名叫《中国=MC^2》，有点奇怪。黄永玉当时想不出什么名字，叫"奥林匹克"太远了。他觉得国家发展的质量和速度都不错，就想到爱因斯坦的公式"$E=MC^2$"。他把E换成"中国"。刚起这个名字的时候，有的人看到了有点不适应，也有朋友很赞赏，中央电视台的王志打电话给他说，这个名字好啊。

当时奥委会通知他得奖了，让他莫名其妙，"怎么会是我呢？能干的人这么多，这让我有点不安。"

"国际奥委会的人怎么评价你？"

"说的都是外语，我听不懂，不知道在讲什么。当然，我知道不是在骂我，骂我的话还给我奖干吗呢？"

黄永玉觉得自己跟奥运会有关系。"我是个'运动员'，我们国家搞了几十年'运动',我都参与了嘛。"

有人问过黄永玉,这幅画代表什么意义,他说,没有意义。美就是意义。

"有人开玩笑说,一个人活下来起码要对得起饭,每天吃饭不要对不起饭。"他做的事情很简单,画画,写文章。他很少到外地去。他每天至少画七小时,多的时候画十三个小时,感觉一幅画必须画完就连着画。连着画了四十多天的画也有,但不一定是好画;只画了一个小时的画也不一定是坏画。对于画画来说,自己满意和别人满意不一样。他经常画了一半就后悔了,然后想着下一步怎么画。他总结自己的艺术生涯就是——完成,后悔,完成,后悔……

黄永玉没有接受过太多学院式的美术教育,他觉得这对作品的多样性有好处。"中国十三亿人口,只画一种画那不是开玩笑吗?以前只准画一种画,当然不快乐了。十三亿人吃一种口味的饭菜穿一种衣服,这种时代是有过的,难道还值得留恋吗?"20世纪50年代,他的一个朋友穷得快死的时候,写信给他,说能不能给他的女儿买块花布,因为他女儿从来没穿过花衣服。那时少女是没有花衣穿的。那时候,国庆节的长安街看上去就是一条蓝色多"恼"河,"烦恼"的"恼"。

黄永玉觉得,除了那些"运动",从来没有任何人决定过他的事情。主要还是看个人的自由意志。自由是别人给的吗?别人给的还叫自由吗?自由是自己的。"包括住在牛棚里,蹂躏我,让我做苦工。我能反抗吗?不能。但心是自由的,我会躲在被子里偷偷作诗。"

黄永玉在看到巴尔蒙特的诗句"为了太阳,我才来到这个世界",偷偷地流下眼泪。20世纪50年代初,他从香港千辛万苦回到北京。此后岁月中的运动让他受了委屈。"为什么对我这样呢?在那个时期,很多作品被认为是旷世之作,现在没人提了。以前说社会主义艺术是最进步的。(其实)艺术上没有进步的概念,是繁荣的概念。"

"大跃进"的时候,他也拼命画画。"你说歌颂什么我就歌颂什么啊,是真是假我不管。当时说亩产万斤粮食,人可以在稻子上跳舞,稍微有点常识的人都不会相信。我就画了一张人在稻田上跳舞的画。"

黄永玉说这句话的时候,我默默地在脑海里将人在稻田上跳舞的画面和奥运这幅画作了一下比较,这两幅画之间只相差了四十年,却像四百年一样久远。

奥运梦游

奥运会已经开幕几天了,8月20日的早间电视节目里全是关于北京奥运会的新闻,在宾馆里同住一室的于庆祝和张彦群,还是选择躺在床上观看一部制作粗劣的国产电影作为这一天的开始。

这天,被广州美术学院副教授苏坚组织到北京看奥运的于庆祝、张彦群、负房只、王社起这四位曾在奥林匹克公园工地上干活的工人,将结束他们的奥运之旅。他们躺在两个房间的床上,等着苏坚来敲门叫他们去吃早餐。苏坚画了一幅油画,取名为《他们》,所绘内容含此四人在工地上的形象,而此画作售出所获的三万两千零八元被用作"他们"北京行程的费用。

王社起对这个酒店房间心怀留恋,"这样的房间真是高级"。他对于"高级"客房的定义是:房间里有沙发和茶叶。他上次住这"高级"的房间得追溯至1978年。那个时候,在山西太原某部队当兵的王社起获得了一次到五台山出差的机会,他和战友们被安排住进了当地的招待所,招待所房间里有沙发和茶叶。他再次住进有沙发和茶叶的房间,已是三十年之后。

王社起来自河北省邢台市南和县农村。这次出门前,他特意买了一件白色的短袖衬衣，这让他的肤色看起来更加黝黑。他脸上有一个个的"小坑"，这是他年轻时挤粉刺留下的痕迹，经年不变。"嗯，像刘翔的脸。"有人这么评价。

王社起对刘翔知之甚少。时年二十一岁的刘翔在雅典奥运会夺冠的比赛他并没有看。他已经记不得自己当时在哪个工地上打工，"都没时间看电视"。生于1956年的王社起说他二十一岁时已经当兵两年。

当兵时期的王社起，喜欢打篮球，位置是后卫，曾经做过几次场上队长，那是他几十年来唯一的"领导"职务。

当兵七年，王社起只回过一次家。"在部队上好，比在家要吃得好。"他说。他喜欢部队，他希望就这么一直在那里待下去，但他不得不服从部队安排，在1982年拿着部队发的六百块钱回到了河北农村。

回来之后不久，王社起就和同村的一位女孩结婚了。他们俩在七年前就已经订婚。等待的时间太长，以至于女孩以为王社起不要她了。他们俩只育有一个女儿，这在农村委实罕见。"生男生女，一个两个都一样。"王社起说。

王社起的女儿已有男朋友了，她的男朋友是本村人。这让王社起感到安心，同在一村，女儿即使嫁出去，他和老伴两人也不会缺人照顾。

在酒店里，王社起和负房只同住一个房间。其他人都为他的忍耐力表示钦佩。从8月16日到20日，负房只穿的是同一件衣服、同一条裤子、同一双袜子。

"当时就想着来看完刘翔的比赛就回去了，没想到住这么多天。"负房只说。

负房只从河南安阳县农村出门的时候，没忘带上两包五块钱的"红旗渠"牌香烟，"平时抽的是三块钱的，这次来北京，得抽好的烟，要不然你看看，在这酒店里，拿三块钱的烟请别人抽都不好意思。"

大家围在一个大桌子上吃早餐的时候，负房只吃了三个煎鸡蛋、三条鱼、两碗粥和数张大饼。他并没有多夹桌子中间的凉拌蔬菜。在河南老家的早餐桌子上，只有青菜，没有肉。负家一天三顿饭，只是中午那一顿饭有肉吃，因为"早上刚干完活，下午也要干活"。

当苏坚邀请负房只到北京看奥运会刘翔比赛的时候，他马上就答应了。负房只的老婆对他说，这有什么好看的？负房只说，你懂啥？奥运会，当然要去看。

不过，除了从工友的口中听到"刘翔"这个名字，负房只刚开始都不知道广告牌上那个巨大的年轻人就是刘翔。他并不识字，他给别人留电话号码的时候，某些数字的笔画是倒着写的。

负房只脚臭，于庆祝当面拒绝和他同坐一辆出租车。"他坐上来我就下去。"这句有点刺耳的话在负房只那里却毫无反应，于庆祝赶紧坐到了另一辆出租车上。

于庆祝来自黑龙江北安，他是某工厂的下岗职工。在奥林匹克公园工地的生活区里，他是一名保安，每个月的收入是八百元人民币。同时，他在工地上开了个小卖部卖东西。

"他抠门得很。"张彦群早就对于庆祝不满了。在北京打的的时候，张彦群刻意不跟于庆祝坐同一辆车。"他老想让我掏钱，这回看他自己掏不掏。"

于庆祝说他喜欢看报纸。早上，他路过报摊，拿起一份报纸，然后让负房只掏了五毛钱。

嫌负房只脚臭的于庆祝在坐下来的时候，喜欢脱掉鞋，把脚丫子搭到椅子上。

8月19日的下午,在看完蔡国强的艺术展之后,他就是这样搭着脚丫子坐在门口。门口停着好多车,离他最近的一辆是奥迪Q7。"看到了吗?这可是辆好车。"于庆祝对大伙儿说。

接下来的时间,于庆祝一直在展示自己对于各种汽车的"专业性"理解。他当保安的时候,最喜欢看停下来的车。这些天,他没少和名车合影。他希望自己什么时候也开辆车回黑龙江老家去,那被他认为是足够风光的事情。

"要开就开好车回去,至少得是辆丰田吧。"在过马路的时候,他指着一辆驶过的小型轿车说,"这么小的车,送给我都不要,开回去丢人。"

走到马路对面的时候,正好又有一辆很小的车停在路边。于庆祝瞟了一眼,说:"这种小车连个标志都没有,都不知道是什么车。"显然,于庆祝不认识眼前的这辆MINI Cooper。

刚到的那天,苏坚带着这四位去吃了一顿全聚德烤鸭,花了两千七百多块钱。但吃完之后,于庆祝不高兴了,他觉得自己并没有吃饱。回到住处,他又吃了一碗方便面才觉得肚子真的是饱了。

于庆祝如今在大连做些小生意,经常来往大连和北京之间。这次应苏坚邀请来北京之后,他找到苏坚,问:"我来北京火车上抽烟的钱能不能给报了?还有,记者打电话采访我,接电话得花钱,这钱是不是也报了?"

张彦群是看上去最不像农民工的人。他白白嫩嫩,腆着突出的肚子,挂着金项链,着装入时。他是这几位当中最年轻的,出生于1985年。张彦群的家在紧邻北京的河北涿州农村,坐一个小时公共汽车就到北京了。

虽然年纪小,但张彦群出门打工也有好些年了。他只读到小学五年级,还差一年就不读了,"小学都没毕业"。他觉得自己学习太差,不想再学了。

还在读小学的时候,他就是当地同龄人里的"大哥",谁敢欺负他兄弟,他就率兄弟们收拾谁。遇到高年级的学生欺负自己兄弟，他也有办法。他会去买两包红塔山，塞给同样是高年级的学生，让高年级的学生收拾高年级的学生。

"我跟他们吃得不一样。"张彦群说这话的时候，眼睛里放出光来。虽然他和另外三位同在奥林匹克公园的工地上，但他和老板关系亲近，吃饭是和老板一块吃的，三菜一汤，顿顿有肉吃，而其他工人是没有肉吃的。张彦群在工地上不用干什么体力活，他只要签收送来的材料就可以了。在奥林匹克公园工地上的那些日子，许多工人累得又黑又瘦，张彦群却胖了整整四十斤。

张彦群和其他三个人一样，都有一个苏坚送给他们的数码相机。另外，他这些天还挂着一个电视台记者借给他的摄像机，每到一处，他都灵活地使用手中的这些机器。他最喜欢做的一件事情是找漂亮的外国女孩合影。刚开始他还有点不知所措，但拍了几张之后，他已经驾轻就熟，尽管他一句英语也不会说。

苏坚选这些工人进行创作是有所考虑的，他认为"他们"应来自不同的年龄段，干的活有所不同。更进一步，他希望这些工人都比较朴实。

这个想法来源于他在2007年看到的一则消息。消息说，奥运会期间，大批建设奥运场馆的农民工会离开北京。

他于是有了画农民工，然后用卖画的钱请农民工到北京看奥运会的计划。

2007年8月，苏坚来到北京。他最初的计划是画建设"鸟巢"的农民工，由于受到限制，他通过一些关系，得以来到奥林匹克公园的工地上，画那里的农民工。

一共有五个民工被画上了编织袋材料做的画布上。"这不是真正意义上的油画。"苏坚刻意用这样的材料挑战人们对这幅画的理解。

北京炙热的天气里,苏坚在工地现场画下了五个工人。

王社起是第一个被画的人。他在画布前站了一天。苏坚在工地上选中了王社起,然后让负责王社起的包工头跟他说明来意。王社起非常乐意地答应了。包工头告诉王社起,放心,这一天的工钱会算给你的。等到月底算工钱的时候,包工头没给他算这天的工钱。

于庆祝和王社起不一样,他一直惦记着怎么从苏坚那里讨一天的"误工费"。

苏坚在画画的时候,用半开玩笑的口气说,这些画卖了钱后,就请他们去看奥运会。当时,所有人都把这当成了一句玩笑。

画画好了之后,苏坚对外宣布,希望能给画找到买家。他把这个活动当作一次行为艺术,表达他对社会的看法,"不断地让更多的人加入,看看会有什么样的结果"。

很快有买家通过中间人联系上苏坚,表示愿意花三万多块钱买下这幅用编织袋布画的油画。这位神秘人士至今未曾露面,苏坚都不知道是谁买了他的画。

拿到钱后的苏坚,开始准备买门票。他了解到买某保险公司的保险就可以获得一张奥运会门票。"这真是太好了,因为这几位工人并没有买任何保险,这样既给他们买了保险,又获得了门票。"

更出乎意料的是,这张门票是8月18日早上田径比赛的门票,按照赛程安排,刘翔将在那天早上出场,进行110米跨栏第一轮预赛。

此时,工人们已经离开奥林匹克公园,去往各地谋生计去了。苏坚联系上他们。这些工人没想到,苏坚当初的一句玩笑话竟然是真的。而且,他们每个人都获得了苏坚送给他们的数码相机。

所有人在第一时间都答应了此事。然而，没过多久，已经到江苏连云港打工的王红涛给苏坚发来短信："苏老师，打扰你了，奥运会我不看了。我们在农村打工，温饱问题都没解决，何谈看奥运会？别给我打电话了，我会永远记住你的。"

所有人里最激动的是张彦群。"刘翔啊，多少人想亲眼看他比赛啊！"当他告诉自己的哥们儿他要到"鸟巢"去看比赛的时候，他觉得自己真是太牛了，而他哥们儿的反应是——"你骗谁呢？"

张彦群不断地给苏坚打电话："票买了没有啊？不要玩我啊。"

2008年8月18日临近，除了王红涛之外，画里另外的几个人都表示非常乐意去。他们商量好，8月16日在"鸟巢"前见面。

在去北京之前，几个工人都在各自的工地上打工。在河南安阳做泥水匠的贠房只去向老板请假。老板问为什么请假，贠房只说，去北京看奥运会。老板怒了："你吹什么牛逼呢？"

贠房只坚持请假，老板最终答应他了，还提前支给他二百块工钱。他回到家中，又向老婆要了一百块钱。他揣着这三百块钱，进京了。

到了北京，贠房只那三百块钱几乎没怎么用，他只是花了十块钱，在前门附近，给侄孙买了一个会发光的电动陀螺。

在去看蔡国强艺术展的时候，百无聊赖的贠房只，将那个电动陀螺放在宽敞的大厅里旋转，发出了漂亮的光芒。他不知道展厅里那些插着箭的船、成群的狼是什么意思，而墙上照片里那些在北京城中轴线上空形成的火焰大脚印，他是认识的。"我在电视上看到过。"他说。

苏坚觉得蔡国强的这些东西也没什么，大家都是在玩艺术，自己可能玩得更有意思。

苏坚不是第一次引起大家关注了。

2003年7月,在广州美术馆内举行的一次关于"行为艺术"的讨论会上,苏坚突然走到讲台上大说脏话,并试图脱下自己的衣裤。他对大家声明,自己进行的就是一场"行为艺术"。

2007年3月,广州美术学院进行艺术专业考试期间,苏坚一身古装打扮,背着一块红牌,上面写着:"求求你们,别再这样考试了好吗?"他面前的红色条幅写着一首名为《咒考试》的诗,表达了他对现行艺术考试制度的不满。

苏坚把这些都归为"行为艺术",他对现实持批判态度。

这一次,无疑是苏坚的"行为艺术"里影响最大的。8月18日,"他们"在北京所受到的关注达到了高潮。

苏坚和四个民工进入了"鸟巢"。他们举着一个牌子,希望能够和参加比赛的运动员合影。一位美联社的记者帮他们联系上了巴哈马的一位三级跳远运动员。这位巴哈马运动员与他们合影,然后在他们每个人的衣服上都签了名。

十一点过后,刘翔的身影在体育场通道口出现的时候,全场沸腾。他们跟着大家一起大声喊叫。

"怎么没看到你呢?"当这几位农民工在"鸟巢"里用手机给自己家里人打电话的时候,几乎所有人都这么问,电视画面有点儿让他们失望。负房只的老婆在电话里给他出主意:"你就不能往前靠一点儿,靠前一点儿可能就看得见了。"最终,家人都没有在电视里看到他们。

四位工人看到刘翔跑了两步后停了下来,他走进通道,没有再出来。

现场的广播宣布刘翔退出比赛时,全场一下安静了下来,很多人马上就走了。

四位工人只是稍微失望了一下,然后高兴地走出了"鸟巢"。他们已经很满足了,至少获得了一位不知名的巴哈马三级跳远运动员的签名。

他们穿着签名的衣服走街串巷,直到第二天夜晚。

那天晚上,有人向苏坚提出,能不能买一件奥运T恤作为纪念。苏坚同意了。在王府井的一家奥运专卖店里,张彦群看上了一件印有福娃的T恤,其他人也都试穿了一下,但都过大。于庆祝说:"那边不是还有衣服吗?"那边是一家耐克专卖店。于庆祝看中的是一件三百多块钱的T恤。苏坚没有答应于庆祝的要求。

他们在王府井走了一圈,终于在另外一家奥运专卖店里买到了合适的衣服。出门之后,四个人一下就走散了,各走各的,他们似乎没意识到这是一个团体的活动。

回到宾馆,几天没换衣服的负房只,这次有了可换的衣服,但他还是舍不得穿,他得留着。

8月20日中午,大家吃完饭之后,苏坚把四位工人这次的花销都算了一遍,把他们的账报了,这其中包括来时的车票钱、打的钱,还有接受记者采访的电话费,但不包括他们的烟钱。另外,根据远近不同,每个人都领到了回家的路费。

苏坚提议,大家在昨晚买的T恤上用油性笔留言。结果,除了苏坚,没有一个人愿意拿出自己那件九十八块钱的奥运纪念衫让人写上字。但他们乐意在苏坚的T恤上写。

于庆祝写的是:"为祖国加油。"

张彦群写的是:"感谢苏老师。"

王社起写的是:"苏老师,我会一生记者(着)你。"

负房只不会写太多字,只写了自己的名字。

苏坚把衣服上原来印有的"同一个世界,同一个梦想"改成了"同一个世界,不同的梦想"。

写完之后,大家各自回家。

张彦群离家近,他在第二天回到河北涿州乡下。院子里,他的父亲张桂良正利用这没工可打的时间,装修自家的房子。他的母亲和姐姐在厨房里烙着大饼。

"这涿州市市长也没去看过刘翔比赛吧?"张桂良面露喜色。张彦群的房间正在装修。他说,房间装修好了,得把自己在"鸟巢"里拍的照片放大了,挂到墙上,让大家都看看,谁还敢说他吹牛逼。

吃完午饭,张桂良赶着他们家养的二十三只羊往坡地上走去。他走过村子里的泥路,看到许多人都站在门口,等着凑够人数,好在槐树下打"升级",以此打发没有什么农活可干的下午。

伤心列车

奥运会结束后的 9 月 24 日,1291 次列车停靠在台风"黑格比"扫过的广州秋雨中。列车计划在晚上八点二十八分从广州开往贵州遵义,此刻,它晚点了。

雨断断续续地下了一天,大批乘客滞留在拥挤的广州火车站里,这其中包括成准强。在"十一"长假到来之前,三十四岁的湖南青年成准强辞去了自己原来的工作。从中国政法大学毕业之后,他一直在广州工作。他是一位基督徒,此次遵义之行是去看望"弟兄姊妹"。

同样买了 1291 次车票的广西人王成江(化名)是要回广西柳州。看到火车晚点未开,他有些着急。他去退票口退票,但退票的人太多,他只好继续等待。"像是冥冥中注定要上这趟火车。"

在广州火车站匆忙的人群中,有四个贵州人也在等待。其中一位叫曹大和。

三十岁的曹大和来自遵义仁怀。在家乡的村子里,他有父母、哥哥和弟弟。他的妻子熊堂莲为他生下一女一男,年幼的小儿子还未断奶。

这个穷僻而多山的村子,三个弟兄只有三分地。这三分地上生长出的粮食尚不能满足家人一年的腹中之需。"一年快过去的时候,总还要买点粮食,才够自家吃。"曹大和的弟弟曹大军说。曹大军现在福建晋江打工。

家庭的贫困让曹大和只读到小学一年级就不再念书,学历最高的曹大军也未能读完初中。除了大哥一直留在家乡外,曹大和与曹大军都不是第一次出远门打工。

在曹大军眼中,二哥曹大和是勤劳而老实的乡下人。贵州家中房屋的修葺需要钱,曹大和想到了再次出门打工。于是,他坐了三十多个小时的火车,从贵州来到了广州。

曹大和的妻子熊堂莲回忆,曹大和到达广州之后还是好好的,因为他曾给家里打了个电话说,他到了。

事情很快出现了意想不到的状况。曹大和到广州的建筑工地上才打工一天,就开始时不时地大叫,甚至一个人乱跑到高速公路上。"他以前身体好好的,没出现这样的问题。"曹大军说。和曹大和同去广州的老乡联系了曹大和的家人,家人拜托老乡将他带回贵州。

1291次列车在晚点两个小时之后,从湿漉漉的轨道上开出。成准强、王成江、曹大和都坐进了6号车厢。车厢并没有坐满人,显得挺宽敞。王成江说,那天,车厢里大都是农民工模样的乘客。这是行驶缓慢的绿皮车,没有空调,窗户是可以打开的,"黑格比"台风带来的凉意让坐在车厢里的人并无太多憋闷之感。

火车开出不久,被夹在两个人中间的成准强就换了一个位置,从106号座位换到了103号座位。他旁边不远处,坐着曹大和与他的老乡。

成准强听到了较大的说话声。"也没在意,可能火车上总有一些人说话声比较大。"这些用贵州方言发出的喊声来自曹大和,他不时地站起来,说着一些含糊不清的话。

成准强觉得奇怪。他想,这也许就是以前从报纸上看到过的报道——有的人在坐火车时会出现癫狂的状况。

曹大和只是在自己的座位上站起来喊几声,并未走出去,也没有要破坏东西的意思。"他要是乱砸东西的话,我早就到其他车厢去了。"王成江说。

坐在附近的成准强,凑近看护着曹大和的老乡:"他会不会打人?"曹大和的老乡说:"不会。"

曹大和还是不时地站起来,有的乘客不耐烦地说,把他捆起来算了。

坐在6号车厢里的王成江,最听不惯对人用"捆"这个字。"对一样东西可以说'捆',但对人就不能说'捆',不要随便把一个人捆起来。"

王成江在广州打工多年,他看见过多种多样的"捆"。

几年前,从外地来广州打工的王成江,曾因为没有暂住证而被收容。他和一群人插了一个星期的塑料花,吃着只漂着几片菜叶的汤水。"跟猪吃的差不多。"他的朋友找到一些关系,花了六百八十块钱把他赎了出来。在彼时的广州,没有暂住证是一件危险的事情。一个叫孙志刚的湖北青年曾为此付出生命的代价。

列车继续前行。有乘客做出异常举动的消息,传到了乘警那里。

"他们来到之后大概一分钟吧,就决定把曹大和捆起来。"成准强说。

捆绑曹大和的工具是黄色的胶带。正如曹大军所说,自己的哥哥是一个老实的农民。成准强亲眼看到,当列车长要捆曹大和的时候,曹大和身体挺直,双臂下垂并拢,配合列车长捆自己。这一次捆得并不是很紧,只是在胸前和胳膊处简单地缠了三圈。

"如果他真是极度疯狂的人,这样几条胶带怎么能捆得住他呢?"成准强反问。

胶带的简单缠绕显然没有阻止曹大和的叫声,反而在加剧这样的叫声。

列车长第二次走来的时候,觉得捆得不够结实,转头再去拿来胶布,又给缠了几圈,这一次,胶带缠绕的部位包括曹大和的手腕和脚踝。成准强对此提出了抗议,但列车长并没有把他的抗议放在眼里。

曹大和没有太多活动的余地,整个身子躺到了火车的座位上,叫声更厉害,持续的时间也更长。

成准强离开自己的座位,坐到了曹大和的对面,看能不能帮助他。

被捆得紧紧的曹大和在不停地挣扎,身上不断地在冒汗。成准强不时地给他擦汗,还给他喂了橘子。他一直和曹大和说着话,希望曹大和能安静下来,这样,列车长就可以早点去掉他身上的胶带。"好好睡一觉,明天就好了。"成准强对曹大和说。

曹大和一直在向成准强哀求。成准强不能完全听懂他的话,但他知道,曹大和希望自己身上的胶带能被解开。成准强想再次去找列车长,但他发现,此时已经是晚上十二点多了。

曹大和就这么躺在6号车厢的椅子上,间歇性的呼喊或强或弱地回荡在车厢中。成准强坐在曹大和的对面,一整夜都如此,他只是打了一些短暂的瞌睡。

夜里,王成江被尿憋醒,上厕所的时候,经过他们的身旁,看到了哀号的曹大和与一直守在旁边的成准强。"刚开始还以为成准强和他是老乡，后来知道不是，我挺佩服他（成准强）。"

晚上，细雨从1291次列车窗外飘进来。躺在座位上的曹大和头靠车窗，雨点打在了他的脸上，成准强看到了，为他拭去雨水，关上车窗。火车逐渐离开广东，台风在减弱，夜色越发浓重。

9月25日上午七点，日光照进车窗，成准强无法再忍受一个活生生的人被继续捆绑的事实。

他到餐车找到乘警和乘务员，希望他们能将曹大和身上的胶带去掉。乘警问成准强是不是他的亲人，成准强说不是。乘警说，"那你管这么多干吗"。

成准强说，除去胶布不会对其他人造成什么危害，因为曹大和不具有攻击性。乘警和乘务员显然不同意他的说法，他们认为对曹大和的捆绑是必要的。

再次无功而返。成准强从餐车出来之后，有些疲惫地回到了自己最初的座位上。他在等着列车长。

九点多钟，列车长再次出现了。他来到曹大和面前，发现好几条胶带已经卷成了一条，松松垮垮的。于是，他再次转身，不久便又拿来了胶带。

成准强看到拿来胶带的列车长，站了出来，说："已经捆了一个晚上，无论如何不能再捆了。"

列车长马上又重复了一番他的理论："他跳车怎么办？伤人怎么办？出了事你该承担什么责任？"

成准强觉得很奇怪："出了事情怎么要我负责任？"他反问，"如果捆他出了事情怎么办？"

列车长已经很不耐烦了，他对着曹大和以及他的几个老乡说："好了好了，你们下一站就下车。"成准强看到这样的情况，担心曹大和与他的老乡真的被赶下车,他从列车长面前走开,用他的话说,是"选择了可耻的沉默"。

在雨后清晨的列车中,列车长决定来一次更为结实的捆绑。这一次,他将曹大和的上身用胶带绑了起来。此时,曹大和的上衣已经松开,部分胶带直接贴到了肉上。

车厢里的许多乘客都在围观列车长是怎样把曹大和捆绑成一只"粽子"的。这个过程中,有乘客看不过眼,说"绑得太紧了",列车长马上"教训"这位乘客:"你是坐着不知道腰疼。"

成准强在回忆这幕情景时觉得,这种粽子式的捆绑是致命的。他掉下眼泪,那是令他难过的情景。

在列车长完成他的"粽子"之作后十分钟,成准强看到曹大和伸出座位外边的脚不断地抽搐。曹大和的脸色已经转为苍白,冒着虚汗。

成准强再次跑进了餐车。列车长正和众多乘务员一起吃饭。他对列车长说,这回可能真的要出事了。

列车长看到又是这个年轻人,不耐烦地对他说,出了事,他负责。成准强听罢,便指着列车长说:"好,你负责,那我一定会作证!"

成准强回到车厢,找乘客要了小刀,割开曹大和身上的胶布,他不想再管列车长怎么说了。之前他认为,捆绑不是列车长的权力,而割开胶带也并不是自己的权力。

胶带从曹大和身上清除了,但他的舌头开始变色,眼睛里的光逐渐消失。成准强摸了摸曹大和的脉搏和心跳,已经摸不到了。他大声在曹大和的耳朵旁边喊着:"兄弟,不能死啊!兄弟,回来啊!"

列车长来了,这次,他听了成准强的话,通过广播找医生。

有一个自称是医生的人过来了,摸了摸曹大和的脉搏说"没事"。成准强感到吃惊,问那个医生:"你是哪个科的?"那个医生说:"骨科。"

之后，另一位女医生也来了，摸了摸脉搏，说已经没希望了。成准强没停下来，他还在按压曹大和的心脏，给曹大和做人工呼吸。

"只要再坚持一点点，事情也许就会不一样。如果我的勇敢再早半个小时，事情也会不一样。"成准强说他好恨，不是恨某个人，而是恨曹大和已死——这一无法挽回的事实。

火车在广西来宾火车站停了下来，救护车等在了那里。已经开始僵硬的曹大和被送下火车，医生证实了他的死亡。

成准强跟了下去，没有上火车，他留了下来。从那一刻起，就像他向列车长说的那样，他一定会作证。此后，他一直在跟这件事情，包括在来宾等来曹大和的家属，并帮助他们应对这场突然而至的悲剧，毕竟他是学法律的。

他去了一趟曹大和的老家，看到了曹家家徒四壁的情形。

他决定为曹大和打官司。他来到北京，去见了他众多学法律的同学，讨论这件事情。北京的礼拜天，像以往一样，他去了教堂。"我清楚地看到自己的罪过和麻木，我的内心有亏欠。这不是善举，是自己内心的救赎。"

在9月25日的那个中午，火车在广西来宾停留的时间比以往要长。目击整件事情的王成江悲伤地坐在火车上继续前行，下一站是柳州，那里，就是他的家了。而曹大和的回家路已经中止。火车上，曹大和所躺座位前的小桌上，不知是谁燃上了三支香烟，白色的烟丝在打开的车窗前随风飘散。

四季的死生

2008年快要结时，我须要给杂志写一篇回忆这一年的文章。想起2008

年到来的时候，1月的广州是那么的寒冷彻骨，我晚上坐在屋里写稿，需要一瓶二锅头来取暖。某天午夜一点钟，我站在广州火车站的边上，不是采访，只是看着某种悲苦的情绪漫过无边的人头。那是巨大而密集的人的气息，让人心生恐惧。上大学的时候，过年回家，在途中转火车，我目睹过发疯一样的赶车人从一个女老乡的脑袋上踩了过去。她始终是站着的，人怎么能一下就走到她的脑袋上去了呢？

2008年12月12日的黄昏，我再次来到北川，坐在被泥石流冲到河滩的一截枯木上，能感到无尽的悲伤在这座空城之上升起。在北川上空升起的还有巨大的圆月。我在5月的北川见过那样的月亮，冰凉而阴郁，像许多北川人内心的某个地方。

家住北川县城的唐首才在地震中失去了妻子和女儿。从唐首才在绵阳临时的"家"走出来后，我对摄影记者大食说，我看到唐首才女儿在桃花丛中的照片时，想起了几个月前在越南采访认识的那位叫张清黄诗的女孩。在西贡的艳阳下，她绽放着笑颜站在麒麟花丛中，大食在给她拍照，我和她男朋友在一旁安静地看着。北川和西贡花丛中的两个女孩，都是即将毕业的大学生，她们都和自己的男朋友对于未来世界怀抱美丽想象。不同的是，西贡的麒麟花仍在热带的季风中生长，而北川的桃花停留在了照片上。

四季的风烟尘土中，有人去，有人来。

初夏，我在四川的山道上收到一位同学在家乡去世的消息。这已经不是第一个去世的同学，他们在人世间的光阴化为记忆留在过去。初秋，回广州开会的时候，在我去北京前还跟我喝了很多工夫茶的姑公，已经成为墙上一张大大的黑白照片。姑公是画画的。十几年前，年少的我趴在老家的窗台上，看着他给三太公画遗像。如今，画遗像的人也成为遗像上的人。

秋夜，我的高中同桌给我发来短信，他在晚上十点成为父亲。入冬，我的初中哥们儿在电话里详细说着他给刚出生的儿子取名字的经过。冬天，一位小学同窗在校友录里留言，她在德国生下了第二个小孩，她今年过年不回国了，叔叔阿姨们可以省下双份的钱。还有那个我在绵阳中心医院里见到的生于5月13日的女孩，在大半年中，她成功地躲过了地震、泥石流、三鹿奶粉……生命如此不易，一个孩子的生长，得躲过几难几劫？

2008年就这么过去了，大地上将继续着永不停歇的生生死死、死死生生，如同北川废墟上生长的蒲公英，随风而去，随风而来。

第三章 乡村生活图景

Take Me Home, Country Road

在窗户边上,我发现了那座奖杯。那是《南方人物周刊》几年前颁给艺术家欧宁的"青年领袖"奖杯。颁奖当天,我穿过车水马龙的街道,去北京国贸旁边的一幢公寓里接欧宁,那是他在北京的住所。如今,这座奖杯放在安徽黟县碧山村的一个屋子里,欧宁搬到了此地。这是由民国时期的徽派老宅改建而成的:四合屋、别厅、厨房和院子。在北京,这等规模的房子属于豪宅中的豪宅。

欧宁的工作间里,桌上放着《天南》和《V-ECO》(他主编的两本杂志)、苹果电脑、半瓶洋酒、一顶帽子。帽子如今几乎成为他的标志。《碧山》是左靖主编的一本杂志书,其中一期的专题叫《去国还乡》。封面上是一个人戴着酒红色礼帽的背影。这是欧宁的背影。照片拍摄于碧山村的村口。那里有一座雕像——出生于碧山村的教育家汪达之。雕像由左靖和欧宁捐建。他们两人是"碧山共同体"计划的发起人。

我最早关注欧宁是因为纪录片《三元里》。三元里是我在广州短暂居住期间去过的为数不多的城中村之一。2003年,欧宁受威尼斯双年展委托,以三元里为对象,做了一个城市研究项目。"我从那时候开始意识到,城中村的问题与农村有着紧密联系。"为了弄明白这些问题,他开始阅读有关乡村建设的材料。他在书中遇到了晏阳初。"晏阳初的书深深打动了我,我在看他的书时,眼泪都流下来了。"欧宁说。

过去的二十年,中国的城市化进程疯狂推进。资源重新分配,农民失去土地,一部分人成为财富传奇,另一部分人得到的是血泪故事,而大多数人开始在城乡之间游走,他们已经失去土地,却无法被城市接纳。这部分被漠视的人,谁来关心他们呢?这跟晏阳初当年意识到的问题是相似的。如何推动乡村建设?如何提高民力与民智?如何平衡城乡之间的矛盾,让世人得以分享时代进程中的利益。

欧宁把自己在碧山村的家叫"牛院",英文名叫 Buffalo Institute,含有建设为一个农村研究中心之意。在牛院一楼的壁炉旁,欧宁用 PPT 给我讲了"碧山共同体"计划。这是他在巴塞罗那自治大学介绍此计划时用英文所写的。欧宁出生于粤西农村的贫困家庭,却有着广阔的国际视野。他向我推荐了一本叫《债:第一个 5000 年》(*Debt: The First 5000 Years*)的书。当年他读英文原著的时候,还没有中译本。此书作者大卫·格雷伯想要说明的是:"5000年前,远在货币出现之前,人类已经在使用复杂的信用体系进行商品交易。从其定义上来讲,一笔债既是一种信任的记录,也是一种信任的关系。"

欧宁对大卫·格雷伯的理论赞赏不已。"我对自治感兴趣,我会去研究人们如何通过交换劳动力而彼此互助,从而构建一个无需货币的环境。这样的想法是不可能在整个社会推行的,但在农村社会的小范围内却有推行的可能,这是我建设'碧山共同体'的初衷。"欧宁说。

"碧山计划"发起于 2011 年。几年的时间,对于一个社会改造项目来说,实在太短。让人钦佩的是,欧宁真的住到了这里。他希望将来在"碧山共同体"中推行"时分券"。"时分券"的概念香港已有,并有机构在实践。什么是"时分券"?简单地说,大家参加各种劳动所付出的时间可以兑换成"时分券",通过"时分券"交换劳动成果。这是没有类似银行中间环节的,更接近大卫·格雷伯所说的,5000 年前人类就有的物物交换。

碧山村在皖南偏僻的田野中。这里不是旅游点,从黄山机场打车过来需要两百块左右。拉我的安徽司机师傅一路上停下来问了好几次路。"为什么不去宏村和西递呢？这里有什么好玩的呢？"司机师傅不解地问了好几次。

按照网上搜索的路线，我住进了碧山村猪栏酒吧的二吧。之所以叫二吧，是因为猪栏酒吧的第一家店在西递。在碧山村的油厂旧址，有正在建设的三吧。猪栏酒吧的主人是诗人郑小光和他的妻子寒玉。

猪栏酒吧的名气已经不限于国内，它被写入了 Lonely Planet 的中国旅游指南。我在猪栏酒吧所住房间的对面，是法国电影演员朱丽叶·比诺什住过的房间。"她在这里住了三天。她喜欢这里的一切，每天出去游玩，都会赶回店里吃饭，对这里的饭菜赞不绝口。"寒玉说。

皖南的冬天是旅游淡季，田野里一片枯黄，偶尔飘来烧草的烟味。有时候，就我一个人坐在店里吃饭，窗外是掉光叶子的枝丫和平静的池塘，鱼儿在水中游动。冬天是闲适的。店员大多来自碧山村。看着他们在白墙黛瓦的院子里摘菜、聊天，你会产生"故乡"之感。在碧山，我好几次想起王朔《动物凶猛》的开头："我羡慕那些来自乡村的人，在他们的记忆里总有一个回味无穷的故乡，尽管这故乡其实可能是贫困凋敝毫无诗意的僻壤，但只要他们乐意，便可以尽情地遐想自己丢失殆尽的某些东西仍可靠地寄存在那个一无所知的故乡，从而自我原宥和自我慰藉。"

这样的一种故乡，有时并不是地理上的故乡，而是心理上的。让人产生故乡感的，有可能是你从未去过的地方。欧宁也有这样的感觉。这是他被碧山吸引的原因。"这里吸引着越来越多的人从外面前来购买和修缮旧宅，这样的流动，不仅从物理上激活了更多的历史遗迹，也促进了乡村生活的复兴"。在欧宁看来，"黄山景区风光奇美，但主要是一种'被观看'的旅游资源；而周围的村庄，才是一种生生不息的日常生活，它们沉淀着在行政概念上已不复存在的古老'徽州'的种种细节，那是一个时光深处的故乡"。

这种对传统心存敬畏，同时又追随自己的心灵，营造出的自由舒适的居所，欧宁称之为"心宅"。

"我和寒玉上中学的时候就认识了。"欧宁说，"当时我们都在《语文报》上发表了诗歌。"欧宁送了一本当年秋季出版的《天南》给我，"入口"是寒玉的九首诗。

我入住猪栏酒吧的那天，诗人杨键正好从马鞍山坐朋友葛亚平的车来到碧山。葛亚平也是欧宁在中学时代就结识的诗友。杨键无数次发出对皖南的感叹。那两天，他说得最多的一个词是——"皖南"。杨键从马鞍山来——那是皖东的一座工业城市。在猪栏酒吧的火炉前，他说起自己的写作。让我惊讶的是，他多年来所受到的困扰是马鞍山家里楼上腌咸菜的声音。"楼上住的人天天发出很大的声响，我说了多少次了，都没用，他们说你去叫110来都没用。"他非常无奈，只能这样整天顶着腌咸菜的声音写诗，画画。

到了皖南，他能找到平静。在皖南，或者说在碧山，能真切感受到时序的变化。正好是冬至，天气寒冷，树木凋零，这让徽派建筑的白墙黛瓦更像一幅水墨画。

诗人庞培恰巧也来到碧山。于是有了诗人的聚会。冬至那天，饭桌上，忽然停电了。寒玉拿出手机，朗诵起穆旦的《冬》："……我爱在冬晚围着温暖的炉火，和两三昔日的好友会心闲谈，听着北风吹得门窗沙沙地响，而我们回忆着快乐无忧的往年……"

冬至后的第二天，欧宁让他的弟弟欧文带我在村子里到处转转。这是一个出生于1986年的年轻人。头一天晚上，他抱着吉他又弹又唱。世界在他面前刚刚打开，他能在村子里待多久呢？欧文说，他还是要出去的，现在是来碧山感受一下。当欧文带我到村子里最大的祠堂时，远在北京的女朋友与他通了很长时间的电话。通完电话，看得出来，欧文开始焦虑。"不好意思，我不能陪你逛了。"他说，"我得马上去北京。"

他立即订了当天从黄山飞往北京的机票。这是现代社会乡居的好处，即便远隔千里，也能在数小时内赶到。"两情若是久长时，又岂在朝朝暮暮。"这是北宋的时空观。现在即便不能见面，覆盖乡村的网络，也能让情侣们随时联络。

告别欧文，我在村口见到了汪寿昌。刚才看到的那个大宗祠，变成钢笔画，挂在了他家的墙上。欧宁鼓励汪寿昌写书，把这些画和文字拿去印刷。他看上去信心不是很足，但仍觉值得一试。皖南的冬天冷入骨头，我和汪寿昌坐在木桶上烤火，这是皖南独特的取暖方式。

在汪寿昌家缺少光线的老宅里，他对我说得更多的是他父亲当年闯荡上海滩的事。他自己对于外部世界同样充满向往，但是时代没有给他这样的机会。欧宁刚来碧山时，汪寿昌感到不解。一个一直想走出乡村的人，看到一个在中国大城市生活的后辈，选择了到乡村居住。"说实话，我并不能完全理解欧宁做的事情。"汪寿昌说。

这是上百年来做乡村建设的人遇到的共同问题，怎么能够让这里的人明白他们到底要做什么呢？

欧宁非常投入地学习乡村逻辑和民间规则。他会向村支书和村民们请教，会跟他们在不同的酒局上喝酒。有一次他喝多了，骑着电动车回家，掉到田里，村民将他抬了回去。

黟县只有九万多人口，这里的乡土建筑却保存得相当多，这是宝贵的接续传统的资源，尽管这样的传统已然不多。从2011年开始，欧宁和左靖每隔两年办一次"碧山丰年庆"，邀请艺术家、作家、学者和乡村建设者来到黟县，进行研究和创作。有的人来这里之后，也开始购买老宅。

欧宁认为，随着安徽省成为农村建设用地流转新制度的试点，宅基地可以入市交易，徽派民居的产权转让可以获得更好的法律保障，来此购房的人将会越来越多。"如果农村土地和房产全部落入那些只不过想来农村度假,把农村变为城市的服务基地以赚取利润的人手中,那将是另一场灾难。"欧宁说,"农村需要更多逆城市化和认同乡土价值的年轻人的回流,但购房归田对于普通收入的他们来说仍是高门槛。如果农村能创造出更多的工作机会,那对他们来说,将是一个参与乡村建设的更便捷的入口,这是'碧山计划'努力的方向。"

来自广州的莫夜和他的蓝田计划团队成员何子健、蔡远河曾受邀参加黟县国际摄影节与碧山丰年庆。尽管到最后,大的丰年庆被取消了,但莫夜还是完成了他们的计划——"扑克寻脉"。

他们将印有调查问题的扑克发给村民,既娱乐了村民,又作了田野调查。莫夜熟悉田野工作,他在大学学的是人类学。

公共空间是莫夜作田野调查时看重的。各种各样的公共空间功能相互补充,才能组建成一个完整的社区文化象征流通系统。在乡村社区选择合适的公共空间,将会更容易进入田野。"一个社区或者一个族群,很可能都会有他们的公共空间,传统的农村有祠堂、庙宇、会馆及其他地标建筑等。这些建筑是族群象征资本的'容器'"。

社会学家布尔迪厄"象征资本"的理论给了莫夜许多指引。布尔迪厄对文化象征资本的看法是,任何文化知识体系都有一种把社会权力体系引入并使之合法的特性,而权力意识形态的结构化将社会限制和支配剥夺合法化了。在布尔迪厄那里,文化资本和社会资本共同构成象征资本。

"在一个较多年轻人外出打工的老人乡村社区里,每个村民拥有的象征资本基本恒定的情况下,大树下的公共空间可以算得上一个文化象征资本流通的缓冲带。这是供老人乘凉、思考的地方。在田野工作中,你可以找他们聊天"。

2013年12月底的一个午后，莫夜开着车，带我来到广州海珠区沥滘村的一棵大榕树下——这是当地的公共空间。人们在看着地面的翻新。

"莫夜"不是他的真名，他不愿将工作与工作以外的事情混在一起。"莫夜"是他在开展关于文化保育的"蓝田计划"时所起的名字。

"为什么叫'蓝田计划'呢？"莫夜说蓝田有蓝图的意思。他还提到了《梦田》这首歌："每个人心里一亩，一亩田，每个人心里一个，一个梦，一颗呀一颗种子，是我心里的一亩田，用它来种什么？……"

莫夜和他的伙伴们给"蓝田计划"定下的宗旨是："修复重建社区族群认同。蓝田计划将以行动组的方式在乡村社区寻找独立试点，以服务乡村社区原生文化艺术为参与方式，为青年人提供一个可以比较深入接触参与传统文化活动的平台，并在过程中将乡村尚存或重现的物质及非物质文化形态采集记录下来，积聚成一定规模的资料数据库，通过分享会、研讨会、展览及出版物的形式，在更大范围的青年人群和学术领域吸引关注，为传统文化的继承与延续寻找有价值的经验。"

吃完午饭，莫夜带我去了沥滘村。"未有河南，先有沥滘"。沥滘最大的姓氏是"卫"。这里有多处卫氏宗祠，最大的一间建于明代。

大宗祠上有副对联："爱江海汪洋先入番禺开沥滘，羡峰峦秀丽再过东莞辟茶山。"说的是此地卫氏家族迁徙的历史。

这副对联引起了我的好奇。因为我的家人说，祖上可能来自东莞，而东莞卫姓又来自沥滘。这里有可能是我这一脉卫姓的上溯之地。"你看，我可能还给你先保育了。"莫夜笑着对我说。

莫夜对沥滘村的文化保育工作已经做了好多年。他几乎每个星期都会来沥滘一次，收集、整理这里的历史。在卫氏心和祠，莫夜进去之后，兴奋地叫我去看,说:"这些东西还在。""这些"是当时做活动时,在墙上用粉笔画的画,既不损害文物,又能让大家看到这些建筑给大家的思考。墙上有一条贯穿的红线。"这是生命线的意思,寓意保护我们的传统,就是保护生命"。

这是"蓝田计划"办的第一个大活动:"沥滘站——一个正在消失的坐标系"公益展。"细碎的镜面映出龙舟的倒影,记忆中的地图勾出曾经的水乡;睡在地上的水车、破瓦、朽木、秧盘、蚬篓……所有这些旧物被放在年久失修、断壁残垣的古老祠堂中,展现后竟有一种震撼人心的效果。"这是当时媒体对于此次展览的描述。

在 TED×Guangzhou 大会上,欧宁偶然接触到这些年轻人,便开始关注他们的工作和行动。"历史意识和民间精神在他们身上提前苏醒。"欧宁说。

这些年轻人进入城中村,收集遗失的关印、关帝经、竹叶藏诗碑,在关帝庙进行送关刀的仪式,"试图接续和传承这一曾在南方非常兴盛的民间文化"。

2013 年,"蓝田计划"团队在广州方所组织了"保育之匙"的活动。欧宁参与了这次策展。莫夜一直强调观众的参与性。这又是一个类似"游园"的活动:在方所的空间内,放置五十四个分成六种颜色的保险箱,通过提示,观众可寻找藏于《关帝经》拼图中的密码。"有些问题很难,没有人全都答出来。"莫夜说。

与远离繁华都市的徽州农村相比,身处喧嚣之地的广州城中村,想保住传统更为不易。"你看,那些都是红砂岩。"莫夜指着沥滘村巷中的地脚基石说,"这些都是老东西。"他已经能从砖缝的纹理推断出房屋的大致年代。巷子里还有一些散落的红砖石,那是城市化车轮碾过之后的残留。

莫夜带我去了沥滘村的一处诊所,其实那是一座古庙,被钢筋水泥所包裹。他还带我去了一座卫姓人家的古宅,他曾经跟宅子原来的主人聊过多次。

卫姓主人原本希望将此处辟作博物馆，但他不久前去世了。"他的家人已经将宅子卖掉"，这里不会有博物馆了。

莫夜走在路上，看上去总是不太能快乐起来的样子。"这样的忧虑，一般都发生在被认为保守的耆老遗民身上。难得的是，也有一些风华正茂的年轻人，投身于这样的努力之中。'蓝田计划'，正是这样一群怀德好古的后进发起的一个长期的文化保育项目。他们成长于广州，一个最早对外开放、启动城市化进程的南方都会。也许正因身处历史变动的旋涡，所以对传统文化凋敝和族群认同丧失的体会更为深切。"这是欧宁在介绍"蓝田计划"时所作的论述。

莫夜带我到卫氏心和祠的时候，有人正在那里打乒乓球。1949年后，这里曾经是生产队宿舍、酒厂、养鸡场……

沥滘离市中心不远，但没有多少人知道这里的历史了。"沥滘"对于很多人来说，只是一个地铁站的名字。就好像祠堂，这是一个可以参观的地点，而祠堂的功能已不复存在。人们搞不清楚"我从哪里来，我是谁，我到哪里去"，或者说，许多人已经不在乎了。这个社会到处是一副满不在乎的样子。

"沥滘站——一个正在消失的坐标系"的海报上有这样的话："历史的文脉不会在我们这代断裂！NGO组织（非政府组织）蓝田计划集合了不可思议的力量，让所有关心我们脚下的土地上发生过故事的人，集合到一座荒草垃圾涂鸦密布的衰败古建筑里。"

宗祠是一个村子保留乡土传统的重要标志。在福建连城县培田村的一个早上，我看到一户人家在宗祠进行了祭拜仪式，然后燃放爆竹，开始一天的活动。天气已经很冷，我在培田村里没有找到烤火的东西。"我们这里冬天不烤火，因为烤火容易得风湿。"吴家大院的小吴跟我说。管这里年轻的男性叫小吴，上了年纪的人叫老吴，肯定不会错，因为这个村子里的人都姓吴。小吴原本在厦门的酒店工作，为了帮助家人经营"吴家大院"，他回到了培田村。如今是旅游淡季，我入住吴家大院的时候，这座1600平方米的明代院子里，只住着我一个客人。

穿过迷宫一样的乡间小路，我找到了培田客家社区大学。这是晏阳初平民教育发展中心和正荣公益基金会办的社区大学。"直到现在，有关部门的一些人还让我们摘掉'社区大学'的牌子。他们觉得，你一个村子里的机构，怎么能叫大学呢？"潘晓婷跟我说。她是培田客家社区大学唯一的正式工作人员。"社区大学"在国外早已司空见惯，但在中国村子里出现的任何非官方的新事物，官员们都会报以习惯性的"警惕"。

选择培田建设客家社区大学，源于邱建生。他是晏阳初平民教育发展中心总干事，福建上杭人。"我们是不期然遇见培田的，尽管这朵客家奇葩已经在我家乡附近开放了八百年。如果不是王丽老师在《中国青年报·冰点》上的文章，如果杨东平、梁晓燕两位老师没有邀我一块去培田，我们可能现在都还不知道她的存在。必然在于，城市化、工业化的高歌猛进中，乡村的身影正变得越来越暗淡无光，我们过去十年的乡村建设实践在汹涌的文化发展面前也已显得力不从心。如何从乡土文化的复兴层面上对发展文化进行反思和修正，成了摆在我们面前的一个重要任务，而培田，恰在此时出现了。"

培田村已有八百多年历史，村里有大量的明清时期建筑群，2006年成为国家级文物保护村落。培田社区大学旁占地超过六千平方米的大夫第正在修葺。出生于培田的吴美熙站在屋檐下，给我讲这座大宅的结构和历史。许多年前，他曾是培田小学的校长，而当时培田小学的办公室是有千年历史的南山书院。吴美熙退休之后，培田小学的教育曾是一派衰败的气象。

潘晓婷带我逛了培田小学里的南山书院。这是培田村历史上的九个书院之一。在社区大学来到培田之前，培田小学已面临撤校的困境，整个学校只有十几个孩子。"我们当初刚来这调研的时候，有的年级只有一个孩子。"潘晓婷说。

培田小学的困境是中国乡村教育的一面镜子。教育的资源向城市倾斜，城乡之间的教育也变得极度不平衡，而且，教育是统一制式的，差异化的乡土教育几乎是被忽略掉。培田社区大学开始在村里组织夏令营，内容多与传统、农耕、土地有关，重点在于培养孩子们对于乡土故园的价值认同。

"现在夏令营很受欢迎，报名的人数都超过原来限定的人数。"培田小学是潘晓婷带我去过的村子里最热闹的地方。正值课间，同学们在操场上跑动嬉闹，不断有同学过来跟"潘老师"打招呼。

吴美熙对我说，要是过年的时候来，能看到更多传统。元宵节期间会有游龙，吴姓每一房出一条龙，非常热闹。这样的传统曾经中断过，这几乎是全国的现象，舞龙、舞狮逐渐从街巷上消失了。身处广州的莫夜，他的"蓝田计划"中有一项就是组织醒狮队，经常聚在一起训练，他们希望让传统融入日常生活。

社区大学进入培田之后，经吴美熙这样的当地老人重新倡议组织，"游龙"又回到培田的巷子里。

在我到达培田的第一个夜晚，村子里响起了鼓声。这是培田的腰鼓队。这并不是从来就有的队伍，这是社区大学专门从河南请来的腰鼓老师组织的。

"要打破人心的隔膜，需要通过合作文化与合作经济的建设，把村庄的精气神重新激发起来。当村民从电视机前走出来，从麻将桌上走下来，参与到诸如文艺组织、合作经济组织的队伍中来，他个人以及村庄的生命就悄悄地鲜活起来了。"这是邱建生的愿望。

邱建生希望互助并不只是停留在文化上。经济上的互助，会让社区保持更持久的活力。社区大学给培田的定位是"生态村"。这是一条更漫长的道路。

在培田的一些小店里，会挂着印有"培田春耕节"的袋子。春耕节以农耕体验为主，村民和市民共同参与，内容涉及扶犁下田、乡村工艺、小吃比赛、文艺表演等多方面。

在春耕节上，吴来星放了他拍的纪录片《培田土地记忆》。吴来星曾经是培田的村支书，他是社区大学的积极支持者。他希望自己的家乡能够有所改变，许多年前，他还曾经到华西村取经。

下午四点，培田村老人公益食堂灶头的大蒸笼里，已经有水气蒸腾。村里一些独自吃饭的老人，把饭菜拿到这里蒸。社区大学希望将老人们组织起来，建立他们自己的互助系统。

吴来星是公益食堂的负责人之一。他请我到他家做客，喝了许多当地的米酒。他拿出一大摞吴氏家谱。这是宝贵的遗存，许多人从这里找到了与"故乡"的关系。

吴来星是村里有名的文化人，喜欢讲关于文化的任何东西。多读书，在上了年纪的培田人看来，是天经地义的事情，"养子不读书，犹似养条猪"。吴来星读得最多、最细的书是《康熙字典》，他已经反反复复读过多遍。

吴来星正在写一部一百二十回的章回体小说《培田演义》。"山色消磨古今，水声流尽年华"是书中的诗句。

这是对培田的描述。爬上培田对面的山岭，那里有一个观景台，可以看到培田的全貌。那一片片连缀而成的灰黑色屋顶，很是壮观。这是客家古民居的一种形式——九井十八厅。在另一处，是培田新村，完全是白色的盒子。

社区大学在培田的工作处于社区动员阶段，一个互助型社会系统的建设还需要很多时间。所有搞乡村建设的人都会提到晏阳初，晏阳初是他们前行的动力。这种动力包括长时间的坚持不懈。

除了搞乡村建设的人，许多人已经将晏阳初遗忘了。"他成了故纸堆里头的一个小人物。"邱建生对此非常感叹，"思想是光，它总要从黑暗中透过来。晏阳初先生的思想和精神是当我们回望20世纪的中国时，能够使心灵感到温暖的少数几束光中的一束。今天，中国并没有从传统的农业社会中走出来，广大农村的许多地方，'贫、愚、弱、私'仍是主旋律，民智尚未全然开化，民力没有得到足够发挥，而民主建设任重道远。"

在晏阳初"定县实验"的鼎盛时期，那里聚集了数百位知识分子，其中有六十位是博士、教授，晏阳初引领的平民教育当时被称为"博士下乡"运动。

晏阳初走的是改良的道路，但在当时的社会氛围中，激进主义的暴力革命思潮占据了上风。1949年后，晏阳初的思想在大陆被扫入故纸堆。

2010年，晏阳初逝世二十周年，邱建生撰文《为中国找回晏阳初》，发表在《南风窗》杂志上。他在文中引述了晏阳初的一段话："今日最急需的，不是练兵，不是办学，不是开矿，也不是再革命，我们全国上下人民所急需的，就是革心。把那自私自利的烂心革去，换一个公心。有新心而后有新人，有新人而后有新社会，有新社会而后有新国家。"

我到达海口博学村的"花梨之家"的时候，这个海南第一家民宿里，一个人都没有，连主人都不在。我坐在院子的摇椅上等主人回来，两只关在栅栏后边的小狗不停地向我吠着。

这里的地貌真是独特，一路上，各种热带树木成片排闼而来。田野里的矮围墙全用火山岩垒砌。院子不远处，有人在把火山岩搬上车，这能卖个不错的价钱。

火山岩是不利于种植的。这里还缺水。为了解决水的问题，陈统奎曾经多次给相关部门写信，才得到解决。

陈统奎曾经是《南风窗》杂志驻上海记者，他也是村子里这么多年来第一个考上名牌大学的人。他毕业于南京大学新闻学院。如今，他的名片上一面印着"社会企业研究中心副主任"，另一面印着"海南岛博学生态村发展理事会创会理事长"。

"花梨之家"是陈统奎将自家院子改造而成的。之所以叫"花梨之家"，是因为他父亲陈召连在院子里种了六十多棵黄花梨。

博学生态村有一条山地自行车赛道，这是陈统奎建议修建的。我沿着这条火山碎石铺就的赛道走了两圈，沿途都是果树，以荔枝居多，有的树下还有蜂箱。这里的荔枝蜜是往外推广的主要生态产品。在快到村口的时候，我看到几个年轻人在烤椰子玩。村口有许多椰子壳做的蜜蜂。陈统奎希望把这里建成"蜜蜂共和国"，这一做法是受台湾桃米村"青蛙共和国"的影响。

2008年，陈统奎在北京逛万圣书园的时候，淘到一本叫《再造魅力故乡——日本传统街区重生故事》的书。书中写的是一群青年返回故乡，与当地青年发起再造故乡的运动。日本建筑师西村幸夫在中文版序言中说："中国的读者若能像对待年长的老友、年迈的骨肉亲人那样，用温柔的目光来看待自己的故乡，我就备感荣幸了。"

20世纪70年代后期，日本开始了一场遍布全国的"社区营造"运动。"社区营造"指的是，居住在同一地理范围内的居民，持续以集体的行动来处理其共同面对的生活议题，解决问题的同时，也创造共同的福祉，居民彼此之间以及居民与社区环境之间建立起紧密的社会共同体，此过程即为"社区营造"。整合"人、文、地、景、产"五大发展方向，是许多"社区营造"计划的目标。

2009年，陈统奎去了一趟台湾。台湾早在20世纪90年代就引入日本"社区营造"的经验。在南投的桃米生态村，陈统奎看到这个"社区营造"的典范。

这让他深受启发。返回大陆后，他就着手在自己的老家海口博学村进行"社区营造"计划。

刚从北京吉利大学毕业不久的陈统夸成了哥哥陈统奎的得力助手。陈统夸是真正完全回到了博学村，成为"民宿主人"。

陈统夸骑着他的电动车回来了。这是 2013 年的最后一天。晚上，号称"厨房男"的他做了两个菜，就着一瓶啤酒，就算是跨了年。这里没有电视，上网的信号也不好。"你会问我孤独吗？"我还没问这个问题，陈统夸就先自己说了。"你说我孤不孤独？"一晚上的谈话，大部分话题围绕陈统夸喜欢的女生。我能感觉他正深陷暗恋的苦闷之中。他期待高速公路能尽快完善，这样到海口市区就会方便一些。这里离市区确实远了点，我打车过来，花了 120 块钱。晚上，陈统夸弹起了吉他，其中一首是《老男孩》。"这说的不就是我吗？"陈统夸抱着吉他说。

很多时候，"花梨之家"是陈统夸一个人在打理。我看到他一个人洗床单、做饭、洗碗、遛狗、修理木质平台、招待客人。他的脾气之好和能量之大让人惊叹。

小时候家里穷，哥哥陈统奎给过他很多照顾，当哥哥要做这件事情时，陈统夸就回来帮忙了。客人没来的时候，他会一个人坐很长时间的车到海口市区打篮球。订房电话是他的手机号。

说不定什么时候就有人来。元旦的中午，一群人蜂拥而来，在院子的草坪上烧烤，留下一堆垃圾，然后走人。陈统夸不喜欢这样的方式，他认为自己办的不是农家乐，而是一处人们能有更多交流的民宿。所以，这里不提供麻将，不提供 Wi-Fi。

一个返乡大学生论坛在海口举办。陈统奎是该论坛的发起人之一。陈统奎曾经发布一份标题为《183 乡向前行》的倡议书，呼吁海南籍大学毕业生回到海南的183乡镇创业，开民宿，开咖啡店，搞有机农业和社区营造，再造魅力新故乡。

在很多村里年长的人看来，这帮年轻人像是小孩在玩游戏。在成立博学生态村发展理事会时，不同年龄段的人、返乡青年和村民们的看法之间就出现了矛盾。这是所有做乡村建设的人都会遇到的问题。适应乡村逻辑，这是必须要过的一关。

"花梨之家"的院子里有几株长了九年的花梨树，陈统夸的父亲陈召连正在护理，他光着脚走在火山碎石上，"习惯了"。这些长了多年的花梨树看上去仍然跟小树苗似的。海南黄花梨之所以价值不菲，就是因为成长周期极长，这有点像乡村建设本身。

我在新年的第二天离开海南，去往山西和顺县的许村。这一路采访，我几乎都没事先跟受访对象打招呼，遇到谁就采访谁，我觉得这更容易捕捉到日常生活的状态。当我到达许村的时候，发现季节对于乡村建设也有影响。我没找到留宿之地，因为冬天来了，没游客，农家乐基本处于歇业状态。我到村子里走了一遭，看到许多改建过的老房子，看到戏台，看到酒吧，看到工作室，都关着门，这是许多乡村建设起步时的状态。

那一刻，我想到了另一个地方——大理。那也是一个许多人会生发"故乡"之感的地方。许多人去那里建房子，成为常住居民。洱海边那些疯长的房子让人感到隐忧。我能感觉到某种变化。在双廊洱海边，有人指着不远处的地方告诉我："你看，那就是杨丽萍的房子。"杨丽萍的房子似乎是某种隐喻，原本是诗意栖居的象征，后来引发了排污是否影响洱海的争议话题。

有的"新都市主义"者说，别随随便便就回乡村建个房子，爱护乡土的办法就是别长在那里住，让故乡成为"故乡"，就拉开距离吧。有的人说得更直接,"故乡"回不去,之所以称"故",那意味着属于过去,而时光一去不复返。

在碧山村的饭桌上,寒玉朗诵完穆旦的《冬》,庞培接着念了一位不知名诗人未曾发表的诗歌。这是一首关于"故乡"的诗歌,诗句击中人心。庞培念完后,大家的掌声并不是客套,而是心有触动。有几句大致是这样的:"昨天出生的人 / 今天是不可能再出生的 / 归宿已提前到来 / 从此 / 谁给我故乡 / 我也不要。"

诗人们围桌念诗喝酒的情形让欧宁感叹:"这让我仿佛回到了 20 世纪 80 年代。"许多人在回忆 20 世纪 80 年代的时候,会有"故乡"之感,时间的概念有时会化为空间的概念。

晚饭后,大家聚集在猪栏酒吧的三吧,在炉火边弹琴歌唱,喝茶聊天,直到夜深。

三吧位于碧山村北端的田野之中,不远处便是群山,漳河流过,清澈见底,水草丰美。走出三吧大门的时候,半个月亮挂在天上,能看到地里刚种下去的大片油菜。我想到了宫崎骏的《龙猫》,那些在暗夜的田野里疯狂生长的植物,将你送上云端。埙,响了起来。

宫崎骏的电影也是那种能产生"故乡"感的作品。他监制的《侧耳倾听》中,甚至有一首改编成日文的歌曲 Take Me Home, Country Road。曲中许多句歌词变了,不变的那句是:"Take Me Home, Country Road."

乡宴

春节,我回到故乡,从书架上翻到一个从未用过的笔记本,那是我在高中某次作文比赛中所得。我还记得自己当年写的是《我和酒的故事》。其中一个故事发生在1984年年初，我在三岁多的时候，和爷爷从县城出发，步行十六里地，赶赴三叔公女儿敏燕的结婚宴席。

那是我第一次去爷爷的故乡——广西平乐密山渡村。之所以说那是爷爷的故乡，是因为爷爷在那里出生，而我和父亲都不是在那里出生，我爷爷的爷爷也不是在那里出生。爷爷的爷爷在哪里出生呢？家里人现在都还说不清楚。

十六里的路途至今清晰如昨，对一个三岁多孩子而言，显得过于漫长，但沿途辗转而来的山水让你觉得世界在眼前渐次打开。乘坐渡船过了一条江之后，三叔公家就快到了。我对爷爷说，我晓得这里为什么叫密山渡了，因为——密密的山，有渡船。

那并不是一趟完美的旅途。我很快便在婚宴上大哭大闹，因为婚宴只准备了散装的米酒，而没有当时流行的汽酒。我拉着爷爷要回家。三叔公赶紧到村口的杂货店买了一瓶汽酒，才让我安静下来。我把汽酒倒入瓷酒壶里，再倒进瓷杯子里喝，喜笑颜开。我和爷爷在故乡住了一晚。我现在都还记得所住房间的样子和自己家不一样，看上去更加老旧。

房子其实是卫家人建于1936年的老房子的后半部分，前半部分在20世纪50年代初被征用为农会办公处所，此后多年，又被用为村公所、信用社等，现在被村委会租给无房的村民。

我的父亲小时候曾经在前面的屋子住过。那是20世纪60年代，他跟着同学到附近的水电站劳动，晚上住在那里，他能透过房屋的木板缝看到对面的亲人在洗衣服，但他却不敢出声。因为他听到另外两位同学在说："你知道我们住的是什么地方吗？这可是地主家的房子。"20世纪50年代初，划定家庭成分，作为当时密山渡最"富有"的人家，卫家被划为了"工商业兼地主"。

以前，老房子的前半部分曾经是自家所开商店的门面，叫"卫鼎记"。这招牌来自于爷爷的爷爷。他曾经是教书先生，在家乡德高望重。大概是19世纪末，清朝临近尾声的时候，他独自来到广西平乐，开启了卫姓一脉在此的基业。教书的职业收入不高，在1936年以前，卫家人在密山渡都是租房子住。

尽管清贫，但卫家人家教极严，小孩犯错，定会受到责罚，长辈的权威不可动摇，上下两代人之间沟通不多，以至于下一辈人很难说清楚上一辈人的事情。三叔公如今是家族里的最长者，回忆往事时，他经常用"听闻"二字开头，不是他记不清楚，而是当年所知有限，表达又一贯严谨。

三叔公的父亲是我的大太公（我曾祖父的哥哥），他年少时，带着家里人在外赚到的一些钱回家，途中被土匪劫持，钱财被抢光，他怕被家人责骂，不敢回家，便去桂林投考广西陆军小学，后被录取。广西陆军小学由蔡锷创办，新桂系三巨头李宗仁、白崇禧、黄绍竑都曾就读于此。这里是广西军队新思潮的中心。辛亥革命爆发后，大太公从军入伍，在部队里当上了小军官，但他不久后便从行伍抽身而退，回到了密山渡，将积攒下来的一些钱买了地，建了房，做起了生意。而他的同学们继续着自己的戎马生涯，使得新桂系成为中国最为重要的地方实力派之一，一度成为国家权力的重要组成部分。

在20世纪三四十年代，密山渡的卫家人开始摆脱以往的清贫生活，过上了不错的日子。三叔公跟我回忆他这辈子见过的最大的宴席，是他的爷爷去世的时候家人所办。那是20世纪40年代初，"每天吃的流水席有一百多桌，吃了三天三夜啊。"三叔公说，"这么大的场面，首先家里得有些钱，而且去世的人受人尊敬。"那时候，卫家经常接济村里的困难之人。直到现在，村里上了年纪的老人还会说，这家人是好人。

当时家里有将近三十口人吃饭。如今家住广州的姑奶跟我说起过当时吃饭的场景，"至少摆两桌，好热闹。"但这绝不是好吃懒做的一家。我奶奶生前说过，原本想着是嫁入了富贵人家，但每天的劳动却相当辛苦。

我的爷爷是他那一辈人中的老大。我看过他年轻时的照片，穿着背带裤，意气风发。他喜欢戴一块日本手表，骑一辆德国自行车。

但在1984年初，六十六岁的爷爷带着三岁多的我，走在通往家乡的路上，早已不再意气风发。在我的印象里，爷爷是个沉默寡言、谨小慎微的人。三叔公给我的感觉也是这样。那时候，三叔公会从十六里以外的密山渡挑着两大筐腐竹到县城售卖。20世纪80年代初，生意这件事情，又回到了集市上。这三十年来，三叔公在乡下过得不容易。

在密山渡生活的七、八、九叔公一直未婚。他们在适婚的年龄因为家庭成分不好，没人敢嫁给他们。过去的一年，九叔公从密山渡去往成都，照顾身体不好的四叔公。就在春节前几天，四叔公在成都病逝。2008年四川地震的时候，我到当地采访，工作完成之后，去看了四叔公。几年之后，我重访四川震区时，已经没有机会再见到他了。

南宁的二叔公去世的时候，我从二叔公的遗物里看到一封四叔公当年从甘孜寄给他的信。四叔公曾经在四川藏区工作多年，他曾经兴奋地向我形容贡嘎山的壮美。他们都是从密山渡走出去的人。他们那一辈卫家人，读大学的很多。二叔公、二姑奶读的是中山大学，四叔公读的是广西大学，五叔公读的是东北工学院，六叔公读的是南京大学。同一辈人里，这么多人读大学，在密山渡，至今没有出现第二家。可是，不要说下一代，七叔公之后的几位长辈都失去了上学的机会。

大年初二，我去了密山渡。敏燕姑姑和他的儿子陈卫，还有陈卫的女儿陈智涵正好回到密山渡三叔公家拜年。这是四世同堂的一刻。1984年，我参加了敏燕姑姑的婚宴之后，这三十年里，没见过她几次。她从密山渡嫁到了月城。去年，月城的江边新建了码头，农事之余，她会去那里做些事情，赚些钱。乡村的生活冗长而乏味，打牌赌钱是许多人的选择。"怎么才能把赌博给禁了呢？"敏燕姑姑气愤地说。因为她的丈夫嗜赌，夫妻俩经常吵架，他们在前些年离了婚，但离婚之后，他们仍然住在一起，一起吃饭，一起带孙女。这是中国式离婚的一种吧。

敏燕姑姑一直心怀遗憾的是当初自己没有上过多少学。她在小学毕业后，就没有机会再继续学业。"我读书时的成绩不错啊。"在那几年小学的时光里，她最害怕的是去报名。"那时候报名，是要填家庭成分的，每次填那一栏时我都觉得抬不起头来。"

在三十年的时间里，这个大家族的人都因为家庭成分而抬不起头来。大学毕业后在山西工作的五叔公，有二十年的时间未曾跟密山渡的家里人联系，大家甚至都以为他早已过世。20世纪70年代末，他才给家里写了一封信。我的父亲曾经是家里出差最多的人，1984年，他去山西出差时，才跟五叔公联系上。

去年，我在密山渡见到六叔公，他的妻子和女儿在加拿大过年，他没有去，他一个人回到了密山渡，和几个老弟弟过年。我第一次见六叔公是上大学的时候，叔叔家建了新房，好几位叔公都来了。那大概是1949年之后，叔公辈的人聚得最全的一次。

二叔公很少回密山渡，如今，他是密山渡山上的一座坟头。五叔公的坟也在同一座山上。我爷爷的坟在县城的一座山上，面朝着密山渡的方向。我和爷爷最后一次一起回密山渡是参加三太公的葬礼。婚丧嫁娶的事情，才让故乡的距离更近一些。

三十年前，敏燕姑姑在婚后一年，生下了陈卫。我还记得陈卫小时候的样子，小胖墩一个。大年初二，在密山渡，隔了二十多年，我才又见到了陈卫。他现在在东莞一家电子厂打工。

家族里人的一大困惑是，卫家人怎么来到广西平乐的？一个不是很确切的说法是，我们这一脉卫家人是从广东东莞过来的。姑奶告诉过我，她在中大上学时，还向东莞的同学打听过，东莞还真有卫姓聚居的地方。

当这个问题悬而未绝时，许多卫家人又到广东打工了。有一年，杂志社到东莞开年会。我站在酒店阳台上，看着远处的山林，心中忽然有种苍茫感，几百公里外的一个家族的命运，曾经和这里有关？

陈卫给我讲了他在东莞打工的经历。"我们就是社会最底层的人。"陈卫很内向，说话柔和。他在东莞每天工作十个小时，从早上八点工作到中午十二点，休息两个小时，再从下午两点工作到晚上八点，他过的是朝八晚八的生活。"我们就像机器一样生活。"过年这几天假，是他一年之中难得的闲暇时光。他会犹豫是进大厂好还是进小厂好。"我上网查过富士康的资料，四十万人的厂啊，跟我们县的人口差不多。小厂有人情味。"他留在了小厂里。

还有许多年龄相仿的密山渡亲戚在广东打工，比如卫青（他有着和汉代大将相同的名字），他是我的一个堂弟，在深圳打工，做苹果耳机的一个部件：灰色的圆环。陈卫的妻子做过耳机的内部零件，陈卫则做过耳机连接器的模具。他们就这样成为世界工厂的一部分，生产出销往全世界的产品。

陈智涵快五岁了，她充满活力地在村里的各户人家间奔跑。在过去的两年里，她跟着她的奶奶——敏燕姑姑生活，在县城里的一家私立幼儿园上学。过完年后，她将跟着父母去东莞。"幼儿园找好了，离工厂不远，一个学期要五六千块钱，这已经是便宜的了。"

已过六十岁的敏杰叔叔是三叔公的大儿子，他在广东打工多年，回到了密山渡，他年龄大了，不好找工作，体力也很难吃得消。他是最早到广东打工的那批人之一。如果我们卫家人真是从广东而来，那他回到了曾经的故乡，却无法在那里停留。好多年前，敏杰叔叔在启动手扶拖拉机的时候，一只眼睛被断裂的橡胶带打中，眼球被摘除。又过了好多年，他在做饭的时候，另一只眼睛被高压锅飞出的气阀击中了,眼球被摘除。现在,他看不到任何的光。我跟敏杰叔叔打招呼,他听到声音,马上说:"你是卫毅。"我的眼泪流了下来。

更多的亲人像候鸟一样往返于两广之间。敏忠是三叔公的小儿子,敏忠叔叔一家之前去得最多的打工之地是广东九江。有一次清明节回密山渡扫墓,中午在三叔公家吃饭,我发现用来盛啤酒的玻璃杯上写着"九江双蒸酒"。这是敏忠叔叔一家在九江打工时,喝酒之后不舍得扔的玻璃杯。我熟悉九江双蒸酒。每个进入《南方人物周刊》工作的新人,都要喝三大杯作为岭南文化标志的九江双蒸酒。喝了这酒,就是这里的人了。

大年初二中午,吃了油茶、假粽、水浸粑之后,我和家人去老房子门口转了转。

那座建于1936年的房子看上去还那么牢固结实。"你看,这个房间是你爷爷奶奶当年住的地方。"三叔公对我说。我想象着爷爷奶奶在这里生活的情景。他们后来到县城的老房子生活了,再后来,乡下和县城的老房子都不再属于我们家。

"你再看那个窗口,当年日本人来的时候,从这里爬进去,拿走了我们家的一个钟。"三叔公指着窗子对我说。日本人在村里待的时间并不长。1946年开始的时候,那是家里难得的好日子,吃年夜饭的家人最齐了。三叔公还记得那时家门口贴的春联是:"国恩家庆,人寿年丰。"那年的年夜饭前,家人祭拜完祖先之后,开始燃放鞭炮,大家想着战火过去,日子会越来越好的。

此时,又是一个春节。午饭和晚饭之间的时间,家人在门口的空地上打牌。我站在楼上看着他们,水泥地上残留的水渍让他们像是坐在云中。这几代人迁徙至此也不过百年,但这一百多年来,时代仿佛一场缥缈不定的赌局,一次次洗牌,一次次重来。几代人的故事,看上去也竟如同宴席一般,来去都那么地随意,难以言说。

第四章　流动的八十年代

落基山下的思想者

博尔德是美国科罗拉多州州府丹佛附近的一座小城，位于落基山下。20世纪90年代之后，李泽厚和刘再复都居住于此。他们两家之间的距离步行只要五分钟，对于美国动辄需要开车买菜的情状，这几乎等同于毗邻而居。

2011年的冬天，我在博尔德见到李泽厚和刘再复。这一年是辛卯年，辛亥革命正好过去了一百年。

屋外白雪皑皑。我们聊到了"辛亥革命"的话题。李泽厚坐在家中靠窗的沙发上说道："辛亥革命既不必然，也不必要。孙中山是为理想献身的，但他没想到暴力革命所带来的恶果。参与辛亥革命的人，作为个人，具有伦理价值，他们为国为民的牺牲精神，值得尊敬。但是，放在历史上，我并不能认同。两个问题要分开。这是伦理主义和历史主义的二律背反。"

李泽厚也曾参加到"革命"中，年轻时是个"愤青"。"一个人要吸取教训，六十岁的时候不能再像二十多岁时那么幼稚。"他如今是改良主义者，"改良实际上更艰巨，更复杂，更加需要长期的牺牲。改良不是投降，恰恰是要斗争，但不是要推翻政府，也不是大规模的群众流血。革命是要流血的，是用大规模流血来推翻政权，这个意义上的'革命'，正是我们要告别的。"

在李泽厚说话的时候，刘再复用笔在做记录。他们俩合写的《告别革命》便是这样而来。这是一本在博尔德谈出来的书。

李泽厚与刘再复在书中回望了20世纪的中国，重新认识了中国革命的历史，在"你死我活""你活我也活"和"你死我也死"三种哲学中，选择了第二种。"告别革命"这个动宾短语被海内外各派人士赋予不同解释，争议不断。

"我们不是否定过去的一切革命，而是否定'革命神圣''革命必然''革命动力''革命唯一'等观念，即把革命当作圣物、把改良当作毒物的观念。"刘再复解释说，"阶级、阶层的矛盾和冲突永远都会有，但解决的方式，还是调和的办法比火拼的办法好。避免暴力，让自己的国家赢得'永久的和平与安宁'，这是李先生和我的期待。"

刘再复提到了梁启超百年前所说的爱国者和忧国者。"爱国者只歌颂，忧国者讲缺点，忧国者是更深刻的爱国者，对于国家，我就是这个态度。"

李泽厚和刘再复两人经常一起散步，每个星期还一起去游一次泳，许多问题就是在这样的时候讨论出来的。"你一定要给李泽厚提问题，特别是不同意见，那他的话就来了。如果不提问题，他的话很少。"刘再复说。

2009年，我在北京第一次见到了李泽厚。李泽厚习惯在下午三点之后接待来访的客人。有了足够的休息，他会更有精力应答。他二十多岁开始失眠，现在每天都要吃安眠药。"我一共吃过十一种安眠药，知道每种药的药性。"李泽厚对我说。

他喜欢别人提新问题，喜欢说没说过的话。一些问题抛过去，他会说："这个问题我已经说过。"

冬天的一次谈话，屋里暖气充足，但李泽厚穿得很厚，毛衣毛裤，再加羽绒马甲。他已年老，怕冷。他在北京翠花胡同的居所，隐于繁华的王府井街市之后。他差不多每年都会从美国回来，在这住上一段时间。从他家的窗口望出去，能看到景山、天安门、美术馆。"你看，我坐在这儿，就能看到美术馆里有什么展览。"李泽厚拿着望远镜坐在书房里。雪后的北京万物萧瑟，但仍微微泛着午后的光泽。

五十多平方米的屋子颇具令人赏心悦目的整饬之美。"这都是我太太的功劳。"李泽厚说。李太太很少进李泽厚的书房，也不看书房里的书，但他写什么她都知道了。

书架上有个相框，贴着"超女"、蒋雯丽、章子怡等明星的照片。2005年回国时，李泽厚看了"超女"的比赛。他喜欢周笔畅，问："她现在怎么样？"

书房里的书不多，大多已送给岳麓书院，一部分送给别人，少部分带到美国。书架上有套《清史稿》很显眼。李泽厚祖上姓王，"李"为赐姓，其高祖父曾是江南水师提督，在《清史稿》中有传。"他相当于现在的舰队司令，我不大重视，跟我儿子也没讲过，弟弟妹妹也都是这几年才知道的。"李泽厚说。

李泽厚给我看他父亲李叔陶的一幅字，这是父亲让他临习毛笔字所用。李父写这幅字时三十五岁，三年后就去世了，彼时李泽厚十二岁。"祖父有很多钱，很多地，我父亲就什么都没了。父亲是邮局的高级职员，自己奋斗，一个月有二百多块银圆。我保留着一个账本，我们家花钱很大方，到月底没剩什么钱。我很小的时候就吃过巧克力、烤鸭什么的。父亲一死，什么都没了。"

他由此看清诸多势利眼。他喜欢鲁迅，因为他对鲁迅的一些相似经历（鲁迅曾说："有谁从小康人家而坠入困顿的么？我以为在这路途中，大概可以看见世人的真面目。"）感同身受。"这样对自己也有好处，对世界的看法比较理性，世态炎凉，人情冷暖，都深有体会。"

母亲靠做农村小学教师，勉强供李泽厚和弟弟上学。有人对她说："等你儿子长大了，你就可以享福了。"她回答："只问耕耘，不求收获。"

几年之后，母亲去世。李泽厚当时不在母亲身边，等他赶过去，母亲已经入土。"直到现在，这都是我人生最痛苦的事，过去好多年了，还是那么痛。"李泽厚无法再说下去了。

李泽厚陷入了困境——失学失业。他说，决定他一生性格的就是那个时期。

李泽厚考上了湖南最好的高中——湖南省立一中，去的却是湖南第一师范，因为师范免交学费，且有补助。在那里，他成了马克思主义者，偷偷阅读相关书籍，并冒死送过信。由于和联络人失去联系，最后不了了之。"我接触马克思主义是自己选择的。当时的书店各种各样的书都有。"李泽厚说。

师范学校规定毕业后须当两年小学老师才给文凭，许多同班同学就此当了一辈子老师。李泽厚没有继续他的小学老师生涯，他考上了北京大学哲学系。他的自然科学成绩更为突出，许多人为他没有考理工科感到奇怪。这一选择大抵是因为他在十二岁时遭遇的精神危机：他因想到人终有一死而惶惑不已，废书旷课数日，想着为什么而活。

北京大学的生活对他是艰难的。他从来不买牙膏，用盐刷牙，每个月三块钱的补助得攒下来，资助正在上中学、父母双亡的堂妹。而且，他患上了肺结核，身体一直不好。这让他减少了外出活动，却意外地增加了读书和写作的时间。1979年出版的《中国近代思想史论》，很多原始资料就来自于他在那个时期抄录的卡片。

20世纪50年代初，全国各大学哲学系都撤销了，集中到北京大学。那些哲学名师，像冯友兰等人都在当"运动员"。李泽厚只好整天在图书馆看书自学，他"认为导师并不重要，重要的是时间、书籍和不断从方法上总结经验教训"。

北京大学哲学系老师任继愈给了他一些照顾，成了他多年之后唯一保持联系的老师。任先生去世时，李泽厚为错过之前的一次探望机会而深感遗憾。他在美国接受我的越洋电话采访时说了一句："和国内联系的一条线断了。"

从北京大学毕业后，李泽厚进入社科院哲学研究所（当时叫中国科学院哲学研究所），工作证编号是：哲字01号。他随即参与了美学大讨论——"美是主观的还是客观的"，论战对手是已经声名显赫的朱光潜、蔡仪等人。

"我反对美在自然、与人无关的论点；也反对将美等同于美感，只与人的心理活动、社会意识相关的论点。我主张用马克思'自然的人化'观点来解释美的问题，认为人类的实践才是美的根源，内在自然的人化是美感的根源。"这是李泽厚的观点。

此次论争使得李泽厚声名大振，他开创了中国美学的一大派别——实践美学，此时他才二十多岁。在他之后，以如此年纪在学术界确立地位的事几乎再未发生过。20世纪50年代，他的两篇长文拿到了惊人的稿费。"一千字十五块钱，两篇加起来刚好一千块。一篇发表在《哲学研究》上，一篇发表在《历史研究》上"。

成名并没有马上给李泽厚带来好处，既没提薪提级，也没分配住房，还是挤三人共住的集体宿舍。后来结了婚，"当了二十多年爱人的家属"（住在爱人单位的宿舍）。

李泽厚崭露头角不久，福建南安的少年刘再复考入了厦门大学中文系。"当时李泽厚已经是年轻美学专家了，我在大学里就读他的书，没想到后来亦师亦友，更没想到历史把我们都抛到了落基山下。"刘再复说。

1976年，唐山发生大地震，北京有震感。在简陋的地震棚里，李泽厚完成了《批判哲学的批判——康德述评》。因为他从来不对外人说自己在研究些什么，又不申报课题，书出版之后，哲学所的人都吃了一惊。《批判哲学的批判》首印三万册，是当时卖得最好的哲学书。

1978年后，挣脱"文革"禁欲主义的中国人，开始面对牛仔裤、蛤蟆镜、口红的诱惑，他们需要关于欲望冲动的理论支持。美学在此时成为解放思想的助力，人们在对美的认识、追求过程中找回了一度失落的自我价值。

蛰伏多年，李泽厚的哲学、美学、思想史著作相继出版，兼具思想与文字之美的严肃学术著作竟卖出了数十万册，创下一个个纪录，让他获得了那个年代一个学者能获得的最高声誉。各行各业的人们争相阅读李泽厚的作品，他被邀请到各种场所去讲美学，可以用沈瓒评价李贽的话形容当时的情景："少年高旷豪举之士多乐慕之，后学如狂。"

太多的人希望成为李泽厚的学生。虽然他并不很想带学生，但哲学所的领导多次找他谈话，他只好答应招收研究生。

1984年，北京大学哲学系学生赵士林在硕士毕业后，准备报考李泽厚的博士生。他说："考他的博士是需要一些勇气的，高山仰止啊，很多人不敢，我不怕，考不上又不会杀你。"

许多考生拿到试卷之后，蒙了。"他招的专业是中国美学史，考题却是西方哲学史，一道中国美学史的题都没出，没人像他这样出题的！我只得了二十多分，很多人都得了零分，相对来说，我是不错的了。"赵士林说。

李泽厚有两个招生名额，最后只招了赵士林，他成了李泽厚第一个博士生。现在是中央民族大学博导的赵士林回想当初，觉得李泽厚那样出题是有道理的："做关于中国的学问，不懂西方，没有比较的视野，那是做不好的。"

硕士生的考试同样热闹。1985年，二十四岁的赵汀阳从中国人民大学哲学系毕业，报考了李泽厚的硕士研究生。他就是冲着"李泽厚"这个名字去的。"20世纪80年代，李泽厚是中国人文社科界第一杰出学者。那时候，著名学者就没几个，他肯定是其中最突出、最有名的，而且肯定是思想最新、创见最多的。中国20世纪80年代的学术对将来有什么样的意义和影响，李泽厚就有什么样的意义和影响，这两者是同构的。"

到考场后，赵汀阳发现，整个教室六十人全都是报考李泽厚研究生的人。听说别的教室还有，这只是一个考点，全国还有很多考点。

拿到试卷，赵汀阳有点疑惑："他规定答每道题不许超过五百字，超过了

第四章　流动的八十年代

倒扣分。"成为李泽厚的学生之后,赵汀阳问他,为什么这么规定?李泽厚说,五百字还说不清楚,证明这个人脑子糊涂至极。他是考学生的脑子是不是足够清楚。

赵汀阳告诉李泽厚,其实自己想研究的是哲学,而不是美学。李泽厚说,那就更好了。"他要我们独立思考,而不是简单地追随他的思路,这种态度非常了不起。"赵汀阳说。

在赵士林眼里,李泽厚对学生既严厉又宽松:"我的一些想法,他听了以后,毫不客气地否决。但我写博士论文的时候,他说,你的论文,爬着写、走着写、滚着写、躺着写,我都不管,只要符合我的要求。"

他们都清楚地记得,李泽厚写文章都是自己动手,从来没有让学生帮他查过任何一条材料。赵汀阳认为这不是突出的德行,而是基本的规范。他说:"我也不让学生帮忙查资料。现在很多老师的活都让学生干了,与抄袭无异。"

李泽厚是个很好玩的人。"他年龄比我们大,但说话非常平等,一起玩,一起喝酒,一起骑马。人也很豪爽,有时他可能找二三十个人一起吃饭,都是他来埋单。"有一次,李泽厚回国,向赵汀阳提出要去蹦极。"我们打电话去问,让人堵回来了,以为我们是神经病,那时他都已经七十岁了。"

刘再复给我讲了好多李泽厚的逸事。其中一次,他和李泽厚、吴忠超(霍金的学生,《时间简史》的译者)开车去山里玩。去的时候,李泽厚把车开得飞快,刘再复调侃:"泽厚兄的海德格尔激情上来了,不怕死!"游玩之后下山,山路险峻,都是悬崖,李泽厚开车的速度降到了五迈,结果造成了堵车,警察在山下警告了他们。

刘再复评价此事:"在生命的情感层面上,本是需要海德格尔激情的,而一旦激情上升到悬崖边上,则需要一点波普尔了。"

1988年,法国国际哲学院无记名投票,选举三位当代杰出哲学家,李泽厚当选。当时是社科院文学所所长的刘再复得知消息后很高兴，但他没在任何一家报刊上看到报道。他请香港《文汇报》的记者帮忙，登了一则通讯。

赵士林反复强调的是："李泽厚是在难以出现思想家的时代出现的思想家。另外，李泽厚没有过时。"

作为职业经理人的邓德隆支持这样的观点。

20世纪80年代末，邓德隆在湖南攸县读师范学校。此时，李泽厚的影响力如日中天，但身处小县城的他并没有感觉到，"现在想来是很大的损失"。

邓德隆有位校友是李泽厚迷。"他抄李泽厚的书，《美的历程》都能背下来。他一直给我推荐，我没在意，我以前不是喜欢读书的人。"邓德隆说。校友强送了两本李泽厚的书给邓德隆，一本《论语今读》，一本《世纪新梦》。有一次，他坐火车时，打开翻读，从此一发不可收拾。

邓德隆会把李泽厚的理论用到生意场上。比如，他有一个美学概念是"以美启真"，在给企业做战略定位时会运用。

2005年，邓德隆给远在美国的李泽厚写了一封信。出乎他的意料，李泽厚很快就给他回了电话。"我的书对他做生意、做人有帮助，这出乎我的意料。他非常熟悉我的书，有一些内容记得比我还清楚。"有这样的读者，李泽厚感到高兴。

此后，李泽厚每次回国，邓德隆都要找机会跟他见面。比如，他们会吃一顿漫长的午餐，从上午十点半吃到下午两三点，聊天聊地，晒着太阳。"其实这是生命中最大的享受，这就是生命的情本体，最值得珍惜。"邓德隆说。

邓德隆在很多场合推荐别人看刘再复的《李泽厚美学概论》。刘再复在书中称李泽厚为"中国现代美学的第一小提琴手"。邓德隆认为："李泽厚是中国近现代史上唯一一个建立美学体系的哲学家。对李泽厚这一套哲学体系，我们国内还没有充分认识。"

刘再复用这句话概括李泽厚的学术精神——"走自己的路。"

在自己的路上，李泽厚构建了一整套话语谱系："实用理性""乐感文化""巫史传统""儒道互补""儒法互用""两种道德""历史与伦理的二律背反""文化心理结构""西体中用""积淀""主体性实践""度作为第一范畴""情本体""新感性""内在自然的人化""人的自然化""人类学历史本体论"……这个"李氏出品"的概念系统令人不得不惊叹于他原创力之旺盛。

"我在2008年封笔了。"在北京居所的客厅，李泽厚说他把《人类学历史本体论》定为封笔之作，"我垂垂老矣，对自己的未来很不乐观，但对中国和人类的未来比较乐观。这可能与我的历史本体论哲学仍然保留着某种被认为过时了的从康德到马克思的启蒙精神，以及中国传统的乐观精神有关系，尽管在今天的中国可能很不时髦，但我并不感到任何羞愧。"

李泽厚在房间里摆了个骷髅来面对死亡。他有一个死亡的假设，假设自己已经死了，这样就可以更从容地对待人生。

长谈几个小时后，李泽厚的语速有些放慢了。他困了，安静地坐在椅子上。向晚的太阳开始收敛光芒。客厅的墙上挂着冯友兰先生当年送给他的一副对联："西学为体中学为用，刚日读史柔日读经。"那时，李泽厚还很年轻。

李泽厚在冬天回到了美国。这个冬天格外漫长，五个月之后，我再次跟他通电话时，春天才刚刚苏醒。李泽厚十二岁时的那个春天，小山坡上山花烂漫，他却突然想到："我是要死的，那这一切还有什么意义呢？"

这样的困惑曾经缠绕着他。如今，他的答案是："为人类而活。"

梦里已知身是客

一路上好几次停车问路,我们才在丹佛第十七街找到了布朗宫酒店。刘再复在距离丹佛一小时车程的博尔德居住了二十多年,但对于此地的路况仍然不甚熟悉。这次帮忙开车的是住在博尔德的一位中国留学生,他来自辽宁沈阳。

布朗宫酒店建于 1892 年,室内是维多利亚式的风格。自西奥多·罗斯福时代以来,这里就一直是接待总统的地方。中庭以彩绘玻璃为顶。大堂里的钢琴师正在弹奏格什温的拉格泰姆名曲。古色古香的电梯在三楼停下,我们找到了 321 房间。房间里稀疏地摆着桌子和椅子,墙上挂着一个玻璃框,上边有一张酒店客人入住登记表的复印件。表格显示的时间是:1911 年 10 月 10 日。在倒数第二栏登记的名字是:y.s.Sun。此人从旧金山而来,入住的房间号是 321。

看到这个登记名字时,刘再复非常兴奋。y.s.Sun 就是孙逸仙(孙中山)。这张表格证明,辛亥革命爆发的当天,孙中山就住在这家酒店里。

刘再复在镜框前的桌子坐下,把帽子摘了下来,让我给他拍了好几张照片。"不戴帽子是为了表示尊敬,要不然,别人会以为我们'告别革命'就是不尊重孙中山了。"

80 后的沈阳小伙看着这些场景,有点不大明白:"孙中山当年来美国干吗呢?"

"他哥哥在夏威夷,开牧场,养牛,有点儿钱。他到过美国很多地方,找钱。那时候大家都觉得清朝不行了,需要革命,很多华侨捐款给他。"刘再复耐心地给沈阳小伙讲解,"孙中山回国后,去找袁世凯谈判。"

"袁世凯是好人还是坏人?"沈阳小伙问。

"对袁世凯现在争议很大。"刘再复说,"过去把他当坏蛋,其实他也做了一些事。没有他,推翻帝制可能要多流许多血。"

沈阳小伙听着,还是一脸的迷惑。他就读于科罗拉多大学博尔德校区。

博尔德因为拥有三万多师生的高校而成为大学城。刘再复到美国之后,先是在芝加哥大学,两年后受葛浩文的邀请,来到了科罗拉多大学当客座教授,在博尔德一直住到今天。这是美国的中部高原,地广人稀。东部和西部华人众多,朋友也多。刘再复不想接触更多人,他选择了中间地带——仿佛他的立场。

在科罗拉多大学东亚系图书馆里,刘再复从书架上抽出一本《中国大百科全书·中国文学卷》。"你看这里。"他指着书中一页对我说。这卷大书的首条是他撰写的(署名周扬、刘再复)。我在冬天的北京地坛书市上买到过一本旧书——1988年出版的《论中国文学》,刘再复所著。那本书的第一篇文章就是这本辞书的首条——《中国文学的宏观描述》。

李泽厚曾经在地坛附近住过好多年。下午,他经常会到地坛转转,仿佛康德每天准时出现在哥尼斯堡的广场。我在地坛买到的这本书的代前言是刘再复与李泽厚的对话。谈话的开头,刘再复对李泽厚说:"好久不见了,朋友们都很想念你。去年春天你远走高飞的时候,曾嘱托我要告诉年轻的朋友们你会回来的。"

差不多每年过了夏天,住在博尔德的李泽厚都会回北京,但刘再复不是。刘再复在1989年出国之后,只在2008年回过北京。那次回京,他首先去见了林一心、范用、樊骏、梁因等最老的朋友。事实证明他是对的。随后,老朋友们一个个都离开人间了。

刘再复通常在清晨五点就起床,在底层的小房间里,用一种很普通的软笔在稿纸上写文章。这是他每天的习惯。"黎明即起"——他服膺于曾国藩的自我训诫。早餐的时候,他一天的写作基本就结束了。这天,他完成的是一篇悼念刚去世老友的文章。

我在那本《论中国文学》里读到过他写的《为聂绀弩先生所作的悼词》,这是他写过的众多悼文中的一篇。在书房里一番寻索后,刘再复找到一本薄薄的聂绀弩的工作笔记。里面密密麻麻地记着各种事情,包括许多我们耳熟能详之人的联系方式。第一页是黄永玉的地址,最后一页是陈文统(梁羽生)的地址。

聂绀弩去世后,许多东西都留给了刘再复。这些东西如今大都锁在北京的一间房子里。

几年之后,我在电影院里看《黄金时代》。当聂绀弩对着观众说话时,我想到了那本他手写的笔记。电影里有太多刘再复熟悉的人,比如萧军。萧军是刘再复女婿的亲戚。我手上的《萧军延安日记》是刘再复所赠。我还有一本香港出版的《马思聪蒙难记》(作者是马思聪的女儿马瑞雪)。序言是刘再复所作,题为《三个历史性的"马思聪时刻"》。马思聪的外孙黄刚是刘再复的女婿。

我看到了马思聪的作曲手稿,工整而漂亮。这是马思聪夫人王慕理赠给刘再复的礼物。"马思聪到了美国后,一天也没有快活过,美国给他旧金山的金钥匙,给他费城的金钥匙,他也没有开心过。"刘再复说,"他写了《思乡曲》,乡愁压倒一切。"多年以后,马思聪的骨灰回了国,葬在广州。

刘再复开车载着我穿过落基山的峡谷时,指着窗外让我看过去。目光所及处,浮着金属色的山岩上有残留的栈道——那是当年的华人劳工所修。真是令人惊叹的景象。这阴冷的山间,热火朝天的西进人群中,曾有大批的异乡面孔。如同任何一个时期,并不是所有人都愿意加入这块土地忙碌的队伍。

大家各怀心事，而这心事，只能自己体味，旁人只是穿山而去的过客。

2013年，《中国合伙人》——一个交织着"美国梦"和"中国梦"的故事——上映。刘再复在美国看了这部电影的碟片。有人告诉他，佟大为扮演的角色原型是"新东方"的三个主要创始人之一——王强。"这怎么是王强呢？"刘再复笑出声来。刘再复的太太陈菲亚正好在旁边，她是王强妻子的中学老师。他们给我讲了另一个关于王强来美国的故事，远比电影精彩。

2010年年初，我在香港第一次见到刘再复。

九龙塘的一家餐馆里，刘再复推荐我吃了及第粥。这种广东人喜欢吃的粥来源于"中状元"的企盼。2011年的美国之行，我原本打算拜访的人有芝加哥大学教授何炳棣，可惜未能如愿。何炳棣的成名作《中华帝国晋升的阶梯》是对中国科举制度的研究。香港科技大学人文学院院长、历史学教授李中清是何炳棣的学生，他对中国的高考——新时期的科举——充满兴趣。他将北京大学和苏州大学几十年来的生源进行了分析。在美国读大学的他，认为高考让中国变得更为平等。在中国，高考所带来的阶层流动正逐年减弱，那些来自落后地区的学生，尤其是农村的学生，改变自己命运的机会在逐渐减少。

刘再复觉得自己少时艰难，但是获得了上升的机会。他1941年出生在福建南安刘林乡。七岁时，父亲去世。面对母亲和两个弟弟，他意识到要好好读书，人生突然严肃起来了。小学里所有的模范评选几乎都被他垄断，甚至包括除"四害"运动中的"捕鼠英雄"的称号——他交了七十八条老鼠尾巴。

这个在多年之中都第一个到校的学生，时或也未能逃脱母亲的教训。"如果考第二名，我妈妈会用竹条子打我。"因为只有考第一名才能免交学费。

在视苏联为"老大哥"的时代，刘再复觉得自己"并没有吸进火药"，这得益于他就读的福建南安国光中学。此中学是著名华侨领袖陈嘉庚先生的女婿李光前先生创办。资金雄厚，校园里拥有一流的中学图书馆。刘再复的高中课余时间，沉浸于此。2013 年，国光中学六十周年校庆设立了"刘再复图书室"。刘再复为它题词"我从这里出发"。他从这里进入了文学之门。荷马、但丁、安徒生、莎士比亚、托尔斯泰在他的心中开出花朵。"这些花瓣让你善良，但没有力量。它不能帮助你在一个充满铁血与箭矢的历史时间中生存，肩膀扛不起太重的黑暗。在需要狼虎的时代，你却是一只只会寻找青草与嫩叶的小鹿，你注定是痛苦的。"

在厦门大学中文系就读的四年里，刘再复最盼望的日子是国庆节。"我是盼着国庆节那天可以吃一餐红烧肉。那天到来之前，大家都非常激动，我这么爱读书的人都读不下去了。"那是 20 世纪 60 年代初的中国，红烧肉只是虚弱的点缀，饥饿才是常态。多年之后，刘再复去日本，有人对他说，一个人的成功，必须经历三种煎熬，一是事业的煎熬，二是爱情的煎熬，三是饥饿的煎熬。刘再复告诉那个人，前两种对他没什么，但第三种煎熬刻骨铭心。

1963 年，刘再复大学毕业。如同七岁以后他几乎未曾旁落的历次评优，他成为厦门大学六个校级优秀毕业生中的一个。《资本论》的译者、厦门大学校长王亚南亲自授予他证书。他从福建来到北京，进入社科院《新建设》编辑部担任文学编辑。接下来等待他的更多是劳动和"运动"，而不是动脑子进行学术研究。

1976 年之后的刘再复开始了数量惊人的写作。他的散文诗为读者所熟知，《读沧海》《又读沧海》等作品被年轻人大声地诵读。我以前工作过的单位的部门领导，曾在编辑部里一字不落地背出了刘再复的一篇文章。

1984 年年底，43 岁的刘再复当上了社科院文学研究所所长。在文学光芒四射的 20 世纪 80 年代，这个头衔为人所瞩目。1986 年，刘再复的《论文学的主体性》激起巨大的波澜。差不多同时出版的《性格组合论》为他赢得了更大的声誉。刘再复让更多的人明白，我们从苏联沿袭的套路通往的是作茧自缚之路，解构与超越才是新生的通道。"人物性格二重组合原理"可以解构"典型环境中的典型性格"，"艺术主体"的个性应当超越"现实主体"的党派性。这些石破天惊的理论引导了一个时代的文艺创作新潮流。刘再复是在一个具体历史语境下提问题，他把语境看得比语言还要重要。"这个历史语境是我们的文学理论充满了苏联的教条，阻碍了作家心灵的开放，我是有意识地打破当时的格局，特别是高大全这些东西。"

《性格组合论》成为 1986 年的全国十大畅销书。刘再复到上海去参加发行仪式，一个小时之内，五百本书就卖完了。《人民日报》还对此事作了报道。当时大概有一千人在听他的报告，接下来是排着非常长的队让他签名，桌子几乎都要被推倒，出版社的负责人郝铭鉴怕出危险，把他悄悄带走了。

这本书加印了五次，印量将近四十万册。钱锺书看到《性格组合论》销售火爆，则对刘再复说，要适可而止，显学很容易变成俗学。于是，刘再复写信给责任编辑，请求不要再印。作者主动停印一本畅销书，这在今天是不可思议之事。

尽管声名日隆，但刘再复并不认为社科院文学所所长的职位适合自己。这位坐车时要司机放下窗帘仍感不安的所长，甚至很少向别人提起他在当所长时也是党组书记。行政的王国不是他的王国，他说："我的本性和心灵不在这里。"

在刘再复博尔德的家中有一张照片，他穿着中国传统服装坐在布满蜡烛的欧式宴席里。那是 1988 年，他被瑞典学院邀请参加当年 12 月 10 日的诺贝尔奖颁奖典礼。瑞典学院第一次邀请中国学者兼作家参加此万众瞩目的仪式。

这也是刘再复开始成为诺贝尔文学奖重要推手的标志。他的声望达到了20世纪80年代的至高点，在文艺理论界举足轻重，甚至被反对者称为"理论沙皇"。

20世纪80年代仿佛是滔天而来的潮水，许多浪花与鱼儿正在翻涌，但汛期就要过去了。

刘再复跟莫言最初的交往，是在80年代的解放军艺术学院。军艺文学系主任徐怀中主持的作家讲习班，请刘再复去给学员们开讲座。莫言是其中的一员。刘再复在科罗拉多大学任教时，葛浩文请莫言到科罗拉多大学演讲。莫言的第一句话就说："在座的刘再复教授是我的老师。"莫言大部分作品的英文译者是葛浩文。1995年，葛浩文要到中国看莫言，问刘再复是不是也写一封信带回去。刘再复在给莫言的信中写道："高尔基说过，托尔斯泰如果生活在大海里面，肯定是条鲸鱼。我希望你在文学沧海中也能成为一条鲸鱼。"

莫言在获得诺贝尔文学奖后，手写了一段文字："多年前，刘再复先生希望我成为文学海洋里的鲸鱼。这形象化的比喻，给我留下了深刻印象。我复信给他：'在我周围的文学海洋里，没看到一条鲸鱼，却游弋着成群的鲨鱼。我做不了鲸鱼，但会力避自己成为鲨鱼。鲨鱼体态优雅，牙齿锋利，善于进攻；鲸鱼躯体笨重，和平安详，按照自己的方向缓慢地前进，即使被鲨鱼咬掉一块肉，也不停止前进，也不纠缠打斗。虽然我永远做不成鲸鱼，但会牢记着鲸鱼的精神。'"

2012年的诺贝尔文学奖宣布之后，我到了山东高密，从酒店给刘再复打电话的时候，他说他正在面对香港清水湾的阳台上，"风吹着好舒服"。我冒出奇怪的联想，那深深的海洋里，许多鲸鱼和鲨鱼正在沉睡吧。

我曾经问李泽厚，如果他一直留在国内，会是怎样。他说，大概会成为王蒙吧。刘再复呢，大概也会如此。事实上，刘再复还在国内的时候，一度被列入文联与文化部领导的候选人。2010年，在台湾举行的21世纪世界华文文学高峰会议上，集体合影的时候，刘再复紧挨着王蒙坐在了第一排。20世纪80年代的时候，他们都是朋友。

经过一个多小时的排号等待之后，我们在一家北京风味的餐厅里吃到了烤鸭，味道不错。这不是刘再复曾经生活了二十七年的北京，而是2010年正月十五夜晚的香港，明月高悬，天气炎热得如同盛夏的光景。

刘再复多次从美国来到香港担任客座教授。1989年之后，他漂泊在美国、瑞典、加拿大，以及中国的香港、台湾等地，担任访问学者和客座教授。他喜欢这样的名称，认为符合其本色。"我在北京是过客，在美国也是过客，四海为家也是四海无家。"他曾在《独语天涯》里写道："时间把所有人都变成过客，把万物万有包括最辉煌的人生都变成暂时的存在。意识到时间更改一切的力量，人才会认真地抓住现在这一刹那，把现在这一刹那视为唯一的实在，把理想视为延长这一刹那和美化这一刹那的梦。"

刘再复读李煜的那首《浪淘沙》时，会想到自己，他将其中一句改了一个字："梦里已知身是客。"过客不是主人，没有占有的欲望。

《庄子的现代命运》是刘再复的大女儿刘剑梅的第二部学术专著。她先用汉语写成，又用英文写了一遍。刘剑梅说，写这本书最幸运的是得到了父亲的鼓励。"父亲的人生选择尤其是后期的人生选择，也与庄子的大自由精神相通。他拒绝心为物役，选择在美国落基山脚下过着最质朴的生活，从而进入深邃而自由的精神之海。"

1989年，四十八岁的刘再复经由香港去往美国，在海水的那一头开始了另一段人生。这是他的第二人生。

初到美国时的刘再复是难熬的，"整个心理倾斜，连根拔啊，很孤独，面对的是一个无边无际的时间深渊，不知道该怎么办。不仅有孤独感，还有窒息感，就像沉到海里一样，喘不过气来"。

波兰诗人维托德·贡布罗维茨曾对海外的波兰人说："人除了住在自己之中，他还曾居住过别的地方吗？即使你身处阿根廷或是加拿大，那你也是在你的家中，因为故土不是地图上的一个点，它是人活着的本质。"这对于刘再复是一种启示，他试图去发现漂泊的故乡，开始写《漂流手记》。对于孤独，他也有了自己的领悟："在中国现代文化史上，鲁迅和郭沫若的差别，就在于一个有孤独感，一个没有孤独感。郭沫若晚年的悲剧，就是在应当孤独的时候却没有孤独。他把自己的才华消耗在给'百花'作注和给领袖的诗词作注以及其他颂体的文章中。"

挣扎之后的刘再复认为，出国为自己赢得了两个最重要的东西：一个是"自由时间"，一个是"自由表述"。这让他获得了"完整人格"。

在芝加哥大学待了一段时间后，刘再复来到了科罗拉多大学。几十年前，梁实秋曾在科罗拉多的大学就读，并为此而着迷。他写信给远在芝加哥的好友闻一多，闻一多赶紧投奔梁实秋，两人共用八十美元的奖学金。如今，在科罗拉多落基山脚下的博尔德，刘再复和李泽厚都居于此宁静之处。这两位20世纪80年代的风云人物，被历史戏剧性地抛到了异乡的同一个地方。

刘再复开着那辆深紫色的本田雅阁，盘绕着上了落基山。冬天雪后的博尔德看上去有些寥落，大部分是白色、褐色，间杂着枯黄色、墨绿色，最为醒目的是科罗拉多大学那一片红色的屋顶。风带着冷冽的气息从山间掠过，空旷的视野里，有辽阔的静谧和安详。"如果上帝委托我设计天堂，我就以博尔德作为原型。"刘再复喜欢这个地方。这个地方使他的生活处于沉浸状态。"读书、写作、审美，都须要沉浸下去。"他说。

汶川地震三周年回访的时候，我在成都十分碰巧地见到了刘再复。他的二女儿刘莲当时在成都工作。刘再复去韩国驻成都领事馆办签证的时候,我第一次看到了他的护照。他说过很多次,护照就是他随身携带的"最后一片国土"。他和李泽厚都没入美国国籍,只拿杰出人才绿卡。他们无法丢掉"最后的国土"。这是文化心理,也是自然情感。

2008年,六十七岁的刘再复"意外"地回了一趟阔别十九年的北京。当时,凤凰卫视的《世纪大讲堂》邀请他演讲,他答应了。之后他被告知,必须到北京去演讲,因为录制现场设在北京大学。"我既然答应了人家,就去吧。离开北京十九年了,不妨回去看一下。"他说。

希腊史诗《伊利亚特》与《奥德赛》被刘再复解读为"出征"与"回归"。他把那次回京看成是奥德赛之旅。"我这十九年变化很大,思想成熟了,不会特别兴奋,也没有太多感慨。"

回到北京的刘再复,饭局多得无法一一应付。他看到了北京发达的夜市,这在他离开北京时是没有的。"我这个人晚上很有精神,可是以前没有夜市,肚子饿了想吃东西都没地方去。"

北京在一些方面有了变化,刘再复在媒体上说到了对于这些变化的感受,导致了一番争论。"我女儿说得很对,我到北京讲这些话,是认识论,不是政治观。"

"那是我的故土,我回去一下,说实话,没想到大家反应这么强烈。我现在不把我自己看得那么重要了,我希望别人也不要把我看得那么重要。我不可能当社会的拯救者,也不是灵魂的工程师。"刘再复赞成高尔基的一句话:"我们写作,就像鞋匠补鞋,裁缝做衣服,没什么了不起。"

刘再复的新书在不断出版,旧书也纷纷再版,但许多年轻人已经不再像20世纪80年代的青年对他那般熟知。刘剑梅在给父亲的信中写道:"我们正处于一个日趋世俗化的时代,人类精神世界的完整性已不复存在,20世纪80

年代的启蒙思想和形而上冲动已成为被调侃的对象。"刘再复认为自己并不适合当一个启蒙者，"只适合做一个学人，一个思想者，一个作家、写作者，如此而已"。

在刘剑梅香港家中吃饭的时候，我发现那张餐桌是从美国运来的。刘剑梅之前任教于马里兰大学东亚系，现在是香港科技大学人文学部教授。几年前，这张桌子上也摆满了菜。我当时在弗吉尼亚的郊区采访张灏教授，错过了那次晚餐。

那次美国之行，我沿着美国的东海岸采访了哈佛大学的王德威、耶鲁大学的孙康宜、哥伦比亚大学的夏志清等人。他们是美国大学东亚系的中坚。他们要么是来自台湾，要么是1949年之前便留在了美国。这是美国大学东亚系在相当长时间里华裔教授的来源。

"现在是剑梅这一代人在美国大学里成为主要构成来源了。"刘再复说。刘剑梅1989年毕业于北京大学中文系。之后，在科罗拉多大学东亚系读硕士，导师是葛浩文。她在哥伦比亚大学获得了博士学位，导师是王德威。

我在耶鲁大学采访孙康宜时，她提到了为生源苦恼。她从台湾来，希望有更多台湾的学生读她的研究生。可是，她在很多年里没有招到过一个台湾学生。在康涅狄格州乡间，她那间巨大的书房里，我看到了她和宇文所安主编的《剑桥中国文学史》的英文版。当时已经确定了简体中文版将由大陆的三联书店出版。对于这本书能否在台湾出版，她则不抱太大希望："现在台湾有谁会读这么厚的书呢？"

传统如何继承，成了一个问题。在一个家庭里，同样面临这样的问题。我在香港科技大学采访李中清教授的时候，他说到曾经试图摆脱父亲李政道的影响。刘剑梅则笑言："我知道反抗没用，干脆就不反抗了。我从事文学研究这一行,更多是为了自己的父亲。"

刘再复对二女儿刘莲则"宽容"得多,任其兴趣发展。刘莲学的是计算机专业,和文学毫无关系。但在这个家庭里,想不受到文学的熏陶都难。刘莲最喜欢金庸的武侠小说,书中细节倒背如流。在他们家的院子里,曾经迎来过金庸,那是刘再复邀请金庸到科罗拉多大学开研讨会。"我这辆车就是当时为了迎接金庸买的。"刘再复指着那辆深紫色的本田雅阁说。

几年前,金庸在一次争论中曾说:"我唯一收过的私淑弟子就是刘再复的二女儿刘莲。"金庸还在赠给刘莲的书上郑重写道:"刘莲小妹,平生唯一记名弟子。"

刘再复在韩国驻成都领事馆办理签证,是为了去韩国参加学术研讨会。他彼时正在写论文,托我去书店买了《受活》《兄弟》和《酒国》。阎连科、余华和莫言,在当时被认为是《灵山》作者之后,最可能获得诺贝尔文学奖的中国作家。刘再复对我说,无论是从事文学批评还是课堂讲述,他都只担任一种角色,那就是"神瑛侍者"(贾宝玉的前世之名)。作家们是"神瑛",他是"侍者",即服务员。

在香港一间位于半山腰的房子里,我看到了一枚诺贝尔文学奖奖章,那真是耀眼的一刻。蓝色的盒子打开,奖章出现在眼前。奖章正面是诺贝尔的头像,背面是拿着纸笔的少年在橄榄树下聆听缪斯女神的吟唱。

诺贝尔文学奖得主会获得三枚奖章,一枚主章,两枚副章。这是得主送给刘再复的一枚副章。"这个奖章都成为我的'负担'了。"刘再复说。他常年在世界各地游历,很长一段时间,他去到哪里,就把这枚奖章带到哪里。放在家里觉得不安全,怕丢了。他曾经找到美国的银行,想让银行保管,但银行没有接受,因为不知道怎么给奖章估价。

2010 年，我还在那所半山房子里见到了来访的中山大学教授林岗。林岗看上去远远小于他的实际年龄。早在 20 世纪 80 年代，刘再复就和林岗合著了《传统与中国人》。《罪与文学》则从 1991 年一直写到 2001 年，十年磨一剑。如何从心灵表层进入深层？如何在文学创作中切入灵魂？中国文学与世界文学的差距何在？这是以"忏悔文学论"立意的《罪与文学》希望寻找的答案。这本书的最后一章引用了《灵山》中的一段对话——

"老人家，请问灵山在哪里？"

"你从哪里来？"老者反问。

他说他从乌伊镇来。

"乌伊镇？"老者琢磨了一会儿，"河那边。"

他说他正是从河那边来的，是不是走错路了？老者耸眉道：

"路并没有错，错的是行路的人。"

"老人家，您说的千真万确？"可他要问的是这灵山是不是在河这边。

"说了在河那边就在河那边。"老者很不耐烦。

他说可他已经从河那边到河这边来了。

"越走越远了。"老者口气坚定。

"那么，还得再回去？"他问，不免又自言自语，"真不明白。"

在刘再复看来，世上没有灵山，又处处是灵山。从"无"中来，到"无"中去。这就像《灵山》作者的画作一样，水墨里永远有一个如同和尚的人，身处宇宙洪荒之中，若有若无。刘再复说，《灵山》作者画的不是"色"，而是"空"，不是"形"，而是"神"。

刘再复在博尔德的家有两层，透过窗户，可以看到落基山的积雪。那是"千秋雪"。屋后一大片空地，巨大的树木伸向天空。那里有一个摇椅，还有一台割草机。许多来此做客的人都坐过摇椅和割草机。我也曾坐在上边，看着澄净闪光的山顶，仿佛置身不真实的世界。

从香港到华盛顿，从博尔德到成都，每次跟刘再复见面，比之于复杂的世事，他更喜欢谈论《红楼梦》、庄子和禅宗。

2008年，刘再复从北京回到美国后，认为自己的第二人生已经结束，第三人生开始了。"第三人生里，我是世界公民的心态，超越国界，用人类的眼光看待一切。"让刘再复师法的不只是爱因斯坦的"世界公民"和"为人类服务"，还有"过客"。爱因斯坦在临终之前，吩咐他的家人在墓碑写上："爱因斯坦到过地球一回。"刘再复认为爱因斯坦说出了一个朴素的真理："过客"乃是人的宿命。过客不占有，无目的，无心机，该说的话就说，不情愿说的话就不说，过客并不辜负只有一回的人生。

在香港科技大学，我和刘再复又聊了好几天。从清水湾畔的宿舍，去往山顶的大学餐厅吃饭，再回到住所，这是一条从宁静到喧闹再返归宁静的道路。这是刘再复的道路。夏天将尽的傍晚，刘再复帮我打了一辆车后，站在路边，挥手向我告别，然后转身，走入华灯初上的黄昏。他的背影，如同汩汩光阴中的过客。

第五章 他乡与故乡

在弗吉尼亚思考幽暗意识

张灏如今在美国弗吉尼亚州的一个小镇上过着安静的退休生活。他已经退休过两次,第一次是从俄亥俄州立大学历史系退休,之后他又到香港科技大学人文学部任教几年,再次退休。

张灏不用电脑,迫不得已用电脑的时候,需要太太和女儿帮忙。"我恐怕还生活在19世纪。"他保持着非常纯正的普通话口音,完全听不出他是哪里人。从相貌上看,亦是如此。"我的长相是不南不北,很难猜的。我的父亲是安徽滁县人,父亲的故乡就是自己的故乡。其实,我只是在九岁那年,回去过两个月。"他从一岁就开始逃难,先是逃到重庆,后来又回到上海、南京,再后来到了台湾。他到台湾的时候十二岁。

1949年春天到来的时候,张灏和家人在南京。国共谈判破裂之后,南京城开始陷入混乱。学校停课,无所事事的张灏和同学们在南京空荡荡的深宅大院里穿梭玩耍,无人阻拦。他记得那是一个灿烂的江南春天,庭园里春光明媚,花木扶疏,绿草蔓生。"这给我一种异样荒寂而沉重的感觉,似乎预示着周遭的繁华行将消逝。"

父亲告诉他,共产党来了,他们非走不可。张灏的父亲五兄弟,有四个留了下来。他问父亲,他们为什么不走。父亲告诉他,你现在还不懂。张灏的父亲是国民党的官员。

张灏和家人去了台湾。台湾随后进入白色恐怖时期。"政治气压极低,在我青少年的成长过程中,时代感受与政治意识,难免有些压抑与扭曲。"

张灏考入了台湾大学历史系,结识了老师殷海光。"我上大学的时候,思想也是糊里糊涂的。殷老师告诉我们什么是民主和自由。他会跟我们说'五四'。当时在台湾，'五四'是不许随便提的。殷老师讲课很轻松的，拿个粉笔就来了，随便谈谈。他是'五四'的原教旨主义者，讲科学民主，反传统，反宗教，非常激进。"

1959年，张灏留学美国，进入哈佛大学历史系学习。在哈佛大学的中文图书馆里，他第一次接触到中国大陆的东西。馆里收藏有许多中国现代文学书籍，这些书当时在台湾是看不到的。在一次聊天中，高友工提到艾青，张灏毫无所知。"他（高友工）对我说：'张灏啊，你这个学近代史的，连艾青都不知道啊！'听得我满脸通红。"

大概是在1960年年初的一个寒夜，张灏读到艾青的《雪落在中国的土地上》，激动万分。这些感受对于一个长期在台湾受教育，为逃亡漂泊的心理所笼罩，缺乏"祖国认同"的青年，有着难以想象的震撼。

他开始关注马克思主义，开始崇拜毛泽东。思想的左转很快冲淡了他原本就模模糊糊的自由主义立场。他觉得自己更像中国30年代的知识分子，注重群体的大我，不顾个人的小我。虽然仍与台湾的殷海光老师保持着通信联系，但是他认为自己已经开始疏远自由主义。

正在此时，中国大陆的"文革"开始了。虽然是隔岸观火，但这火焰足以将梦中的张灏惊醒。"我看见了，在理想的狂热中，在权力的斗争中，人是多么诡谲多变，多么深险难测！人性是多么丑陋，多么可怕！"

他开始思考，如果权力受到制度的约束和分散，还会泛滥成灾吗？曾经在哈佛大学访学的美国宗教思想家莱努·尼布尔有两句话让张灏十分受益："人行正义的本能使得民主成为可能，人行不义的本能使得民主成为必需。"

对于"文革"的思考让张灏停住左转的步伐，重新回到民主的道路，但此时，他对于民主的认识有了修正。他反思受"五四"影响的那一代知识分子，认为他们对于民主的认识过高，认为民主不仅是国家富强的良药，还是道德理想的体现。对西方民主运作做了长期观察的张灏不再认同如此拔高的民主观。丘吉尔说过，民主并非一个理想的制度，只是人类到现在还没有想到一个比它更为可行的制度。"在中国谈民主，常常需要一个低调的民主观，才能稳住我们对民主的信念。"到了20世纪80年代初，已经在美国大学里任教多年的张灏提出了"幽暗意识"，这构成了张灏学术思想发展的主轴。幽暗意识一方面要求正视人性与人世的阴暗面，另一方面，本着人的理想性与道德意识，对阴暗面加以疏导、围堵与制衡，去逐渐改善人类社会。

张灏还试图从更为广阔的历史时段中去探究席卷中国的"权祸"有着怎样的思想根源。他追溯到1895年开始的"转型时代"，激进主义从此在中国迅猛发展。

20世纪80年代之后，大陆跟海外恢复了往来，张灏回去过几次。

他的小女儿对大陆很感兴趣，去过北京、青岛、武汉等地。在美国生长的孩子，到了某个年纪会寻根。但张灏觉得自己年少时的经历对女儿这一辈就像是天方夜谭。

张灏认为经历决定了自己的学术兴趣。所有的历史都是当代史——克罗齐的话，他深以为然。他那些庞杂的研究文章，直接或间接地表达了他对于时代的感受。

抒情波士顿

在哈佛大学东亚系的走道里等待王德威的时候，一群从华人世界来的学生在一旁的教室里热烈地讨论着关于中国的议题。一位研究中国文学的外国学生跟王德威聊了很久。王德威常惊讶于时间流逝太快，当学生叫他"前辈"

的时候,他觉得自己做学生还是昨天的事儿。

他关心的一个研究议题是"抒情传统"。李泽厚的"情本体"理论对他有很大的启发。1982年,他从威斯康星大学麦迪逊校区博士毕业的时候,要回台湾,租住的公寓还没到期,要转租出去。林毓生先生知道这件事后,给他介绍了一个访问学者。这个学者就是李泽厚。"李先生大概都忘了这件事,我还跟他说,我把电锅都给你了。那时候我多年轻啊,才二十多岁。"

哈佛大学东亚系所在的两层暗红色楼房并不显眼,门口的两座石狮子令其与周围建筑区别开来。从王德威的办公室出门向右走几步就是燕京图书馆,这里查资料很方便。1986年,他刚到哈佛任助理教授时,办公室就在图书馆里面。

1990年,受夏志清邀请,王德威前往哥伦比亚大学执教,十五年后,重返哈佛。当哈佛找到他的时候,令他心动的一个原因就是燕京图书馆的藏书。"当然,在百老汇边上住了这么久,也希望换一个安静点儿的地方"。他回到了波士顿。

在哈佛广场的燕京饭店吃饭的时候,生于台湾的王德威说他的话里带有东北口音。"比如不说把灯'关了',而是说'闭了'"。他父母都是东北人,1949年后去了台湾。

"他们没想到离开家就回不去了,没有任何心理准备。我有个同父异母的哥哥留在大陆,受了很多迫害,因为家庭背景,连小学都上不了。"这让王德威在做学术时,会考虑同一时间节点上,华人世界各地都发生了什么事情。

比方说,1956年,王德威认为是非常重要的一年。这一年,毛泽东在大陆提出了"百花齐放,百家争鸣"。同一年,金庸在香港开始《书剑恩仇录》的写作。金庸所在的是左派报纸《新晚报》。《新晚报》在一个资本主义殖民社会里,为了传播左翼思想,要迎合小市民的趣味,复活了鸳鸯蝴蝶派里重要的门类——武侠小说。他们找了一个开明的左翼年轻记者查良镛来写，未曾料到，竟开启了华人世界一个重要的文学现象。"我们通常不会想到金庸的《书剑恩仇录》跟左翼在海外打破冷战僵局的企图有关。"王德威说。

1956年，夏济安在台湾创办了《文学杂志》。白先勇、李欧梵这批人开始被发掘。《文学杂志》传承的是朱光潜为代表的京派现代主义。这根血脉被一群到台湾的知识分子很微妙地延续。

由于台湾戒严，王德威在台湾大学外文系上学的时候，许多东西都看不到。台大对面的小书摊上，有各种各样的盗版书。那些老板都很能干，来自三山五岳。一次，有位老板告诉王德威，有一本书他应该看。他看了看封面，上面写着：《边城》。

那时的王德威并不知道沈从文是谁。"我们不是看鲁迅、茅盾的作品起来的，对'五四'的认识是徐志摩加朱自清而已。因为他们在1949年之前都死了，所以老师教起来特别安全。我当时没读过鲁迅的作品，原因是——鲁迅是坏分子，也没听过沈从文，原因是——他1949年之后没跑出来。"

直到20世纪70年代，王德威去美国留学之后，对于中国现代文学的缺失才得以补全。他清晰地记得看《围城》时的感受："从来没看过这么好看的书。"那天是感恩节，下着大雪，室友要关灯睡觉，他就抱着书去会客室，通宵看完。

金庸的书也是在美国读的。"金庸的书在台湾是禁书，因为他是左派。我在美国痴迷看金庸，为此，英国文学课拿到了一个烂分数。"

20世纪80年代对于王德威的学术成长有着非常重要的意义。他在哈佛招待的第一个客人是阿城，之后有刘心武、戴厚英、莫言、苏童、余华、王安忆等等。王德威觉得自己得力于那个时代，有种文学爆炸的感觉，而且他本身就有台湾文学的背景，这让他很早便放宽了自己的视野。

他对中国当代文学评价很高："当代文学非常有趣，如果真正从质和量来讲，早就超过'五四'了。当然，文学史不是这样看，你得放在那个语境下，文学发生的能量当然是'五四'时代大于今天。文学在 20 世纪 80 年代的大陆有光环，现在回归基本面了。"

王德威的一个重要学术观点是——没有晚清，何来"五四"？从"五四"以降，革命与启蒙在上百年时间里成为研究者谈论中国文学现代性的两根支柱。这也让他思考知识分子和政治应该有怎样的关系。王德威提到了萨义德和沈从文所代表的两种立场——"萨义德在学院里面，但同时从事他信仰的一些社会活动，很多人把他当作知识分子典型来看待。这是时代的期许。另外一种是沈从文式的知识分子。他在 1961 年写的《抽象的抒情》里讲，希望主政当局把这些学者和知识分子的话当作一种梦呓，不用当真。"

王德威会请华人世界里各种不同观点的人到哈佛讲座，左中右都有，有的观点他不同意，但他希望听到不同的声音。

在海外的中国文学研究者中，王德威是他那一辈人的领军人物。

"我非常敬佩王德威，他简直是上帝送来的礼物。"耶鲁大学东亚系的孙康宜教授说，"我们这一行里，没有王德威和有王德威会差很多。"

白色纽黑文

当天气预报说康涅狄格州的降雪将厚达两英尺（1 英尺 =0.3048 米）时，耶鲁大学东亚系教授孙康宜坐不住了。在下雪的头一天晚上，她带着行李，让丈夫张钦次开车送她到耶鲁大学，住进戴文坡寄宿学院的招待所。

在美国，若遭遇恶劣天气，许多学校会选择停课。由于耶鲁大学的学生大都寄宿校园，在耶鲁三百多年的历史中，从未因为雨雪而停过课。然而，老师们大都住在校外，比如孙康宜，如果大雪封路的话，她肯定无法从距离耶鲁半小时车程的木桥家中准时前去上课。没有人要求老师们一定要在下大雪时来校上课，但孙康宜觉得自己得这么做。

"我每走一步，雪几乎都埋到膝盖上。"孙康宜形容积雪"像山坡那么高"。她到耶鲁快三十年了，还没见过这么大的雪。被白雪覆盖的耶鲁校园几乎成为空城。在约克街上，只有几个无家可归的乞丐，喝着咖啡，向她打招呼，让她走路小心。这些乞丐令孙康宜感到温暖，她的脑海中突然冒出唐传奇《李娃传》里关于荥阳公子大雪天出外乞食的章节："一旦大雪，生为冻馁所驱，冒雪而出，乞食之声甚苦。闻见者莫不凄恻。时雪方甚，人家外户多不发。"

她来到办公室，赶紧翻出书中的这一段落，复印多份，拿到课堂上给学生讲授。适逢新学期伊始，学生们可进出各个教室听课，挑选自己感兴趣的课程。孙康宜讲述的《李娃传》吸引了学生。有一个学生听着她讲课，眼泪都快要流出来了。

孙康宜坐在纽黑文一家叫 Royal Palace 的中餐馆里兴致盎然地向我讲述"大雪教书记"时，已经是几天以后，但窗外依旧是厚厚的白雪。我联想到她所撰回忆录的书名——《走出白色恐怖》。

在孙康宜家中，她拿出一张小孩的黑白照片给我看。照片的背面有几个漂亮的毛笔字："康宜七个半月摄于北京中央公园。"中央公园就是现在的中山公园。此墨迹为孙康宜的爷爷孙励生所留，一直被她视若珍宝。

孙康宜于 1944 年在北京出生。她的父亲孙裕光在北京大学做讲师。1946年，严重的通货膨胀使得北京大学发不出薪水，孙裕光在好友张我军的建议下，打算到台湾去谋一份能养活家人的营生。"他们想着，至少可以在台湾大学教书吧。"孙康宜一家和张我军登上了远赴台湾的客轮。虽然当时只有两岁，孙康宜却隐约记得登船的时候，父亲抱着她，张我军抱着她的大弟康成。

1946 年的这次赴台谋生并不是一次惬意的旅行。台湾大学也无法提供薪水，教授日本明治文学的张我军只好开了一家茶叶店为生，孙裕光则改了行，成为基隆港务局总务科长。

孙康宜一家到达台湾之后的第二年，1947 年 2 月 27 日，台北一个烟贩遭到国民政府缉烟人员的殴打引起纠纷，并闹出人命，导致台湾人 2 月 28 日对外省人的暴动，国民政府出兵镇压。暴动中，有三万多人丢掉了性命。孙康宜的父亲孙裕光是天津人，母亲陈玉真是台湾人。当台湾人杀外省人的时候，他们要躲起来；当外省人杀台湾人的时候，他们也要躲起来。

1949 年，国民党败退台湾。不久，台湾的一些左翼知识分子在鹿窟组织当地乡民，引发"鹿窟事件"。"鹿窟事件"的一位领袖是孙康宜的大舅陈本江。

1950 年，保密局来人将孙康宜的父亲孙裕光带走，让他说出陈本江的下落。孙裕光并不知情，但仍被判了十年监禁。这已经是最轻的处罚了。她的父亲在监狱里经常看到，许多人被拉出去之后，接着就是一阵枪响。

"我父亲是一口京片子，我说话有台湾腔，如果同时听我们俩说话，可能别人不知道我是他女儿。"孙康宜坐在书房里对我说。书房的名字"潜学斋"是她父亲所写。

父亲的入狱对于时年六岁的孙康宜刺激非常大："这就是美国人讲的 trauma（创伤），让我得了失语症。我自己原来也是京片子，可能只有几天的时间，我把京片子全忘掉了。我后来只会说闽南话，过了两年，台湾推行'国语'，我才又学了一口的台湾腔'国语'。"

孙康宜一家搬到了高雄林园乡下。上小学的时候，她由于一口台湾腔"国语"而被外省人笑话。她开始陷入语言的困境。"事实上，我既是外省人，也是台湾人。然而，当时在台湾的学校和机关里，正确的北京话——'国语'代表着高位文化对低位文化的排斥。"

她开始变得沉默，害怕说话。她的成绩很好，考第一名是家常便饭。有一个和她竞争的同学曾经给她写了一张字条："希望你有一天能把台湾口音改好。"她看了字条后，哭了半天。一个来自浙江的同学安慰她说，台湾腔没什么不好，蒋介石不也有很重的浙江口音嘛。

孙康宜开始逃避母语，苦读英文，希望将来能离开台湾，去美国。高中毕业的时候，她获得了保送大学的机会，她选择的不是大多数人向往的台湾大学，而是东海大学。她的理由是——"东海大学英文系里的教师全是美国人"。

1968年，孙康宜移民美国，直到那个时候，她才开始摆脱困扰着自己的语言阴影。美国到处都有不同腔调的英语。在英语世界里，她获得了表达思想的自由，她发现，原来自己是一个爱说话的人。更令她感到惊奇的是，她在多年之后到大陆演讲时，有人称赞她的"普通话"说得比许多中国人还要好。

1978年，中美宣布正式建交。次年，孙康宜途经香港，第一次回到大陆。"我从香港坐火车到广州，经过边界时，发现有中国军人站岗了，眼泪就流了下来。"时隔三十多年，说到这儿，孙康宜还是止不住掉眼泪。

此番大陆之行，是一场接一场的眼泪。有台湾亲戚关系的大陆人在1949年之后历次政治运动中的遭遇可以想见。孙康宜在大陆的叔叔被批斗时，批斗他的人对他说，你哥哥在台湾政府里当高官，并且为蒋介石开过飞机。孙康宜的爷爷孙励生则早在1953年，就因为自己的儿子在台湾而失去了工作，最后投河自杀，连尸首都没有找到。

"真是很讽刺，我们家在两岸都受迫害，这是一个悲剧的时代。我曾经很伤心：中国为什么要变成两个？为什么毛泽东跟蒋介石没办法相处？使得两边的人都受害。"

20 世纪 60 年代，孙康宜刚到美国留学的时候，对毛泽东的崇拜在校园里非常流行。"那个时候，美国大学里的左派特多，许多台湾来的学生一接触到大陆的东西就变成左派。我当时研究西方的英雄主义者，也有同样的想法，但后来就越来越不喜欢政治了。"

同样是在 1979 年，孙康宜的父亲也回了一次大陆。"我父亲回来之后很伤心，因为他所认识的中国很不一样了。他是文化人，发现文化不见了。他后来再没回去。"

孙康宜自己也没想到，她再次回去，已经是十六年之后的事情。1995 年，北京举办国际大专辩论会，邀请她去做评委。孙康宜打电话请教她的朋友苏炜。"我从大陆出来，对大陆的现实有些批评，但对海外学者，我很鼓励他们到中国去。他们回去，会对中国有很好的影响。"如今在耶鲁执教的苏炜说。

于是，我们在 1995 年北京国际大专辩论会上，听到了主持人杨澜对一位评委的介绍：耶鲁大学东亚语言与文学系主任孙康宜教授。

从 1991 年到 1997 年，孙康宜做过六年耶鲁大学东亚语文系主任，是耶鲁历史上第一位华裔女系主任。"在美国做系主任没什么的，只是为大家服务。那个时候，耶鲁东亚系的教授也只有我一个女的。女华裔的确还没有做过系主任，自己觉得一定要做好。这里没有人希望做系主任，累嘛，谁愿意呢？我自己做系主任的时候，写的都是短篇文章，简直没办法写大本的书。做了六年系主任之后，校长又找我，我说，我绝不再做了。"

2004 年，当剑桥大学出版社找孙康宜主编《剑桥中国文学史》时，她先是拒绝了。"别人也跟我说不要做，做了会累死的。我说了'NO'之后觉得很不舒服，因为这会让别人失望，也让自己失望。我最后还是答应做这件事，请了哈佛大学的宇文所安教授与我共同当主编。"

两块厚砖一样的《剑桥中国文学史》英文版在 2010 年面世。这部文学史主要是向西方人介绍中国文学。

"我以前对中国文学没有兴趣，一心想读的是英美文学，到美国后反倒开始寻根，转向比较文学，再后来是东亚文学，最后是汉学。"她为自己学术轨迹的曲折感到奇妙。

命运的起伏转折也同样奇妙。1974年，孙康宜在普林斯顿大学第一次见到张我军的儿子张光直。此时张光直已是哈佛大学著名的考古学家。多年后，张光直的自传《番薯人的故事》给了孙康宜诸多启示。沉默多年的她写出了自传《走出白色恐怖》。

许多从那个时代走过来的人开始拿起纸笔，留下自己的记忆。王德威评价这一现象时说："20世纪80年代以来，记忆台湾成为重要的文化工程。过去政治、宗法的旧账要如何清理？死者已矣，幸存者要如何召唤亡灵，重新体会难以言说的创伤？更重要的，这样的创伤要如何启发我们有关暴力、正义与救赎的教训？"

2006年，时隔五十多年，孙康宜家人获得了父亲当年坐冤狱的赔偿。此时，她的父亲已经八十七岁，次年去世。她的母亲则已于1997年去世。"在台湾有过我这样经历的人，会很恨国民党，这种恨甚至超过对日本人的恨，但我不恨他们，可能因为我是基督徒。九岁那年，我在台湾听到一位牧师说过，要爱你的敌人。"孙康宜说。

孙康宜并不认为《走出白色恐怖》是控诉文学和伤痕文学，她把这本书定义为"感恩"之书。"对于那些曾经给我们雪中送炭的朋友和亲人，我的感激是一言难尽的。那些善良的人大多数是被世人遗忘的一群，他们也一直承载着复杂的历史政治纠葛，因此，我要特别把他们的故事写出来。"

孙康宜原来一直以为年少时所遭遇的患难是生命中的缺陷，如今发现，那才是她心灵的资产。

纽约的老顽童

冬日的上午,我乘坐的火车行驶在纽黑文通往纽约的铁道上,窗外掠过树林、雪地、房屋和停靠在港湾里的船只。

大约六十年前,三十出头的夏志清在这条路线上往返奔波。那时他正在撰写《中国现代小说史》——这部日后让他声誉鹊起的学术著作,苦于耶鲁大学中文书籍匮乏,于是他成为哥伦比亚大学中日文系(现在的东亚语文系)图书馆的常客。他通常上午从纽黑文的耶鲁大学出发,下午在纽约的哥伦比亚大学饱览群书,然后再借上一箱子资料,返回纽黑文。

离耶鲁大学并不遥远的哈佛大学,当年的中文藏书虽然并不丰富,但也有一些哥伦比亚大学所没有的书籍。夏志清没去哈佛借过书,除了生性不爱动之外,另一个重要原因是——缺钱。他曾为此而遗憾,作为文学史的研究者,占有的资料再多都不为过。

"朝鲜战争爆发后,我就得省下钱来寄给上海家人。从1951年7月开始,每月寄一百美元,一年一千二百美元。那三年,我每年自用二千八百美元,够维持生活,没有什么研究经费。"当时,已经从耶鲁大学英文系博士毕业的夏志清仍然住学生宿舍,吃食堂。

如今,夏志清住在纽约113街的一幢公寓,紧邻晨边高地上的哥伦比亚大学,通往他家楼层的电梯有着木质外壳,楼龄超过百年。

在夏志清家里,有墙壁处皆是书。他自己的著作都集中在一个书架上。我从大陆带来的几本署名"夏志清"的简体字书,却不在此列。

"大陆出版他的书,几乎不给稿费,很多时候连书都不寄过来,真是很过分。"夏志清的太太王洞女士翻着我带来的书说道。

夏志清则拿着我带去的以"桂系"为封面故事的《南方人物周刊》说:"这

是白崇禧年轻的时候。我跟他儿子白先勇很熟。"白先勇是夏志清的哥哥夏济安在台湾大学外文系教过的学生。白先勇认为夏济安对那一届台大外文系学生有过非常好的指导。那批学生中，日后成名的除了白先勇，还有李欧梵、陈若曦、王文兴、欧阳子等人。

夏志清在2011年农历正月十一度过了自己的九十岁生日。为了避开美国东北部多雪的冬天，生日聚会提前到2010年秋天。1921年，夏志清出生在上海浦东。浦东当时是落后的郊区，黄浦江对岸才是繁华的十里洋场。夏志清的家境并不好。"年轻时的夏志清多少有一些自卑感，这对他之后的人生会有影响。"哈佛大学教授王德威说。

夏志清家的客厅里挂着马英九送来的一幅生日贺轴，上书"绩学雅范"。"这个出典我不晓得。"夏志清指着这幅字说，"这些字都有出典的，他们不敢乱写，中国人胆子小，你自己发明一个什么'伟大的……'，大家会笑的，所以中国人总是要用古人的话。"

这幅贺轴上还写着"志清院士九秩嵩庆"。夏志清在2006年当选台湾"中央研究院"院士，为当选院士中最年长者。

胡适曾任台湾"中央研究院"院长，他可能没料到，自己不太器重的夏志清几十年后会当选院士。1946年，从沪江大学毕业的夏志清到北大外文系做助教时，时任北大校长的胡适听说他是沪江大学毕业生，脸马上一沉，透露出很大的失望。他那时还不知道胡校长偏见如此之深，好像全国最优秀的学生，都该来自少数几个名校。

1947年，纽约华侨富商李国钦决定给北大三个年轻教员留美奖学金的名额，文、法、理各一名。刚到北大工作不到一年的夏志清过关斩将，得到文科唯一的名额。发榜后，十几位教员一起到校长胡适那里表示抗议——夏志清是什么人啊？怎么能让他把这个名额占去？胡适虽然不喜欢夏志清，但非常尊重评选委员会的决定，夏志清获得了赴美留学的机会。

1947年对夏志清来说，是特别的一年。这一年，他最喜欢的德裔美国电影导演刘别谦（Ernst Lubitsch）在洛杉矶突发心脏病去世。"我对刘别谦的导演手法特别佩服，他的好多电影我都看过三遍。"他认为，作为电影导演的刘别谦相当于诗人中的蒲伯、剧作家中的莫里哀。

夏志清是个超级影迷，他在上海的时候，曾经在《新闻报》上发表《好莱坞大导演阵容》。"那个时候，我对电影的研究比文学更好。我大学还没毕业，电影全都懂了。"他说，"刘别谦的电影好得一塌糊涂，现在的电影是退步得一塌糊涂"。他所喜欢的大多是20世纪60年代以前的电影，他的书房里挂着伊丽莎白·泰勒和玛丽莲·梦露的照片。

1947年，还发生了一件影响夏志清学术生涯的事——钱锺书出版了小说《围城》。多年以后，夏志清在《中国现代小说史》里写道："《围城》是中国现代文学中最有趣和最用心经营的小说，可能亦是最伟大的一部。"

夏志清坐在客厅的沙发上说话，语速飞快且毫无束缚，对情绪的表达总是淋漓尽致。"×××是好人"，"×××是坏人"。话语中带着浓重的上海口音。

夏志清喜欢说别人笨，说自己聪明。如果别人这样说，容易让人产生反感，但在他的语境里，倒显出几分可爱来。"那时候，在耶鲁拿到英文博士学位的中国人只有三个"。耶鲁大学英文系的博士学位是全美国要求最严的英文博士学位。博士生要想拿到学位，至少需要通过法、德、拉丁三门语言的考试。夏志清之前，华人当中只有柳无忌、陈嘉两位拿到过耶鲁大学英文系的博士学位，那是20世纪30年代的事情了。

1951年，作为耶鲁大学英文系优等生的夏志清，进入博士生研读的最后一年，开始为自己的前途发起愁来。他希望在美国谋得一份工作。在当时，对一位东方人来说，并非易事。

同住一幢宿舍楼的政治系同学告诉他，耶鲁大学政治系的饶大卫（David N.Rowe）教授从政府那里获得了一笔研究基金，正在找人帮他做事。正值朝鲜战争，美国需要了解中国。饶大卫主持的工作是编写一部《中国：地区导览》（*China: An Area Manual*），供美国军官做参考。

夏志清既了解中国又精通英文，他找到饶大卫，顺利加入了这个编写团队，年薪是四千美元。夏志清是这个团队的主力，他一个人就撰写了《文学》《思想》《中共大众传播》三大章，《礼节》《幽默》两小章，《家喻户晓的人物小传》一章，参与了《中共人物》《地理》两章的编写。

《中国：地区导览》试印本编写出来后，先由美国军政官员审阅。这本册子最终未被正式采用，只印了三百五十册。

在纽约的这个早上，夏志清扒开一沓沓资料，从家中靠近窗户的书架上找出一册《中国：地区导览》给我看。夏太太王洞为夏志清能找出这本册子而大为惊讶。"你是第一个看这本册子的记者，我都没看过。"王洞说。

20世纪50年代，《时代》周刊做过一期以毛泽东为封面人物的中国报道。夏志清在看这期《时代》周刊时，发现里面的许多内容都是根据他在《中国：地区导览》里的文字来写的，有的地方甚至一个字都没改。他说他"生平看《时代》周刊，从来没有这样得意过"。

在编写这套书的过程中，原本一心研读英美文学的夏志清对自己的祖国有了更多的了解。特别是在编写《文学》这一章的时候，夏志清翻看了大量的中国现代文学史料，突然发现"中国现代文学史竟没有一部像样的书"，他觉得非常诧异。

1952年春，虽然饶大卫将夏志清的年薪加至四千八百美元，但他对继续编写册子失去了兴趣。夏志清有了新的计划——撰写一部《中国现代文学史》。他将计划书寄给洛克菲勒基金会，获得了两年的研究补助金，每年四千美元。

此后，夏志清辗转美国各地，授课为生，工作十分繁忙，《中国现代小说史》的撰写也是断断续续。直到1961年3月，《中国现代小说史》才得以出版。

1961年4月13日的《基督教科学箴言报》上，刊登了芝加哥大学中国文学教授大卫·洛埃（David Roy）写的长篇评论。他认为《中国现代小说史》的出版是一件大事，它不仅是专论中国现代小说的第一本严肃英文著述，"更令人稀罕的是，现有各国文字书写的此类研究中，也推此书为最佳"。

1961年，哥伦比亚大学东亚系教授王际真正在耶鲁大学短期授课，他已经临近退休，想寻找合适的人选接替他的位置。在饶大卫的推荐下，王际真看了夏志清的《中国现代小说史》，激赏不已。他写信给这个年轻的后辈，表达了自己对这本书的喜爱，并在信中赞扬夏志清的英文造诣高过了所有留美的华人教授，"简直可同罗素、狄金森两位大师媲美"。

王际真的赏识让夏志清在1962年获聘为哥伦比亚大学东亚系副教授。1968年，他出版了《中国古典小说史论》，再次引起学界震动。这两本书奠定了夏志清在中国文学研究领域殿堂级的地位。

谈到《中国现代小说史》，夏志清说："我的看法没有改变。"他一再指出，他并不是以左或右来挑选作家进入他的小说史。"我不是恨左派，东西的好坏也不是用左派或右派来判断，你是个高级的人我就佩服嘛。中国的作家中，好的我就喜欢，我推崇张天翼，他就是左派嘛。"

在《中国现代小说史》里，张爱玲、沈从文、钱锺书、张天翼被前所未有地放到了重要的位置上。特别是张爱玲，夏志清对她在中国现代文学史上的地位最早作出了高度评价："《金锁记》长达五十页，据我看来，这是中国从古以来最伟大的中篇小说。"这样的话从来没人说过，这在当时需要锐利的眼光。"我一看她（张爱玲）的东西就觉得她厉害，我是自己看她的书看出来的，没有什么老师指导我。我把很多大作家打了下来，比如老舍的《四世同堂》，大家捧得一塌糊涂，我在书里讲他不行。"

这些文字对于抱持左翼文学史观的中国现代文学研究者是巨大的刺激，引起的争论可想而知。最有名的是夏志清和捷克左翼汉学家普实克在1962年的争论。直到今天，《中国现代小说史》仍然是左翼批评者攻击的重要靶子。

"如果从人文主义的关怀出发，里面有很多东西，无论你持什么样的政治立场，都会同意。说夏志清是右派没有问题，但是大家要知道，右派有很多种，有可爱的右派，有不可爱的右派，有疯狂的右派，有不疯狂的右派。夏先生可以说是超左的右派，他是右派里的左派，右派看了他也是不痛快的。"这是王德威的看法。

"国民党也不喜欢他。台湾有很多奖，他一个奖也没有拿到，他在那边没有朋友嘛，他也不说国民党爱听的话。"王洞说。

左派对于夏志清的批评，更为极端的说法是：夏志清是美国政府请来的"打手"。

"夏志清写的东西是有意识形态在里面，但没有人逼着他这么讲，他是一位特立独行的批评者。左派的批评者高估了夏志清和美国政府的关系。你能相信美国政府会用夏志清这样个性的人来做'打手'吗？太不能相信了。他讲话讲三句之后就不靠谱了，完全是一个疯狂的老顽童嘛。"王德威笑着说。

关于学术上的争论，有时也发生在夏志清和他要好的朋友身上。在张爱玲和鲁迅谁更伟大这个问题上，夏志清和刘再复持有不同的意见。夏志清也曾在会场上为此而生气，不过，就如同他老顽童的性格，他用开玩笑的方式与刘再复言好。

直到今天，夏志清还是不喜欢鲁迅。"鲁迅学问不灵，不如他弟弟，周作人比他好多了。鲁迅本身没有什么问题，但被人家捧得太高。鲁迅有一点最不好，他不喜欢自己的原配，但又不让她离开，又不跟她生孩子，这对女性很残忍啊，这是什么意思！"夏志清说到这的时候，嗓门很大，就好像刚从报纸上看到这么一则新闻时的反应，"对鲁迅，你要讲一讲这件事情，你就说是我讲的。"说完，他又用英文加了一句："It's very cruel."

他还是喜欢张爱玲。对20世纪60年代之后的电影已经没有太多兴趣的夏志清，2007年又去看了一场电影——根据张爱玲同名小说改编的《色·戒》。《色·戒》上映之前，李安的团队想听听文学专家的意见，找到王德威。王德威说："我给你们推荐一位研究张爱玲的专家。"他推荐的是夏志清。

"李安当时感到不安的地方是，电影里的上海是否拍得很像，对于张爱玲小说里性和暴力的理解是不是到位。我特别约了夏先生去看。他觉得很好啊，右派通常是保守派，但是他完全可以接受。在看电影的时候，在不可怕的地方，他'哎呀'一声，把我们全场的气氛都破坏了。在最露骨的性爱部分，他突然跑去跟夏师母说，这个好像是真的。他太好玩了。"王德威说。

说到宗教信仰，夏志清甚至调侃起教皇："教皇懂这么多种语言，他学问比我好，但他信不信上帝，我就不晓得了，他这么聪明的人，会信上帝吗？"

"您怎么看生死的问题？"我问他。

"没法子看。靠着我的书，我还可以多活几年。人是没有梦的，死掉了就死掉了。我哥哥死了多少年了，他从来没有给过我一个梦。我从来没有梦到过我哥哥，没有梦到过我爸爸妈妈。我没有什么宗教信仰，什么都不信最好，没有寄托。"他说。

九十岁的夏志清到美国已经六十多年了，在纽约住了五十年。他喜欢纽约生活的快捷方便，比如公共交通。夏志清至今还未学会开车，连自行车都不会。到这个时候，一直说自己聪明的夏志清才会说一句"我很笨"。他会感叹现在没有多少年轻人愿意沉下心来多研究几国文学。"现在的人都去弄computer

（电脑）去了"。

跟夏志清聊天的时候，电影《社交网络》正好在上映，当年轻人都在羡慕扎克伯格时，夏志清仍在为不能重看刘别谦的电影《驸马艳史》而感到遗憾。

"节奏太快了，"夏志清感叹道，"我们这些老派人士已经跟不上了。"

北港的仕女图

那几天，康涅狄格州降下了多年未见的大雪，积雪一度使道路交通瘫痪。适逢星期天，平时照顾张充和的吴先生休息，没来。她独自一人在家，刚打了电话，找人替她除冰铲雪。

张充和多年前写过一组题为《小园》的诗，其中一句是："一径坚冰手自除。"这"自除"已成为过去时了。小园还在，就是她现在康州北港的住所，而她已是快一百岁的老人。"现在每天就是看看书、写写字"。

她正忙着给朋友"小苹果"写碑文。"小苹果"患上不治之症，想提前看到自己的墓碑是什么样的。"他让我写，还想让我把名字署在墓碑上，这让我不舒服，墓碑上只能留子孙的名字，怎么能留写字人的名字呢？"

"小苹果"是张充和好友杜岑（字鉴侬）的儿子。张充和有几本册子叫《曲人鸿爪》，其中一册封面上的四个字为鉴侬1938年所题。这些册子上，是当年朋友们雅集唱曲之后，即兴完成的一些"不经意"的字画。孙康宜对这些册子的评价是："无论是描写赏心悦目的景致，还是抒写飘零无奈的逃难经验，这些作品都表现了近百年来中国社会转型过程中传统文人文化的风流余韵及其推陈出新的探求。"

张充和的人生如同"曲人鸿爪"，充满了这样的"不经意"。她对生活的态度是：淡。七十岁生日时，她用隶书写过一副对联："十分冷淡存知己，一曲微茫度此生。"

1921年年初，张充和的父亲张武龄做出决定，请一位专业人士教他的女儿们昆曲。张充和的姐姐张允和把这段早年往事记录了下来："那天是除夕……他（父亲张武龄）说，如果我们不玩骨牌、赶老羊等，就可以跟老师学昆曲，等到可以上台唱戏了，就给我们做漂亮衣服。过了两天，他就为我们请来了老师，从此每星期我们都在爸爸书房里学唱昆曲。"张武龄的决定让这个家庭与昆曲结缘。

"我的家乡是安徽，但我是在上海出生的。"张充和坐在沙发上说着话，她的口音混合了安徽口音和江浙口音。

张家祖籍安徽合肥，张充和的曾祖父张树声曾是淮军将领，后来官至两广总督、通商事务大臣。

1912年，张武龄举家离开合肥，迁往上海。他希望置身于时代大潮之中，而不是仅仅做个旁观者。安徽人陈独秀在1904年描述过家乡的生活："别说是做生意的，做手艺的，就是顶呱呱读书的秀才，也是一年三百六十天坐在家里，没有报看，好像睡在鼓里一般，他乡外府出了倒下天来的事体，也是不能够知道的。譬如庚子年，各国的兵，都已经占了北京城，我们安徽省徽州颍州的人，还在传说义和团大得胜战。"

"在当时，他并不知道自己的这一举动所包含的全部意义，这一举动改变了孩子们的命运——他们拥有的朋友和教育环境，他们读的书，他们欣赏的音乐和戏剧，他们选择的生活，他们情感延伸的范围，都因此不同。"这是张充和在耶鲁大学的同事金安平的见解。

1913年，张充和的出生并没有给这个家庭带来多大欢乐，她已经有三个姐姐：元和、允和、兆和。张家需要的是一个男孩。

张武龄在苏州办乐益女中，推行新式教育。但张充和出生后便被送回安徽接受传统教育,在吴昌硕弟子朱谟钦指导下学习古文和书法,直至十六岁,她才重返苏州。

1934年,张充和以数学零分、国文满分的成绩考入北京大学国文系。彼时北大文科多鸿儒,诸如胡适、钱穆、闻一多、俞平伯等,但静心于学问的学生不多。张充和回忆:"有好多我不了解的活动,像政治集会、共产党读书会等。"她更愿意将时间花在戏曲上。北京大学旁边的清华大学,有位专业昆曲老师开课,她经常前往聆听。

在张家,对昆曲投入最深的是大姐张元和,她嫁给了风靡上海滩的昆曲演员顾传玠。1935年,患上肺结核的张充和在张元和的陪同下,从北平回到苏州。受大姐影响,张充和疯狂地迷恋上了昆曲。当然,她兴趣广泛,昆曲只是其中之一。1936年,《中央日报》副刊编辑储安平赴英国考察留学,张充和接任副刊编辑,她的一些小说和散文在此期间发表。

抗战爆发后,张充和曾在陪都重庆任职于教育部音乐教育委员会。1940年,她在重庆主演的昆曲《游园惊梦》轰动一时。

在重庆,她结识了沈尹默,向其请教书法。每隔一段时间,她会坐一个小时的公共汽车或是送煤油的大卡车,去往位于歌乐山的沈尹默家中求教。书法之外,她还向沈尹默学习诗词,随后写出了一些极好的作品,留下了"描就春痕无着处,最怜泡影身家"等许多佳句。

她喜欢与"悬"有关的艺术形式。书法家写字时须轻悬手腕,掌虚指实。昆曲同样如此。她觉得,舞台上最难的,在于将没有演出来的东西展露无遗。好比彰显戏剧张力不必通过煽情对话,含蓄才是要义。

1949年后,张充和与故国相隔足够遥远,她的人生悬于海外,却意外地保留了她沉迷已久的中国式的诗意生活。

"我在课堂上会给学生讲张充和,她那个年代的人,现在只剩下她一个了。

我每次跟学生们说充和出生于1913年,她们就已经惊讶极了。"在耶鲁大学教授中国古典文学的孙康宜说。

学校刚开学,许多从中国来美国旅游的孩子在耶鲁校园里合影。在耶鲁工作了十多年的苏炜老师有些诧异:"现在的中国孩子真是不一样了,随便就有机会来美国。"

1949年,当中国人面临何去何从时,出国并不是一个容易的选择。

1949年的张充和在想什么呢?是什么促使她离开中国?她最着迷于中国传统文化,却打算远涉重洋。

"日本投降后的1946年,张家十姐弟才在上海大聚会,照了十家欢。这以后又各奔前程。从此天南地北、生离死别,再也聚不到一起。"张允和曾这样写道。1949年,张家姐妹中的兆和与允和留在了大陆,元和夫妇去了台湾,充和嫁给了当时在北大西语系执教的德裔犹太人傅汉思,去了美国。"合肥四姐妹"的名字里都带个"儿"字,意为"两条腿"——女儿大了总要走的。张充和这"两条腿"走得最远。张家的弟弟们名字里都带个宝盖头——儿子要待在家里,他们全都留在了大陆。

1949年之后,直到20世纪80年代,张允和才在美国见到了张元和与张充和。在过去的二十年中,为了避免招惹麻烦,她没有写过日记。她在1984年8月2日的日记里写道:"昨天是戏剧节,早上八时开始化妆……化妆完已下午一点零五,吃点东西拍《游园》身段。这戏我们姐妹六十年前合演过,那时不过十三四岁。"

张充和那些留在大陆的亲人的遭遇与她有着天壤之别,比如她三姐夫沈从文。沈从文在1948年,也就是张充和嫁给傅汉思这一年,就已经隐约触碰到未来的命运。在一份刊物中,有两篇文章对他进行了措辞严厉的批评,一篇称他为"地主阶级的弄臣",另一篇则说他的作品是"桃红色文艺"。后一篇的作者是郭沫若，沈从文的妻子张兆和及其姐妹中学读书时还演过他的戏剧。

张充和的三个姐夫都很有名，他们分别是顾传玠、周有光和沈从文，在各自的领域都是光芒闪耀的人物。与几位姐姐一样，张充和身边也有过很多追求者，其中一位是卞之琳。

卞之琳写过很多信向张充和表达爱意，甚至在张充和嫁人之后，仍然给她写信。他收集她的文字，在她不知情的情况下，送到香港出版。

张充和没有被卞之琳和他的诗歌所吸引，她认为卞的诗歌"缺乏深度"，人也"不够深沉"，"爱卖弄"。

张充和1948年结婚时已经三十五岁。这个年龄在当时中国适婚女性中已经大到不可理喻。

"她喜欢保持单身女性的身份，有机动性，自由自在，不必在意社会对已婚女性的期待。她母亲和姐姐们在这个年纪的烦恼，她统统没有：没有黏附她的'小附件'，没有'主妇'的烦恼；日常生活中也没有那么多烦琐平庸的东西。充和不怕独处——她童年时就已经习惯于此了。她也不觉得非要结婚不可，社会压力对她没有什么作用。"这是金安平的理解。

在重庆时，章士钊曾向张充和赠诗一首，将她比作蔡文姬："文姬流落干谁事，十八胡笳只自怜。"这令张充和很不高兴，她并不喜欢将自己与文姬相比。多年后，她回忆起章士钊预言般的诗句，自嘲道："他说对了，我是嫁给了胡人。"

1949年，太多人在未知的命运之门前不知所措。她的老师沈尹默留在上海，卖字为生。十几年后，沈尹默在"文革"中撕毁了自己所有的作品与收藏的碑帖和明清卷轴，这些碎片被浸于水中，直至化为纸浆。

张充和在1949年还无法预料此后三十年中国的走向。她隐隐觉得，自己喜欢的东西在未来的中国缺少梦想的空间。"应该让那些'弹性大，适应力强'

的人去接受社会主义革命"。她知道，如果留在大陆，她将不得不中止喜欢的工作。

1949年1月，上海，张充和登上"戈顿将军号"客轮，远赴美国，随身携带的是几件换洗衣物、一方古砚、一盒古墨和几支毛笔。

1949年至1959年，傅汉思任教于加州大学伯克利分校，张充和在该校东亚图书馆工作。1959年，傅汉思在斯坦福大学任中国文学助教，两年后被耶鲁大学东亚系聘为教授，张充和也转至耶鲁大学美术学院讲授中国书法，直至1985年退休。她曾长期担任美国昆曲学会顾问，组织演出，推广中国戏曲。

孙康宜还记得与张充和的第一次"曲缘"。1981年4月，纽约大都会美术馆建成仿苏州网师园的"明轩"。孙康宜彼时在普林斯顿大学工作，校园里正好兴起一股《金瓶梅》研究热，服务于大都会美术馆的普大校友何慕文为此在明轩举办了一次曲会，请张充和用昆曲唱法为大家唱《金瓶梅》的曲子。她的唱腔令在场听众为之倾倒。

那天在张充和家中闲聊，到中午十二点半，她要吃点儿东西。"我有馒头就行。"她说。下午两点，她的好朋友米米·盖茨（比尔·盖茨的继母）要来看望她。2006年，米米·盖茨在外地给张充和举办过一次规模很大的展览，动用了私人飞机来接她，并给她预备了一个木头质地的大容器，嘱咐她尽量把自己的书法和其他作品都往里面装，跟着飞机走。

2008年，张充和被发现罹患癌症。她说："没有关系了，一个人要死总是要有个原因的。"

张充和坐着的沙发右侧墙壁上，挂着一幅她年轻时的黑白照片。我问她："这是在哪里拍的？""1940年，云南呈贡云龙庵。"她说，"是不是和现在一点都不像了？"

1940年，她二十七岁，风华正茂。"酒阑琴罢漫思家，小坐蒲团听落花。

一曲潇湘云水过,见龙新水宝红茶。"这是她 1978 年用草书书写的一首旧作,诗中写的正是 1940 年的云龙庵。

走出张充和滴水成冰的家门,钻进孙康宜的先生张钦次驾驶的汽车,穿过积雪覆盖的宁静乡间。车上,孙康宜老师问我:"你有没有觉得,充和的脸就像一幅仕女图?"

这样的仕女图,以后不会再有了。在这白茫茫的大地上,一个远去的时代正缓缓收拢起最后一片优雅高贵的羽毛。

第六章　时代的漫游者

车过呼兰河大桥，我醒了过来，又翻出《呼兰河传》来看。书里边，呼兰河这座小城有着横竖两条大街，构成一个十字路口。如今的呼兰，街道纵横。入城的这一条叫萧红大道。如同中国许多地方的道路一样，不时有大卡车轰隆驶过，尘土飞扬。中国的现代化进程仍处于大工地阶段。

在呼兰，才下午四点，太阳就西斜得厉害。萧红故居前庭里的塑像影子被拉得很长。她用手腕支着下巴在沉思，仿佛是她用过的一个笔名——"悄吟"。周围的天际线，已经被高楼改变。这院子所处的位置和所占据的面积，很是"奢侈"。这是哈尔滨市呼兰区最著名的场所。故居门口挂满了各种"爱国主义教育基地"的牌子。门前是一个大广场。阿姨们在太阳还没有彻底下山时，就开始讨论舞扇子和扭秧歌。音箱已经摆了出来。时代有所不同了，在萧红笔下的故乡，跳大神、放河灯、野台子戏曾经是卑琐平凡的实际生活之外，精神的盛举。

萧红故居的周围，有餐馆叫"萧府人家"，有花店叫"萧乡花苑"，有楼盘叫"萧乡明珠"……这真是有意思的事情。萧红活着的时候，颠沛流离，饿，穷，没好地方住。如今，她成了地方经济的招牌，滋养众生。文学看上去百无一用，但有时，内力却如河水一样深远绵长。

正是故居旁的萧红小学放学时间，一位奶奶背着孙子从图书馆旁的《呼兰河传》铜质浮雕前走过，口中念的是满大街的电子屏幕都在滚动的几个词：自由、平等、公正……

几天前,我在北京看了《黄金时代》的点映。电影的开头,汤唯扮演的萧红面对着观众,说:"我叫萧红,原名张廼莹。1911年6月1日,农历端午节,出生于黑龙江省呼兰县的一个地主家庭。1942年1月22日,病逝于香港红十字会设于圣士提反女校的临时医院,享年三十一岁。"这后边的一句让人心里咯噔一下。接下来,画面切入阳光明晃晃的童年。

下午的萧红故居能听到秋虫的鸣叫,后院显得很安静。人们在阳光下拍照。一块挂在院墙上的牌子写着:"这里是童年时代的萧红和祖父经常来玩耍、乘凉的地方。"

准备《黄金时代》的剧本时,导演许鞍华和编剧李樯来过这里。"现在看这些地方已经像一个片场的感觉。"李樯坐在北京798艺术区的一家咖啡店里,跟我说起去看萧红故居的感受。

故居的许多建筑是重修的。房间的牌子上往往有几句话提醒你:这座建筑于20世纪60年代拆毁,后按原貌仿建。出了故居,沿着萧红大道往前走,便是呼兰河。

李樯也曾站在呼兰河边。他觉得已经不是河流的那个瞬间了,就像赫拉克利特说的,人不能两次踏入同一条河流。"只不过是那个皮囊还在,像这个时代里一个Copy(复制)的东西,貌似的一个现场。"

出差途中,路过许多历史遗迹,都处在"貌似"之中。在萧红故居里,小团圆媳妇家所住偏房的边上,就是当年拉车人的马厩,那里居然有几匹钢筋水泥做的马。它们貌似在吃食,貌似在等待着被牵走,貌似在为主人辛苦劳作。

下午六点,在呼兰河边上,太阳迅速地沉下去,浅蓝色的天幕上开始泛起浅灰、橘黄、暗紫。萧红描述过这里的天空,她的感受更为具象——葡萄灰、大黄梨、紫茄子。在河边遇到两位呼兰本地人,他们指着泛着粼粼水光的河面告诉我，冬天里，呼兰河结冰的时候，人们在上面溜冰、堆雪人……

冬天是萧红乐于描述的季节，她在《呼兰河传》的开头写道："严冬一封锁了大地的时候，则大地满地裂着口。从南到北，从东到西，几尺长的，一丈长的，还有好几丈长的，它们毫无方向地，便随时随地，只要严冬一到，大地就裂开口了。"

我走在呼兰城里，试图找到"裂口"，好从中体味一些萧红所处时空里的气息。

许鞍华第一次看《呼兰河传》的时候，不是很喜欢。书中内容没什么故事，没什么情节，散。

"所以，你认为更像散文？"我问许鞍华。

"对。"许鞍华在北京的下午有些犯困，她点燃了一支烟，"不是我印象中小说的样子。萧红纪事的情感路线也不是我意料中的，我不是特别接受。"

许鞍华最早知道萧红，是因为香港作家卢玮銮的推荐。许鞍华称呼卢玮銮"小思"，那是她的笔名。卢玮銮在大学里教文学，研究萧红。她跟许鞍华说了很多萧红的情况，许鞍华被萧红的生平所吸引，觉得那么传奇。那是1975年，许鞍华刚从英国结束硕士研究生的学业，回到香港。

到了1978年，许鞍华的朋友拍了一部电视剧，讲的是新界的一个童养媳的故事。电视剧的情节模仿了《呼兰河传》的某些段落。许鞍华因此把《呼兰河传》又找来看。"跳大神的场面特别的震撼"。这加强了她对萧红的印象。接下来几十年里，她断断续续地看了《马伯乐》《生死场》等书。可是当时电影圈里没有人对萧红感兴趣，没有编剧肯写剧本。因为要写一个作家，需要做大量的资料收集工作。20世纪八九十年代的香港电影圈运转飞快，没有编剧有空停下来专门做一两年的资料收集。

直到 2003 年，许鞍华第一次跟李樯见面。她跟李樯说，我一直很想写一个故事，讲两个女人的相互关系，那我们不如一起做这件事情，写萧红和丁玲。

两人一拍即合。许鞍华和李樯分头去看相关书籍。五个月后，许鞍华把萧红跟丁玲的主要作品和一些传记看完了，第二次跟李樯见面。许鞍华记得李樯说，丁玲在南京时期大概是存在一些问题，如果用完整的一条线，恐怕很难通过，这个险还是不冒为好。

拍萧红传记电影的事情搁下了，两人合作的是《姨妈的后现代生活》。这部片子拍完，去哈尔滨看景之后，李樯开始写剧本。这已经是 2007 年。

对于一个真实存在过的人物，写起来需要众多资料的支持和印证。尤其是这些人物的评价多种多样，有时候还完全不相同。

光是有关萧红的各种资料，李樯就看了一年左右。不只是萧红，比如胡风、端木蕻良、萧军，他也要去看他们的传记。只要是与萧红有关的人物，都得看。这须要有非常接近精准的把握才行。"对每个人物，人们的认知都太复杂了，我只能根据已有的资料先客观地看一遍，然后再变成主观——就是我的视角，然后我又把这个视角扔回客观。"

《黄金时代》的开头，萧红那段关于生卒的自述，让我想起卡尔维诺在《如果在冬夜，一个旅人》的开头："你即将阅读伊塔洛·卡尔维诺的新小说《如果在冬夜，一个旅人》。先放松一下，然后集中注意力。抛掉一切无关的想法，让周围的世界隐去。"

有意思的是，卡尔维诺这样开头，恰恰是让大家抽身而出。这是"间离"。"间离"最早来自布莱希特的戏剧理论，为的是达到陌生化效果。

布莱希特在 1939 年所写的《论实验戏剧》一文中写道："什么是陌生化？对一个事件或一个人物进行陌生化，首先很简单，把事件或人物那些不言自明的、为人熟知的和一目了然的东西剥去，使人对之产生惊讶和好奇心。"

电影《黄金时代》充满了实验性,其中最独特的是时空交错的结构。比如,片中人物在餐桌上吃着饭喝着酒,忽然就对着镜头说起将来的事情。

在北京798艺术区的这家咖啡店里,李樯说到这种结构方式的时候,我想到的是:这是接近真相的一种方式吗?"我写人物的时候,也经常陷入困惑,感觉完全的真相基本上抵达不了,能触及一部分就不错了。"我说。

"对,我觉得所谓的真相就是一个乌托邦吧。"李樯说。

把一个人放在足够长的时间段里,放在足够多的评判者中,其呈现的面貌反而经常是模糊不清的。这是历史的暧昧性。所以,传记电影出来以后,引起争议的可能性更大。

"人都是各怀目的的,"李樯说,"坦诚性和粉饰性到底占多大比例,根本没法量化。"

李樯之所以采用时空交错的结构,其中一个缘由就是表现这种复杂性。这样的表现方式就是让观众没法完全投入到故事当中,从而与这个故事保持距离,进行思考。这是一种反故事片的方法,让人不断有跳进跳出的感觉。

"这就是我对历史和人的一种感受。"他说,"我们经常从历史中发现新的东西,这是现在的时空有的。其实历史已经消失了,但我们从历史的遗迹、文献当中,发现了崭新的东西,这个东西是未来式的。虽然它已经消亡了,但它在未来才被我们发现。所以,这个时空是超越我们的。对人的认识也是这样。你可能先前这么认为这个人,后来又否定了自己的认识,再过一段时间你又否定现在的想法了,它在时空里永远是在交错变幻当中,那是一个立体的、四维的空间,所以我用了这么一个结构。过去、现在、未来,不分顺序,压缩在一个平面里。这是现代的东西,并不是怀旧,而是对时空有一个革命性的颠覆。"

李樯在写《黄金时代》剧本期间,他的父亲被查出患了老年痴呆症。有一次，李樯跟他吃饭的时候，他突然问："你多大了？"

李樯说："你说我多大了？"他说："你八十多了吧？"李樯说："我都八十多岁了怎么还能管你叫爸？"他说："那你怎么不早告诉我你比我小？"他还问李樯："毛主席去世了吗？"李樯说："去世了呀。"他说："什么时候？"李樯说："好几十年了。"他说："那你们为什么不通知我？"

李樯父亲的时空观念已经完全颠覆了现在、过去和未来。这对李樯写剧本有启发。"我觉得人是非常奇妙的东西，时空也是非常奇妙的东西。被我们感知的东西太陈规陋习了，都是那几种局限的方法，然后我们每个人都被框死在一个牢笼里面，似乎没法儿获取真相。有什么别的办法可以接近真相呢？我就用了这样一个方法作为一个实验。"

李樯的父亲在2014年去世。在此前六七年里，他已经完全不认识李樯了。"在不认识的状态里，我只不过在扮演他的儿子，他扮演我的父亲，但他是否认这种关系的。其实我们现在看萧红，萧红也是拒绝跟我们交流的，在某种程度上跟我爸一样。我们只知道她的作品和她跟谁好过，但她是不跟你交流的，她的信息其实是固化的，是屏蔽你的。我们是她的窥视者和创作者。"

用这样的方式、结构写剧本，李樯没有跟许鞍华商量，他最后交给许鞍华一个六百场的剧本。他说："你根据自己的需要删吧。"

那些留下来的场景，从此处绕到他处，又绕回此处，如同一个螺旋套着另一个螺旋。

我为了写这篇文章，把十几年前上大学时做的现代文学笔记找了出来，只找到一段关于东北作家群的概述。我想，中文系的学生如果没有专门去阅读作品，了解到的萧红都是模糊的，那普通的百姓呢？如果需要具有一定量的知识储备，这是否增加了观影难度？

如果特别想明白人物的复杂性，李樯觉得，这是有难度的。但如果是一个对萧红一无所知的人去看电影，那她身上那种爱恨离别的东西还是能吸引人的。电影有时候像一个小型货架，得让不同人能从里面取到他所能承受或者他愿意买的东西。喜欢便宜物价的人在里面可以看看故事，喜欢中档的人似乎理解了人的暧昧性，喜欢更高档一点的就会看出，原来这个电影的结构是让我们知道历史和人有时候是有虚无性的。"为什么人们一直研究这些？就是我们过去的东西其实像未来的东西一样，都是不可知的。我觉得这部电影里各个层面都有。"李樯从萧红身上发现了雅俗共赏的这种特性。

哈尔滨南十六道街和靖宇街交会的十字路口，喧哗嘈杂。喇叭声、录音机的声音、快板声、摩托车声、吆喝声……在这各种声音中，我竟然听到了歌声："在那遥远海边，慢慢消失的你……"这像是唱萧红一般。

玛克威商厦就是当年萧红被困的东兴顺旅馆。困于此地的萧红给《国际协报》写了信。报馆派萧军来这里见她。那一年，哈尔滨发大水，萧红从窗户钻出，跟萧军逃亡，这成了她人生的重要转折点。如今的此地，萧红如果从窗户望出去，往下可以看到一排算命的，往左可以看到十元甩卖的衣服，往右可以看到三轮车和下象棋的人们。往前看，越过马路，能看到她当时也许最希望看到的——一排卖饮食的小摊。

二楼有一个阳台，下边写着"萧红纪念陈列室"几个字。许多人以为萧红当年住这个带阳台的房间，实际上不是。萧军在20世纪80年代曾来此处指认过，萧红住的是二楼左数第三个没有阳台的狭小房间。正对着这个房间窗户的是一家卖手擀面的小摊，我在小摊上吃了一碗手擀面，和老板聊了起来。

"你知道萧红吗？"我问。

"小时候听说过，革命烈士。"手擀面师傅说。

"哦，那么，她都做过哪些事情呢？"

"在山上闹革命，可辛苦了。"

我望着对面"萧红纪念陈列室"牌子下的门，问："那里开过门吗？"

"我在这里卖面，从来没看到对面的门开过。想一想，萧红真是遭罪。"手擀面师傅说。

实际上，从商厦二楼的办公区可以进入萧红纪念陈列室。一位广播室的工作人员，连问都没问我的身份，就帮我把门打开了。

"这间房肯定不是萧红当年住过的，这间房太好，萧红当年可住不起。"广播室的工作人员说。

如何认识一个人呢？许鞍华说，《黄金时代》更大程度上是表现如何认识人的困境，或者说，在不同人眼中，萧红是怎样的一个人。

比如，在手擀面师傅那里，萧红就成了革命烈士。

我在呼兰的萧红故居，看到萧红的父亲张廷举1947年写的一副对联："惜小女宣传革命粤南殁去，幸长男抗战胜利苏北归来。"小女指的是萧红，长男指的是萧红的弟弟张秀珂。

这副对联里，萧红看上去真像一位革命烈士。

在萧红纪念馆里，有萧军的题词。萧军给萧红加上的定语是"卅年代中国左翼著名女作家"。

站在玛克威商厦的楼下，我想象着当年这里发洪水的样子。跳出窗口的萧红与萧军从此开始了地理和文字上的漂泊。

如果萧红没有碰到萧军呢？或者说，我们怎么去面对自己不可捉摸的命运？在许鞍华看来，萧红遇到的问题可能是我们每个人都会遇到的问题。

爱情这个问题是每个人都在劫难逃的，萧红也不例外，但这个难题和困扰在她身上被放大了。假如她和萧军、端木蕻良、鲁迅没有相遇，那么她的写作道路和文学成就会是什么样子呢？爱情是否成全了她呢？她的确是因为萧军帮助而进入文坛的。当然，她的写作道路跟萧军完全不一样，萧军还是"文以载道"的，她是比较接近文学和艺术本身，比较接近自我的。她如果不遇见萧军，会不会成为一个更好的作家？或者说，不经历这几次伤筋动骨的爱情，她是不是有更充沛的力量去写作呢？爱情在一生中是会成全我们还是伤害我们？它是让我们获得积极的力量还是消极的力量？还是两方面都有？一个人经历了爱情之后的意义到底是什么？

"萧红对文学和时代有自己直觉的选择，她是投身在一个时代人人参与的巨大洪流之中被裹挟而去呢，还是坚持逆向而行？这恐怕是我们现在仍在面临的选择。人生的选择其实是偶然性和必然性混合的非常复杂的时刻。你稍稍左一点、右一点，可能就是天壤之别。萧红的一生充满了选择，充满了被裹挟，充满了抵抗，也充满了一种飞蛾扑火的东西。她身上折射了我们所面临的人性的、情感的、社会的、时代的种种选择。不止民国时是那样，现在依然如此。"李樯说。

李樯仔细想想，萧红并不特殊，面临的也是每个人都经历的选择。只不过她后来成了作家，她的这种行为本身成为一种传奇了。"其实每一个普通人都面临这种抉择，比如我是一个打工者，我到底是北上北京呢，还是南下广州？去了不同的地方，我的命运可能就变得不一样了。是固守乡村呢，还是离开那儿？如果人人都离开，我不离开，我会有什么样的结局？她是我们每个人的隐喻。我觉得特别有意思。"

《黄金时代》的电影海报上写着："在这世界里，有什么被现实碾压又不屈服，恐怕唯有那起起伏伏中的雄心。追求没有尊贵卑贱，不论是这个时代的房子、车子、爱情、事业，还是那个时代的家国未来、爱情命运，皆是值得赞美的。只是，就像不会有人记得萧红的成就，她的绯闻却持久流传一般，将来，后代不会记得上辈人传下的一套房子,存折上的若干数字,经历了如何的挣扎才尘埃落定。"

有入场的观众看到这段话,说让其想到两个短语——"也是蛮拼的"和"也是醉了"。这是时代的新说法。可见时代的语义也是自由发展的。《黄金时代》的海报还说:"每个人都有属于自己的黄金时代,只因人皆有自由之心。"

李樯则说:"我希望通过电影,能让我们在面对历史、面对时代、面对人时,能了解自己的狭隘性和局限性,让我们有谦卑之心。"

我在哈尔滨寻找那些萧红住过的地方时,正好碰上"九一八"。上午九点,哈尔滨拉响了防空警报。我在旅馆里翻出萧红写的《九一八致弟弟书》。她在文章里写道:"不多时就七七事变,很快你就决定了,到西北去,做抗日军去。你走的那天晚上,满天都是星,就像幼年的我们在黄瓜架下捉着虫子的那样的夜,那样黑黑的夜,那样飞着萤虫的夜。"

萧红一直都在追忆童年。在她写的《给流亡异地的东北同胞书》里,有很多生动的句子:"家乡多么好呀!土地是宽阔的,粮食是充足的,有顶黄的金子,有顶亮的煤,鸽子在门楼上飞,鸡在柳树下啼着,马群越着原野而来,黄豆像潮水似的在铁道上翻涌。"

"那夜里,江面上的日本神经质的高射炮手,浪费地、惊恐地射着炮弹,用红色的、绿色的、淡蓝色的炮弹把天空染红了。"萧红文字的审美性几乎是无可遏制地溢出,本能地自然流露,可谓天才。

丁玲在 1942 年的文章《风雨中忆萧红》里写道:"当萧红和我认识的时候,是在春初。那时山西还很冷,长久生活在军旅之中,习惯于粗犷的我,骤睹着她的苍白的脸、紧紧闭着的嘴唇、敏捷的动作和神经质的笑声,这使我觉得很特别,而唤起许多回忆,但她的说话是很自然而率真的。我很奇怪作为一个作家的她，为什么会那样少于世故。大概女人都容易保有纯洁和幻想，或者也就同时显得有些稚嫩和软弱的缘故吧。"

丁玲的扮演者郝蕾说："演一个历史人物，要把她之前已然经历过的东西都长在你的心里，画在你的脸上。"郝蕾所说的"之前已然经历过的东西"，包括写《莎菲女士的日记》时的丁玲。延安时期的丁玲已经开始了自己另外的选择。

李樯把丁玲视作浓缩了百年中国意识形态的活化石。毛泽东说丁玲是"昨日文小姐，今日武将军"。丁玲表达过，她愿意放弃纯粹的文学写作，而愿意用自己的人生去写一本大书。她觉得一个作家投身到时代洪流中是更有意义的，而萧红是把写作当成时代洪流的人。萧红认为写作是唯一能体现自我价值的东西，她希望安安静静地写内心的东西，她不想参与到任何的政治派别当中。

李樯觉得，一个人面对时代，主要有两种态度：一种是应和时代，不把自己看得更重要，而是把时代看得比自己重要，自己是时代的一朵浪花，是一个时代主流的追随者、响应者和参与者，把自己放在第二位，把时代的大命题放在第一位；另一种是看重个人的尊严、感受，把个人放到时代之前，更多地感受自己心灵的昭示，把时代放在第二位，有可能就会逆时代而行，不选择时代主流的东西。除此之外，还有一些人是飘摇者，在一个大的群体当中，突然觉得不对劲了，抽身而出，也有一些人在自我道路里边，突然改变了对自己的价值和信念的追求，投身到一种更多人的共同理想当中。

在某种程度上可以说，丁玲和萧红分别是集体主义和个人主义的代表。

在阎连科看来，20世纪的经典，无不是写作中个人主义的极度展示。"我们在谈到20世纪30年代的作家时，经常会说'鲁郭茅巴老曹'。在这六位作家去世之后，我们会发现，鲁迅是当之无愧的大家，因为他的作品更为突出个人主义这一点；其次，老舍的作品，也有较为鲜明的个人主义。另外四位作家在个人主义这一点上，我以为都没有萧红和张爱玲突出。我想，随着时间的推移，读者会更清楚地感觉到，哪些作家的作品更有生命力。那些更有生命力的作品，我相信，一定是更具写作中的个人主义精神的作家的作品。"这是阎连科的观点。

集体主义与个人主义的一个风向标是文学和政治的关系。

"我觉得这个还是跟自身的心灵有关系。"李樯说，"有一种作家是纯文学的，对文学本身感兴趣，更看重在文学本身上的追求。还有一种作家是对文学的功能性感兴趣，更看重文学的社会作用。对文学本身目的性、作用性的不同看法会导致选择的不一样。写作的目的决定了作家的政治倾向。一种情况是外部影响，你的成长经历中所受到的启蒙、受其影响的人物是一种什么样的意识形态，也会导致你潜移默化受影响。你既可能是一个追随者，也可能是一个背叛者。影响一个人形成自己的文学观和政治观的因素蛮复杂的，并且个人对社会、人性的认知随时都在变。很遗憾萧红没有活下去，我们没能看到她面对新中国，面对'文革'或者'三反五反'，面对整个中国的变迁，不知道她会是什么态度，这挺有意思的。像很多人说张爱玲如果没有出国的话，她会是什么态度。也说鲁迅如果活到今天，他会是一种什么态度。我们都做过这样一种设想——只能是设想，根据他们已有的东西来猜测。"

20世纪80年代以后，掀起了萧红热。当我们远离了战乱，经历了很多时光流逝，才发现她的《呼兰河传》是文学殿堂里一朵不死的花，所谓"寂寞身后事，千秋万代名"。

在此之前，夏志清的《中国现代小说史》提到过萧红，但也只有一行："萧红的长篇《生死场》写东北农村，极具真实感，艺术成就比萧军的长篇《八月的乡村》高。"

关于萧红，夏志清曾说，"对自己的疏忽大表后悔"。他还说，"我相信萧红的书,将成为此后世世代代都有人阅读的经典之作。"

林贤治说:"作为存在者,萧红有理由无视所谓的'文学史'的存在,而仅仅属意于她的文学,也即弱势文学本身。弱势文学的革命性,它的潜在的意义和价值就在于人道主义和自由。这是最高的,因而也是最为稀有的文学品质。"

在海外,最早对萧红产生极大兴趣的一个研究者是美国人葛浩文。他最初对中国文学感兴趣便是因为萧红,他的大学毕业论文写的就是萧红。他在1975年写出了《萧红评传》。如今,在呼兰的萧红纪念馆,还有葛浩文用中文写的"怀念萧红"几个字。

1997年3月20日的《澳门日报》上刊登了一张照片,是赵淑侠与萧军、端木蕻良、骆宾基的合影。1986年,旅欧的东北女作家赵淑侠回中国开会。会议结束后,她将三个人拉到一起合影。

这三个在纸上相互攻击得挺厉害的人在一起合影还真是难得。

他们三个人的回忆如果在某一个场景同时出现,往往是不同的,甚至完全相反。

比如当年在西安,萧红和端木好上了。端木回忆,萧军从延安回到西安后,把他给打了。在萧军的回忆里,什么都没有发生。对于这样的情形,许鞍华干脆拍了两个版本。

这些男人之后的命运也受萧红影响。我们在电影里看到了这几位年老的样子。一个场景是,萧军从旧物里找出了萧红当年从日本给他写的信。

我在书上看到过这些刊登的信。萧红连称呼萧军也是那么的自由,想用"君先生"就用"君先生",想用"均"就用"均",想用"三郎"就用"三郎"。

萧红在1936年11月19日的信里写道:

均：

你是还没过过这样的生活，和蛹一样，自己被卷在（到）茧里去了。希望顾（固）然有，目的也顾（固）然有，但是都是那么远和那么大。人尽靠着远的和大的来生活是不行的，虽然生活是为着将来而不是为着现在。

窗上洒满着白月的当儿，我愿意关了灯，坐下来沉默一些时候，就在这沉默中，忽然像有警钟似的来到我的心上："这不就是我的黄金时代吗？此刻。"于是我摸着桌布，回身摸着藤椅的边沿，而后把手举到面前，模模糊糊的，但确（却）认定这是自己的手，而后再看到那单细的窗棂上去。是的，自己就在日本。自由和舒适，平静和安闲，经济一点也不压迫，这真是黄金时代，但又是多么寂寞的黄金时代呀！别人的黄金时代是舒展着翅膀过的，而我的黄金时代，是在笼子过的。从此我又想到了别的，什么事来到我这里就不对了，也不是时候了。对于自己的平安，显然是有些不惯，所以又爱这平安，又怕这平安。

信中出现的"黄金时代"便是电影《黄金时代》片名的由来。"作为一个作家，萧红有着非凡的透视力，可以看到自己身处的位置。她居然跟萧军说这是她的黄金时代。她的作品是那种人性跟现实的残酷，跟极端的浪漫诗意混合在一起的。她将客观世界的相对安逸和主观世界的悲惨结合在了一起。其实是没有黄金时代的。"许鞍华说。

"我觉得这段特别能涵盖她。'黄金时代'这个词是非常反讽的，让我很感慨。获得一点点尊严的时候，倒成了她的黄金时代了。现在只能浪漫地说，她活着都是为了她的作品，如果她不这么活着，可能就没有那些作品了。命运既成全了她，也让她深受其苦。萧红被我们所知，是因为她是作家萧红，而不是因为她动荡的生活，因为那些事情人人可以经历，但并不是人人都可以写《呼兰河传》。"李樯说。

"你认为这样的黄金时代是现实中存在的，还是一个理想状态？"我问李樯。

"我觉得它是一个乌托邦。这是人拥有想象能力的一种美好的状态，是对人的想象力的一种歌颂，是人拥有心灵与思想的自由的一种体现。我可以认为我有一段时间是黄金时代，这里面充满了浪漫的乌托邦色彩。"

我问许鞍华："你认为自己有黄金时代吗？"

"黄金时代就是自己最开心的时代，而不是最有成就的时代。我在伦敦国际电影学院进修的两年是最开心的。因为我不用担心经济，我也不用担心将来，在这两年里我做什么都可以。"

那时候，许鞍华只是每天去上学，不用考试。喜欢上就上，不喜欢就不上。喜欢学什么就学，到处都有得学，想怎么样都可以。许鞍华那两年其实做了好多事，星期一到星期六上课，星期日打工，每个星期还打三个晚工，坐最后一班火车回来。她搬了六次家。暑假的时候还是要去打工。上了一个短期大学，去学马克思主义，还有一个暑假是去学最新的电影理论。"我很忙啊，可是我一点都不觉得累，我很高兴，我认识的人特别有趣。如果让我回到那种生活，我会非常非常高兴。"

许鞍华总是表现出初心未改的样子。和她合作的演员对她的评价是谦和。她总是很小心地跟演员讲戏，跟那种气场强大、不怒自威的导演一点也不一样。

许鞍华回忆了一下，拍电影这么多年获得收入最多的是 20 世纪 80 年代拍《书剑恩仇录》。那是她在拍完《投奔怒海》之后接的戏。她获得了名声，所以片酬相对较高。"香港导演的经济收入不是你想象的那么好的。我并不迷信自己的名气，我觉得这是人家给的，可能我不太懂得利用吧。可是我觉得应该还是想怎么去赚一点钱再说。否则你自己不去解决自己的问题，抱怨有什么用呢？"许鞍华打住了话题。

"作为编剧，你觉得自己现在处在什么时期？"我问李樯。

"我觉得我还处在启蒙时期吧。"

"也就是说，你的黄金时代在未来？"

"不知道会不会有，很难说。只是我现在还是从写作里获得了很多教益，仅此而已。不管是不是有黄金时代，还是以后会江河日下，我都坦然接受。"

"你说过，现在是一个泥沙俱下的时代。"

"世界不会因任何人而改变，它的丰富性与贫瘠性对每个人来说都是一致的，就看你自己如何选择与造就了。恐怕过去、现在与未来都是一个泥沙俱下的时代，不会完全是一个澄明或混沌的时代。"

"这会是变化最大的一个时代吗？"

"这的确是，因为这是信息量、意识形态都最复杂的一个时代。但这个时代并没有跳脱出历史的本来规律，在历史当中有似曾相识的阶段。"

"我们对民国时代有一种亲近感，是因为可触摸、可把握，如同一种与己有关的东西。"李樯说，"现在的时代的确复杂纷繁，有戏剧性，各种东西都来了。我们可以触及的东西其实在民国都可以找到投射，其复杂程度和丰富程度跟现在的中国是有得一拼的。比如那时候战乱动荡，现在是和平时期，可是，你依然能体会到这种动荡。你内心的波澜跟那个时代的动荡有时候是异曲同工的。我客观地描述民国时期社会与人的生命状态的关联，无形当中也觉得有一个映照，这还是一种隐喻。"

许鞍华不仅想知道历史学家告诉我们的东西，还想体会历史现场的感受。当年拍《倾城之恋》，她就很想知道，打仗的时候，如果你在那里，会是什么样的感受呢？她很难把握这种未曾经历的感受。她找到一本萨空了的《香港沦陷日记》，"看那个就特别过瘾"。

许鞍华从书中了解到，1942年，香港沦陷前夕，很多车都停了，人们就不停地走路。比如办公室在中环，他们中午会走路回跑马地，走半个小时到一个小时，回家看看有没有事，然后再走回来。他们可以无视警报，若无其事地走到一个西餐馆，吃一顿饭。他们担心的是什么呢？担心他们的钱搁哪里了，要去银行问，担心银行还可不可以办下去。"他们努力保护自己的财产，好像日常生活是暂时中断，随时会恢复过来。我觉得这比较靠近真实。"

《黄金时代》里，有香港沦陷的场面。1941年12月8日，日军偷袭珍珠港后，对英美宣战，进攻九龙。这一年，萧红多次住院。此前的8月4日，萧红与端木蕻良应邀去香港大学讲学。当天下午，两人接到香港大学中文系主任许地山病逝的消息。

2013年秋天，我在南京一所医院的病房里，采访过许地山的女儿许燕吉。她当年在离香港大学不远的圣士提反书院读书。她父亲突发心脏病去世几个月后，日本人进攻香港，圣士提反书院的校舍成了战时医院。"当时病重的萧红就是从玛丽医院转到这里，在临时病房里去世的。"许燕吉对我说。

萧红去世之后，一部分骨灰埋在圣士提反书院的校园内，一部分骨灰埋在了浅水湾。金庸曾写道："萧红在香港写的《呼兰河传》感人至深，我阅此书，径去浅水湾她的墓前凭吊一番，深恨未能得见此才女……"

我最早知道萧红墓，是少年时代读戴望舒写的《萧红墓前口占》："走六小时寂寞的长途，到你头边放一束红山茶。我等待着，长夜漫漫。你却卧听着海涛闲话。"到香港出差时，经过浅水湾，涛声阵阵，我想起了萧红。

如今的萧红墓，在广州银河公墓。有一年清明节，我在银河公墓找到了萧红的那一座。墓前摆满了水果和鲜花。

9月的松花江，河水还不是特别冰凉。江边的人在看着几个渔夫跳进水里抓蚌壳。放在岸边的蚌壳被涌上来的江水拍打，随着波浪起起伏伏。时间却不为所动。萧红最打动人的是描述那些旧年里的往事，这让她的作品具有了永恒性。在江边，我想起以赛亚·柏林曾经多次引用的约瑟夫·巴特勒的一句话："万物有本然，终不为他者。"

这里是哈尔滨中央大街的尽头。沿着这条路走，能回溯许多历史。萧红已经远去，但又不是那么遥远。过去的那个时代，我们还能触摸到些许余温。那既是往事，又是一个还在被讲述的故事，离我们既远又近。

入夜，红霞街25号门口，一家小摊的老板在叫卖："烤冷面！手抓饼！"红霞街就是当年的商市街。萧红和萧军曾住在商市街25号。旁边的院子里有俄式老建筑，周围有许多地下室小旅店。

我在中央大街和红霞街交界处的一家餐馆吃了晚饭后，看萧红的《商市街》。书中，这对年轻的恋人在洋车夫和工人们经常光顾的一家小餐馆喝酒，吃猪头肉。

我忽然想到刘瑜写过一篇文章——《对猪头肉的乡愁》："我还是那个丁香一样结着愁怨的姑娘，只不过让我深深地、深深地徘徊的，是人大橱窗里的那二两猪头肉。"

许鞍华、李樯、刘瑜、周濂曾经在北京的单向空间对谈《黄金时代》。刘瑜说，自己为了参加这个活动，补习了萧红的作品。看作品时发现，萧红是一个特别慈悲的人，她仿佛拿着一个手电筒去照亮阳光照不到的地方。但刘瑜又从萧红对待自己所生孩子的态度中看出了残酷。残酷和慈悲，构成了萧红身上的悖论。这也让许多人在阅读萧红的作品时，既爱又疏离。

许鞍华和李樯则希望与两位学者探讨萧红的现代性意义。周濂引用了卢梭在《社会契约论》开篇说的一句话来表达自己的观点："人生而自由，却无往不在枷锁之中。""在我看来，萧红是一个自由主义者，她通过自己特别唯心的方式定义自己的一生，定义当时的一刹那。"周濂说。

2012年，我在周濂的办公室里采访过他。他谈到对自由主义的看法，"自由主义其实是强者的伦理学，因为自由主义要求你自主选择人生，并且有勇气承担自主选择带来的责任，甚至是负面的后果。而许多人并不想身负此生命之重，他们只是希望一路脚不落地、足不沾尘地走过人生。"

刘瑜说到萧红对于现实的意义："我有时候碰到一些学生，一些年轻人，他们会说：'哎呀，我想学电影，但我觉得这条路太冒险，我爸爸让我学金融。'诸如此类，在这么微小的选择面前都会徘徊。萧红从她东北老家离家出走的那一刻开始，都在生死之间选择。她成年之后，动不动就陷入绝境，没饭吃。苏格拉底说，有一类人一辈子都在追逐厄运，他们觉得必须通过一种冒险的生活方式实现自己。我觉得萧红就是这样的人，这种勇气在任何时代都特别难能可贵。这有点像《老人与海》中老人和鱼的关系，我一定要把它打捞起来，哪怕筋疲力尽。"

1932年8月到1934年6月，在哈尔滨生活将近两年，萧军和萧红都没有稳定的经济收入，主要依靠萧军做家庭教师和借债维持生计。

"饿"，这个字频繁地出现在萧红的《商市街》里。葛浩文认为，《商市街》可以同奥威尔的《巴黎伦敦落魄记》相提并论。

林白曾说："如果有人因为饥饿，写出'桌子也能吃吗'这样的句子，我一定会被彻底打动，并且流下泪水。"

萧红在书中写道："门外有别人在买，即使不开门，我也好像嗅到了麦香。对面包，我害怕起来，不是我想吃面包，怕是面包要吞了我。"

红霞街 25 号离中央大街一箭之遥。中央大街上许多店铺里，会有大列巴售卖。游人如织，会把巨大的列巴当作土特产带走。

鲁迅在《娜拉走后怎样》的演讲中说："梦是好的，否则，钱是要紧的。"

萧红向往自由，从大家庭里出走，结果，她所爱之人却总是不那么靠谱。萧红曾说："我一生最大的痛苦和不幸，都是因为我是一个女人。"

李樯对这个话题不太感兴趣，因为这是一个没法儿解决的先于她存在的问题。世界上分男人和女人，男人有男人的困境，女人有女人的困境，很难说女人的悲剧是因为她是女人。如果这个世界上没有男人，女性就没有悲剧了吗？"恐怕一个人的悲剧并不是性别造成的。她应该这么说：'我一生的不幸都源自我是萧红。'"

俗话说，"文章憎命达"，又说"蚌病成珠"。萧红在去世几十年后，其价值才被真正重视。

"就是她的命运嘛，就是这样子的。"李樯说。

"你怎么理解'命运'这个词？"我说。

"我觉得命运是自我选择与无意识选择，以及无从选择的混合的过程。"

"遇到萧红这样的命运，你会选择吗？"

"我会都选，如果说非要选一个的话，我就弃权。它们是相互成全的，也是善与恶、光明与黑暗交织的过程，你很难把它划清楚，选择一个有利于你的东西。因为当你伸手拿一个东西的时候，那个东西附带着你无法自主剔除的东西，会永远粘连在上面。"

《黄金时代》有一部跟拍的纪录片叫《她认出了风暴》。我在当代 MOMA 的电影院里看了。影片结束之后，有观众站起来问导演："纪录片为什么叫这个名字？"

导演崔毅说："片名最早是李樯写的剧本的名字，出处是里尔克的一首诗。

最后觉得这个名字合适。'风暴'这个概念有更深的想法在里面。萧红的一生那么坎坷，有那么多的战乱，颠沛流离。她好像也总和风暴相关。她认出了风暴，又躲不开风暴。"

导演罗峥说："我这样理解'风暴'一词：萧红遇到了时代的风暴，还遇到了她内心的风暴。这两者加起来，构成了萧红这个人。"

我对里尔克这首诗并不陌生。十余年前，我大学的毕业论文内容就是里尔克和穆旦诗歌的比较。在论文里，我引用了许多首诗，第一首就是里尔克的《预感》。

> 我像一面旗被包围在辽阔的空间。
> 我觉得风从四方吹来，我必须忍耐，
> 下面一切还没有动静：
> 门依然轻轻关闭，烟囱里还没有声音；
> 窗子都还没颤动，尘土还很重。
> 我认出了风暴而激动如大海。
> 我舒展开又跌回我自己，
> 又把自己抛出去，并且独个儿
> 置身在伟大的风暴里。

我拿来与之比较的是穆旦的诗——《旗》。

> 我们都在下面，你在高空飘扬，
> 风是你的身体，你和太阳同行，
> 常想飞出物外，却为地面拉紧。
> 是写在天上的话，大家都认识，

又简单明确，又博大无形，
是英雄们的游魂活在今日。
你渺小的身体是战争的动力，
战争过后，而你是唯一的完整，
我们化成灰，光荣由你留存。
太肯负责任，我们有时茫然，
资本家和地主拉你来解释，
用你来取得众人的和平。
是大家的心，可是比大家聪明，
带着清晨来，随黑夜而受苦，
你最会说出自由的欢欣。
四方的风暴，由你最先感受，
是大家的方向，因你而胜利固定，
我们爱慕你，如今属于人民。

这两首诗都涉及"风暴"和"旗"的意象。与里尔克的诗相比，穆旦的这首诗有更多时代特征的描述。那是"救亡压倒启蒙"的时代。穆旦是中国现代诗歌的集大成者，他也投身于时代的巨流之中，曾经是中国远征军的一员，他写下了那首祭奠胡康河上白骨的《森林之魅》。

萧红认出了风暴，但她不是旗帜。萧红对时代并非无感，她也会写《给流亡异地的东北同胞书》。但她在认出了风暴后，"舒展开又跌回自己"。

《黄金时代》的宣传海报里，有类似"要怎么样，就怎么样"的句式，每一句的落脚点是"都是自由的"。这来自《呼兰河传》第三章。

花开了，就像花睡醒了似的。鸟飞了，就像鸟上天了似的。虫子叫了，就像虫子在说话似的。一切都活了。都有无限的本领，要做什么，就做什么。要怎么样，就怎么样。都是自由的。倭瓜愿意爬上架就爬上架，愿意爬上房就爬上房。黄瓜愿意开一个谎花，就开一个谎花，愿意结一个黄瓜，就结一个黄瓜。若都不愿意，就是一个黄瓜也不结，一朵花也不开，也没有人问它。玉米愿意长多高就长多高，它若愿意长上天去，也没有人管。蝴蝶随意地飞，一会儿从墙头上飞来一对黄蝴蝶，一会儿又从墙头上飞走了一只白蝴蝶。它们是从谁家来的？又飞到谁家去？太阳也不知道这个。

九月的一个下午，我在萧红故居后院的菜畦里，竟然真的看到了一朵谎花和一个黄瓜。太阳光洒过来，让瓜与花泛着细微而明亮的光芒。后院里有幼年萧红和祖父的铜像。萧红手里举着花朵，伏在祖父的胳膊上。时代里的某一瞬间，大概便是这番模样。

第七章 百年萍聚

位于港岛半山腰上的香港大学仿佛一座迷宫，这里有各个年代叠加起来的建筑群，每一栋楼见证着不同的历史。我们乘坐的汽车驶出校园，进入薄扶林道。车上一位香港大学的老师突然问我："还记得小学课本里的《落花生》吗？""许地山先生写的。"我答道。老师指着车窗外的某个方向说："许地山先生的墓就在那边。"那是薄扶林道上的华人基督教坟场。

半年后，我在南京见到了许地山的女儿许燕吉。

"我前些年去过香港给父亲扫墓，那片墓地已经很大了，跨了道路两边。"许燕吉说，"香港大学跟以前也很不一样了，当时只有那三栋红楼。"八十岁的许燕吉跟我回忆父亲许地山时，是在南京一家医院的病房里。那些天，她身体不太好，需住院观察。

20世界30年代中期至40年代初，许燕吉曾经坐着家里的奥斯丁汽车行驶在薄扶林道上。父亲不会开车，开车的是母亲周俟松。

那时的许地山是香港大学中文系主任。他们住在罗便臣道一幢两层小楼上，一楼租给一个英国人做生意，二楼还有好几间房。"那个楼就像个网球拍一样，"许燕吉说，"前面是客厅和我们家人的房间，后边是一间客房。"那间客房曾住过许多人，给她印象最深的是梁漱溟，因为梁漱溟跟她父亲一样，都吃素。

当年，香港大学想聘胡适做中文系主任，胡适推荐了许地山。原本任教于燕京大学的许地山因与校长司徒雷登理念不合，发生争执，被解聘。正好有这个机会，他便携家眷南下任教。

许燕吉小时候在香港住了七年。那时候，她去得最多的是陈寅恪家，她和陈寅恪的三个女儿玩得非常好，现在还保留着跟她们在香港的合影。有意思的是，许燕吉的爷爷许南英曾对做过台湾巡抚的唐景崧非常不满，而唐景崧正是陈寅恪的妻子唐筼的祖父。

许南英出生于台湾台南，祖籍是广东揭阳，许家在明朝嘉靖年间迁至台湾。中日甲午战争后，战败的清政府将台湾割让给日本。许多台湾民众不服从，成立了"台湾民主国"。日军在基隆登陆，台北告急。时任台南团练局统领的许南英与镇守台南的刘永福率兵支援台北。行至途中，台北失守，唐景崧退回大陆。许南英极气愤，却又无可奈何，只好南撤，"能固守台南，亦有复土之望"。

但是，失去支援的台南最终沦陷，许南英只能内渡至厦门。别离九代人生活过的台湾，他深感痛苦，写过一首《如梦令·别台湾》：

望见故乡云树，鹿耳鲲身如故。

城廓已全非，彼族大难相与。

归去，归去，哭别先人庐墓！

许地山的名篇《落花生》里有一段话是许多人小时候都背诵过的——

爹爹说："花生的用处固然很多，但有一样是很可贵的。这小小的豆不像那好看的苹果、桃子、石榴，把它们的果实悬在枝上，鲜红嫩绿的颜色，令人一望而发生羡慕的心。它只把果子埋在地底，等到成熟，才容人把它挖出来。你们偶然看见一棵花生瑟缩地长在地上，不能立刻辨出它有没有果实，非得等到你接触它才能知道。"

文中的"爹爹"，就是许南英。

种花生的园子是许家在台南的住所,许南英的父亲为它取名"窥园"。园名的灵感来自汉代的董仲舒。董仲舒年少时读书刻苦,书房紧挨着漂亮的花园,但他从未进去,甚至没看过,"三年不窥园"。

许南英的际遇跟"花生"很像,"只把果子埋在地底,等到成熟,才容人把它挖出来"。他十六岁就开始参加童子试,二十五岁取秀才,三十一岁中举人。他当时参加乡试的地点是福州。多次渡海考试的许南英写过一首诗自嘲:"扁舟一棹马江平,席帽依然太瘦生。卖藕小娃犹记得,笑余三度到榕城。"榕城就是福州。

中举人后,许南英又两次进京参加会试,均落榜。直到1890年,光绪帝亲政,清廷特办"恩科会试",许南英才取得"同进士出身"的功名,任兵部车驾司主事。此时的许南英已经三十六岁。到兵部不久,许南英就请假回台南,之后再没回去。

有研究者认为,这可能是因为京师主事俸禄微薄,官场应酬开销大,贫苦家庭出身的许南英难以支撑。还有,当时清廷腐败,许南英性格清高耿直,与官场风气格格不入。"天生傲骨自嶙峋,不合时宜只合贫。"这是许南英在1892年写下的诗句。"那时考进士就像现在的人考公务员一样,我爷爷其实不喜欢当官。"许燕吉说。

许地山也是耿直之人。许燕吉说:"我父亲不是那种会憋着不说话的人,在燕京大学时,他就跟司徒雷登争论。我父亲是像鲁迅那样的人。"

在文学主张上,许地山和鲁迅不是一派。以周作人、郑振铎、沈雁冰、叶圣陶、许地山等人为代表的"文学研究会",主张文学"为人生"。更具体地说,许地山的文学作品中常常流露着"生本不乐"的宗教意味。他曾经在一篇文章里写道:"我看见的处处都是悲剧,我所感的事事都是痛苦。可是我不呻吟,因为这是必然的现象。换一句话说,这就是命运。"

许燕吉如今在各种表格上填籍贯的时候,写的是:台湾省台南市。改革开放前,她是不敢这样填的。在很长一段时间里,她填的是福建省漳州市。这样填写也有缘由,因为许南英离台内渡后,曾经希望归宗广东省揭阳市,但由于年代久远,找不到当年的族谱,没法归宗。"别人搞不清楚到底该叫你爷爷还是孙子,没办法,就算了。"许燕吉说。

迫于生计,许南英还是向清廷谋求官职。他留在广东任职,按照清朝本籍人不能在本地任职的惯例,他只好"寄籍福建龙溪"。龙溪是福建省漳州市所辖之地,所以,许家后人的籍贯成了福建省漳州市。

许南英在广东任职十四年,子女也随之迁徙。因此,许地山除了会讲闽南话,还会粤语,他曾留学英美,又会英语。当年香港大学招聘中文系主任,要求英语和粤语都得精通。许地山符合这样的条件。

1911年秋,刚卸下三水知县之职的许南英,前往电白任知县。此时,辛亥革命爆发,时代迎来了"三千年未有之变局"。许南英对前途感到迷茫,写下诗句:"强欲高歌和白雪,巴人下里不成声。"革命,还是不革命?这对他是一个问题。

受同乡邀请,许南英回到漳州任职。但随着局势变化,他最终失去官职。困顿中,他一度想遁入空门,落发为僧。"我妈以前还跟我说,别人当官是越当越有钱,你爷爷是越当越穷。"许燕吉说。

一筹莫展时,有在印度尼西亚棉兰市发达的华人请许南英写传记。为了生计,他下了南洋。写完传记后,正好遇上第一次世界大战爆发,困于印度尼西亚。后因痢疾不治,在棉兰去世,葬在了当地的华人坟场。

那片坟场后来成了战场,再后来,城市扩张,那里成了建设用地,楼房林立,许南英的墓彻底消失了。

去世前一个多月,许南英在六十三岁生日那天给自己写了一首诗:

> 百年剩此肉皮囊，历尽艰难困苦场。
>
> 何日得偿儿女债，一生未识绮罗香。
>
> 蓼莪废读思阿父，风木增悲泣老娘。
>
> 目极云山千万里，临风涕泪湿衣裳。

许南英的这些诗后由许地山整理为《窥园留草》，于 1933 年在北平印发。许地山当时在燕京大学任教。这一年，许燕吉出生。名字中之所以有个"燕"字，是因为她出生在北京。这个名字是她的外祖父周大烈起的。周大烈是湖南湘潭人，维新派人士，曾在陈三立处教书，教过陈三立的儿子陈衡恪。

周大烈连生七女而无一男，许燕吉的哥哥随了母亲家姓周，叫周苓仲。

2013 年 10 月，许燕吉和哥哥去武汉参加姐姐许楸新的葬礼。许楸新是许地山与第一位妻子林月森所生。林月森是台中人，她的父亲是著名乡绅林朝栋。1884 年，法军侵台，林朝栋率兵抗法。1895 年，《马关条约》签订，林朝栋支持"台湾民主国"，抵抗日军。

1920 年 7 月，许地山从燕京大学文学院毕业，留校任助教。三个月后，林月森因病去世。此时，许楸新才两岁。这对许地山打击极大。"我觉得我父亲跟他的第一个妻子感情更好。"许燕吉说。

在许地山的作品里，描写爱情的内容极多，他甚至这样写过："我自信我是有情人，虽不能知道爱情的神秘，却愿多多地描写爱情生活。我立愿尽此生，能写一篇爱情生活，便写一篇；能写十篇，便写十篇；能写百千亿万篇，便写百千亿万篇。"

林月森去世一周年时，许地山写下一首诗：

> 妻呵，若是你涅槃，
>
> 还不到"无余"，

就请你等等我,

我们再商量一个去处。

如果你还要来这有情世间游戏,

我愿你化成男身,我转为女儿。

我来生、生生,定为你妻,

做你的殷勤"本二",

直服侍你,

得"阿耨多罗三藐三菩提"。

诗中多有佛经之语,林月森是佛教徒。佛教此后也是许地山学术研究的重要内容,他曾两次去印度学习。道教是许地山的另一学术重点。去世前,他正在九龙的寺庙里写《道教史》,但他的宗教信仰是基督教。"我父亲家里穷,他上大学之后的费用基本都是基督教会资助的。"许燕吉说。

许燕吉曾是天主教徒,上大学时,对自己的信仰产生了怀疑。她去问神父,神父没能解开她的困惑,她便放弃了信仰,此后没再信过任何宗教和主义。

许地山的第一位妻子林月森在家中排行第六,许地山常以"六妹"称呼。翻看许地山的《旅印家书》,常看到信件以"六妹"开头,但这位"六妹"不是林月森,而是他的第二位妻子周俟松,她在家里也排行第六。

这些信里有这样一段:"今天是九号,从香港到此为一千四百四十四里,足走了五天五夜,大概要后天才能开船到槟榔屿。到仰光还得七天,到时再通知。夜间老睡不着,到底不如相见时争吵来得热闹。下一封信,咱们争吵好不好?"

在许燕吉的印象里,母亲和父亲时常会发生一些争执。她说:"我母亲是女强人,很强势的那种。相对来说,我的父亲则是弱势了。"

彼时交通不便,出国坐船要花很长时间,在船上的这些日子,信写得很多。

1923年8月,在开往美国的"杰克逊总统号"邮轮上,许地山甚至和朋友们办起了板报《海啸》。《海啸》每三天出一期,刊登的作品包括小说、诗歌、散文、戏剧和译文。编辑共有四个人:许地山、冰心、梁实秋、顾毓琇。

这艘邮轮上有两百多位燕京大学和清华大学的学生,他们是赴美国留学。

在南京的医院里,许燕吉指着一张老照片上用小篆写的字念道:"山有木兮木有枝,心悦君兮君不知。"这张照片由许地山拍摄于燕京大学校园,字也是许地山所题。照片里,一位学生打扮的女子走在校园的路上。"这就是冰心。"许燕吉说。冰心当时是燕京大学文学院学生,许地山是她的老师。"我父亲当时不知道为什么,就喜欢上人家冰心了。但我觉得我父亲是癞蛤蟆想吃天鹅肉,人家一个女学生,怎么会嫁给你这个死了老婆还带着女儿的男人。"

在"杰克逊总统号"出版的《海啸》板报上,许地山写过一首《女人,我很爱你》:

女人,我很爱你。
可是我还没有跪在地上求你说:
"可怜见的,俯允了我罢。"
你已经看不起我了!
这夭亡的意绪
只得埋在心田的僻处,
我终不敢冒昧地向你求婚。

"可怜"的事情还在后头。在船上的某一天,冰心请许地山帮忙去找自己的中学同学吴楼梅的弟弟吴卓。吴卓是清华大学学生。许地山没听清楚"吴卓"

的名字,错找了清华大学一个叫吴文藻的学生。吴文藻就这样跟冰心认识了。后来的事情大家都知道了,吴文藻和冰心结为了夫妻。

到美国后,许地山去了纽约的哥伦比亚大学,冰心去了波士顿的卫斯理学院。冰心著名的《寄小读者》就是在卫斯理学院写的。许地山1924年4月26日给冰心写过一封信:"自去年年底一别,刹那间又是三四个月了。每见薄霭在叶,便想到青山的湖冰早泮,你在新春的林下游憩的光景,想你近日已经好多了。""去年年底一别"指的是冰心到卫斯理学院后,患上肺结核,许地山从纽约赶往波士顿看她。

许地山在哥伦比亚大学就读的时间很短,很快便转往英国牛津大学。许多人不明白这是怎么回事,许燕吉解释道:"当时我父亲很穷,出国连套像样的衣服都没有,三伯父把自己的一套西装给了他。三伯父身材比我父亲瘦小,父亲穿着这衣服很不合身,看上去很怪。当时美国的种族歧视很严重,父亲穿着这一身出门时,经常有人在街上嘲笑他。他受不了这些,就决定离开美国,到英国去。"

1987年,许燕吉跟着妈妈周俟松去看望过冰心。之后,冰心写了一篇《忆许地山先生》:"1926年,我从威尔斯利大学(卫斯理学院)得到硕士学位后,回到燕大任教。第二年,地山也从英国回来了。那时燕大已迁到城外的新址,教师们都住在校内,接触的机会很多。1928年,经熊佛西夫妇的介绍,他和周俟松大姐认识了,1929年宣布订婚。燕大的宣布地点,是在朗润园美国女教授鲍贵思的家里,中文的贺词是我说的,这也算是我对他那次'阴错阳差'的酬谢吧!"

许地山曾"幽默"地对冰心说:"亏得那时的'阴错阳差',否则你们到美国之后,一个在东方的波士顿威尔斯利,一个在北方的新罕布什州达特默思,相去有七八个小时的火车,也许永远没有机会相识了。"

他阴差阳错地给冰心和吴文藻当了媒人，而当时同坐"杰克逊总统号"到美国留学的熊佛西，后来则是许地山和周俟松的媒人。

熊佛西曾经深深地影响了许燕吉的爱情观：

> 还在懵懵懂懂的童年，身边的事就给我上了一堂恋爱婚姻的课。我父亲的同学、好朋友熊佛西和他夫人朱君允是我父母婚姻的介绍人，朱君允是我五姨父的姐姐，也是我妈妈的好朋友，我们称她为大陀娘。他家的三个小孩儿也是哥哥和我的玩伴，我们相处得很快乐。
>
> 熊佛西和大陀娘是在美国留学时相识的，熊佛西被大陀娘的气质、才华吸引，开始狂热地追求她。而大陀娘认为自己比熊佛西大五岁之多，一直没有接受。熊佛西找到当时也在美国留学的我五姨父，三番五次地又哭又闹，赌咒发誓，寻死觅活。最终熊佛西如愿以偿，在美国办了婚礼，回国后生了三个孩子。抗战爆发，熊佛西只身到了大后方，大陀娘带了三个孩子逃出北京，由上海到了香港，住在我家。此时，大陀娘收到熊佛西的信，熊佛西已经和当时著名的话剧演员叶子同居了，他在信中写道："你是有能力的女人，能够抚育三个孩子成人。"

熊佛西的大儿子熊性美后来成了南开大学的经济学教授，是"三个孩子"中的一个。

在熊佛西去世多年之后，有一次纪念熊佛西的会议召开，熊性美受到邀请，但他拒绝参加，他无法原谅自己的父亲。

"我特别佩服大陀娘，"许燕吉说，"也从小就明白了，爱情是不可靠的。"

许地山《缀网劳蛛》里的主人公尚洁，看见女佣拿着树枝拨弄一只蜘蛛，触景而叹：

> 我像蜘蛛，命运就是我的网。蜘蛛把一切有毒无毒的昆虫吃入肚里，回头把网组织起来。它第一次放出来的游丝，不晓得被风吹到多么远；可是等到粘着别的东西的时候，它的网便成了……人又何尝不是这样？所有的网都是自己组织得来，或完或缺，只能听其自然罢了。

在许燕吉的自传《我是落花生的女儿》中，我读到了类似的话："女孩子的爱情往往和蜘蛛放丝一样，那蛛丝随气流飘游，不定何时粘到了何物之上，那蜘蛛就沿着这丝爬过来爬过去，结成自己的网。"

20世纪50年代初，许燕吉在北京农业大学（现中国农业大学）上大二时，她的情丝粘到了同学吴富融身上，她没有把这丝掐断。她说："他（吴富融）活泼直爽，待人热忱。但我也没有积极地去结网，因为他和本班的勤有过一段恋情。一年级时，他俩都是班干部，接触多，恋爱了，同学们也都不知道。直到二年级下学期，学校搞'忠诚老实运动'，每人交代历史，吴富融才知道勤比他大了五岁之多，就不和勤来往了，害得勤失眠，天天头疼。我不知就里，还特地到书店买了一本《头疼》的小册子给她看。"

和勤分手不久，吴富融向许燕吉表白。表白前，吴富融跟团支书谈了，得到赞同的意见。那是一个什么事都得听从组织的年代。

大学毕业后，两人结婚了。

1958年1月，"反右"风潮在全国汹涌起来，许多人被莫名其妙地划入了其中的名额。在石家庄工作的许燕吉也成了"右派"，她被开除公职，离开了当时工作的畜牧场。此时，她已有了身孕。

她决定离开石家庄,回到母亲居住的南京去生孩子。但到了南京,孩子便胎死腹中。没有气息的胎儿被引产出来,大夫告诉她,是个女孩儿,长得挺好看。许燕吉要看,但大夫劝她最好不要看,免得留下不好的印象,影响再孕。她听了大夫的话。"假如当时知道她是我的唯一,无论如何我都要看看她的。"许燕吉说。

1958年7月,许燕吉被正式逮捕。1958年12月25日下午,正在狱中开学习会的许燕吉被所长叫到办公室。两个陌生男人递给她一张纸,上面第一行字是"原告:吴富融",第二行是"被告:许燕吉",接着是"诉告目的:离婚"。

第二天,许燕吉给吴富融写了一封长长的信,她在信中恳求吴富融不要跟她离婚。"我就像个无助的溺水者,揪住烂泥塘边的一棵小草,想暖回还有温度的爱情,想留住和社会的联系,想借力回到过去的生活。"

吴富融来监狱见了许燕吉,说了各种政治上的理由,希望能够离婚。许燕吉一直坚决不同意。判决书还是来了:离婚。

当时看守所的人担心她会想不开而轻生。许燕吉说她不会。她想到了从小就上过的人生课——爱情是不可靠的,"绝对不要为了一个人去寻自尽"。

在病床前回忆起这一段时,她埋怨更多的是自己前夫的笨:"他够笨的,目的不就是要离婚吗?还说这么多政治口号。他就说:'你判了这么多年徒刑,我们必须离婚。'这不就离了吗?我绝对同意。他这是想捞政治资本,说我反党反人民反社会主义。他写这么多倒让我来火了,我就是不同意。"

许多旁人听着都难以接受的事情,她如今说着却很轻松。

我问她:"你认为人生中哪一段时光最好?"她回答:"都挺好。在监狱里那段时光也挺好,我认识了很多人,接触了很多我从来没接触过的人和事,我还帮助了很多人。"

她在监狱里待了十一年,见到了很多闻所未闻之事。有的人以前是妓女,许燕吉跟她们聊天,发现她们其实人很好,并不是什么母老虎;有的人是杀人犯,却也并非穷凶极恶;有的人受不了,自杀了,自杀的方式各有不同,有的人甚至把自己吊死在床底下;有的人发生了同性性行为;有的人强奸了母猪,加了两年刑……

"这些都不稀奇,我是学畜牧的,这些都是动物的某些本能。"许燕吉说,"动物的本能,一是求生,二是繁衍。"

到了1960年,所有人的其他本能都让位于求生。粮食很快没了,连红薯都断了供应。她曾面对一块黑了大半的坏红薯,看了五分钟:吃吧,明显有毒;不吃吧,就什么都没有了。她咬牙吞了下去,没出问题,但当时的斟酌抉择令她终生难忘。

此时,监狱里不许说"饿"。政府召集犯人开会,找人上台讲的竟然是旧社会的饥荒。

饥饿已经持续好久了。有一天,一个犯人流着眼泪跟许燕吉说,我快死了,回不了家了。她得了"干血痨"。"干血痨"就是闭经。其实,许燕吉也已经闭经两个月了。

这时候的监狱,再没有与性有关的事情发生了,所有人都想着怎么熬到明天。有一天,许燕吉看到一个犯人用水兑酱油喝。她说,酱油没营养,而且喝水多,排水就多,更消耗能量。那个犯人说,没办法,不喝受不了。两天后,那个犯人死了。同一天,许燕吉所在的五六百人的南兵营死了十四人。大饥荒期间,两千多人的河北省第二监狱,最多的一天死了三十七人。

许燕吉提到2011年第10期的《炎黄春秋》。这期杂志上刊登了一篇《甘肃流陕妇女回归记》,文章提到:1961年8月15日,陕西省人民委员会在向国务院递交的《关于甘肃省外流妇女与陕西群众同居情况的报告》称,1959年—1961年6月,甘肃省的甘谷、武山、清水、秦安、静宁、陇西、通渭、崇信、庄浪、天水、武都等县流入陕西陇县、兴平、咸阳、宝鸡等地的十六至四十五岁妇女达两万余人，她们与当地群众非法同居，未办结婚手续的占73%，办了手续的占11%，订婚的占16%。有的已生了小孩。外流同居妇女原说自己没有结婚或丈夫去世，但实际上多数是有夫之妇。有的丈夫已找上门来，有的写信向政府告状。有的属于"放鸽子"，是生活所迫不得已背井离乡来陕西求生就食。大量甘肃妇女流陕，引发了不少社会问题。

许燕吉读到这篇文章，赶紧让儿子魏忠科来看。"我对我儿子说，快来看看你妈妈当年的情况。"这个"妈妈"指的不是自己，魏忠科不是她的亲生儿子。魏忠科的生母叫赵昂昂，甘肃甘谷赵坡村人，七岁时作为童养媳许配给了甘谷汪川村七岁的汪跃金。汪跃金脾气躁，常对赵昂昂暴力相向。1959年，甘谷到了饿死都没人收尸的地步。赵昂昂不想就这么死了，带着儿子汪党余，和姐姐往关中方向逃荒。

到了陕西杨陵官村地界，有人看她们沿路讨饭可怜，说不定就死在路上了，就给她们说媒，让她们嫁给当地人。姐妹俩为了生存，只好答应。赵昂昂嫁给了官村的农民魏兆庆。虽然没有正规手续，但官村还是给赵昂昂分了口粮。吃饱饭后，赵昂昂闭经的身体开始恢复，1961年春怀孕，年底生下了儿子魏忠科。

就像《炎黄春秋》上写的那样，1963年，汪跃金到官村找到了赵昂昂和汪党余。赵昂昂、汪党余都不想回去。魏兆庆更是不同意。几经波折，到了1964年5月，政策下发到杨陵：凡是甘肃逃荒来的，没有和原地丈夫离婚的妇女，一律遣返。

赵昂昂和儿子汪党余被迫返回甘谷。离开官村的时候，汪党余不愿走，被汪跃金一顿拳打脚踢。回到甘谷的赵昂昂很快病倒，1966年7月去世，时年二十九岁。

许燕吉在监狱里熬过了大饥荒，开始面临新的问题：逼婚。其中一个原因是她以前信过天主教，有人认为她不结婚是因为还信教。当时监狱里已经有两个修女被逼结婚了。许燕吉说自己结过婚，早已不信教了。但监狱为了显示改造犯人的决心，还是给她介绍了对象。

　　吴一江就是这样被介绍给许燕吉的。在和吴一江相处一段时间后，许燕吉动心了，觉得这个人对自己不错。但此时，许燕吉刑期已满，得出狱了，而吴一江还有三年刑期，将来会怎样，谁都说不清。在跟吴一江告别之前，许燕吉写下一张字条给他："只要有一线的可能，你就是我的丈夫。形势实在不允许，你就是我哥哥。毛主席和柳亚子的诗，就是我要对你说的话。"这首诗是："饮茶粤海未能忘，索句渝州叶正黄。三十一年还旧国，落花时节读华章。牢骚太盛防肠断，风物长宜放眼量。莫道昆明池水浅，观鱼胜过富春江。"

　　从监狱里出来的许燕吉，像知青一样，下乡再改造，先是在河北农村劳动，后来去了陕西，因为哥哥周苓仲在陕西。在陕西，这样的单身女子实在难以一个人生活，她被人介绍与官村的魏兆庆相亲。许燕吉最终答应嫁给魏兆庆。周苓仲在妹妹做出决定的当天，一晚上都没睡。作为知识分子的妹妹要嫁给大字不识的农民，这是他以前无法想象的事情。"但这就是现实，要想生存下去，只有这一条路。"

　　许燕吉的脸上几乎一直挂着笑容。她说她这辈子流泪的时候不多，甚至父亲去世时，她也没流过眼泪。她说当时小，被吓傻了。这曾经让她母亲很不高兴。很多年后，母亲还对她嫂子说："你看这人，她爸爸去世的时候，一滴眼泪也没流。"

　　我问许燕吉："那你什么时候流过眼泪？"

许燕吉想了想："在决定嫁给魏老头的时候，我流眼泪了。那时候我的心里还惦记着吴一江，但我必须得做这个决定了。"

就这样，许燕吉成了魏忠科的妈妈。

1978年年底，刚上高中的魏忠科去给老师交作业。这位老师是被下放到杨陵的"右派"。他发现魏忠科有些英语底子，就问他之前是不是学过英语，魏忠科说，是。老师又问是谁教的，魏忠科说，是妈妈。

许燕吉三岁从北京到香港，入读英国人办的圣士提反书院，学校里的许多科目由英国老师授课。她先是在那里读了两年幼稚园，然后读十年级。这是英制学校，从十年级读到一年级，相当于读完小学和中学。在那里读书的时候，她的父亲许地山突发心脏病去世。几个月后，日本军队进攻香港，圣士提反的校舍成了战时医院。当时，病重的作家萧红就是从玛丽医院转到这里，在临时病房里去世。

1942年，许燕吉和家人去薄扶林道的华人基督教坟场给父亲上坟，随后，一家人乘船离开香港。许燕吉抬头望着这个生活了七年的地方，"山顶飘的不是看惯的米字旗，而是个红膏药，赶快把眼光收了回来"。

此后，颠沛流离从未停止，直到1978年年末。那位右派老师告诉魏忠科，让你妈妈务必在1979年元旦那天跟我见面。这位老师知道，在农村里会说英语的农妇一定是下放的"右派"。老师跟许燕吉见面后，把中央给"右派"安置工作的政策告诉了她。他告诉许燕吉，此时的落实政策工作已经到了扫尾阶段，过了这个时间，他们可能就不管了，得赶紧去办。

几经辗转，"右派"许燕吉获得平反，回到南京工作。用她的话说，她像麻花一样的人生，又被拧了一回。有人给她出主意，给魏老头一笔钱，离婚得了。"我从来都没有那样想过。"许燕吉说，"虽然我们之间毫无爱情可言，但他对我挺好，我们俩都老了，在一起就是过日子。"

魏兆庆与许燕吉一块来到南京生活了二十多年，他在 2006 年去世。

在医院里，我跟许燕吉从下午聊到天色暗沉，秋天带有雾气的夜幕开始笼罩南京城，窗外的灯火逐渐亮起，车灯汇成的线条缓慢移动。结束了一天工作的魏忠科和女儿魏彤飑来医院看奶奶。前段时间，他们陪许燕吉去北京参加新书《我是落花生的女儿》座谈会。魏忠科对历史学者章立凡会上的一席话印象深刻："我们回顾历史，个人就像大海里的一滴水，但也不要忘了有这么多一滴滴的水才可以汇成海，所以个人史也是整个民族历史的一部分。"

魏彤飑出生于 1990 年，她觉得自己同龄人中对中国历史的许多部分并不了解，比如"大饥荒"，而她的奶奶补充了她缺失的这部分历史知识。

许燕吉的回忆录原本叫《麻花人生》，在编辑建议下，改为《我是落花生的女儿》，因为《落花生》这篇课文实在太有名。魏彤飑是在小学五年级时学的《落花生》。魏忠科上小学和中学时，课本里没有《落花生》，直到在师范学校读二年级时，才在课本上学到。许燕吉则是在重庆南开中学读初二时，在课堂上第一次读了《落花生》，此时，父亲许地山已经去世几年了。

我问许燕吉："你最喜欢你父亲的哪篇作品？"

"我觉得《再会》挺好。"她说。

《再会》是许地山写的一个小故事，讲的是一个在外航海的老水手回到家乡，见到自己年少时爱恋的姑娘，两人坐在一起，回首往事。

大学毕业五十周年的时候，同学们张罗了一次聚会。许燕吉去了，她的前夫吴富融也去了。这么多年，吴富融都尽量回避和许燕吉见面。许燕吉还特意打电话告诉他，有聚会你就来，不要躲着我，不然别人还以为我给你多大压力。

我问许燕吉："你恨他吗？"

"我现在谁都不恨。"许燕吉回答。

聚会的时候,吴富融给同学们送了他的诗集,给许燕吉也送了一本,上面写着"许燕吉老同学指正"。

"我觉得他写得不怎么样,"说到这里,许燕吉笑了起来,"我能写得比他好。"于是,当着各位同学的面,她在纸上写下:

五十流年似水,万千恩怨已灰。

萍聚何需多讳,鸟散音影无回。

几个月之后,我又到了香港大学。在听完一场讲座之后,我坐上小巴,来到了薄扶林道华人基督教坟场。这片山坡上密密麻麻全是坟墓。许多墓碑上醒目地刻着逝者的故乡所在。在坟场里来回走了几遍,我找到了许地山的墓。墓碑是暗绿色的,碑文很简单,中间刻着"香港大学教授许公地山之墓",两边刻着生卒日期和三位敬立子女的名字——苓仲、楸新、燕吉。

许燕吉说她很久没去香港给父亲扫墓了。我拍了一些墓地的照片,准备回去之后发给她。那时候我并不知道,许燕吉在我采访她一个多月之后去世了。

许地山的墓碑朝向西博寮海峡,下午阳光耀眼,深蓝的海面上,波光粼粼,有船只点点,正缓慢地移向远方。

第八章 革命之路

香江到中原有多远？

1976年清明节过后，二十七岁的香港教师施永青对自己仰望的世界产生了信任危机。得知内地民众在天安门纪念周恩来的活动遭到镇压，他觉得"文革"已经变质。"我为这个事业牺牲了八年，是不是到了跳出来的时候？"

1976年3月27日，二十三岁的邓丽君在香港铜锣湾的利舞台举办了她的第一场个人演唱会，她在演唱会上唱了《千言万语》《海韵》《路边的野花不要采》，这些歌曲在几年之后让内地的年轻人为之疯狂。身处香港，施永青喜欢唱的歌却是《社会主义好》《大海航行靠舵手》《社员都是向阳花》。

"现在很多歌我都记得，像奥运会开幕式上唱的《歌唱祖国》，在20世纪50年代初是很流行的，到'文革'的时候就不许唱了。"年过六十的施永青坐在位于香港中环的办公室里对我说。此时的他穿着一身整齐的西装，扎着领带，金丝眼镜下保持着标志性的微笑。

1967年，施永青即将中学毕业。受"文革"的影响，香港左派在这一年发起了"反英抗暴"运动，他也投入其中，跟着别人扔石块。精力放在运动当中的施永青没能考入大学。他进了远东航空学校，学习无线电和机械工程。

进入航空学校不久，他被朋友介绍到有左派背景的夜校教书。他白天在航空学校上课，晚上到夜校给别人讲课。当时的香港年轻工人，尤其是女工，每天都得很早到工厂工作。他们晚上一方面教给他们文化知识，另一方面想唤起他们争取权益的意识。夜校条件很差，左派人士苦修式的生活让他印象深刻。"吃苦让人显得高尚，我被感动了。"

在内地上过学的孩子或多或少都会背保尔·柯察金的那段经典独白:"人最宝贵的是生命……"施永青也会背。他并不认为自己只是在单纯授人以知识,而是觉得投身到了解放全人类的革命洪流中,他坚信无产阶级只有在解放全人类后才能解放自己。

"当时完全放弃了个人在生活上的追求,成为一个理想主义者。"他干脆连航空学校白天的课也不去上了,成为夜校的全职教师。

施永青现在还收藏着一些当年的老照片。在一张拍摄于1970年的黑白照片中,他身穿短裤和短袖衬衫,手握"红宝书"站在天安门前。另一张则是他在湖南韶山毛泽东故居前的留影,这是他在夜校教书期间到大陆革命圣地接受熏陶时拍下的照片。

施永青认为自己是率先觉悟的先进分子,他希望更多的人能够觉悟。他和同道们在香港组织了各种运动,而运动的结果却让他感到困惑。他发现要号召一个先进分子做长期的牺牲并不容易。"不能少数先进分子觉悟了就要逼其他人一起去革命,这就变成一种专制的行为了。你不能把理想强加在他人身上,要求他们像你一样生活。"

施永青发现当时和他们一起去争取权益的工人并没有获得什么好结果——参加斗争的工人被老板炒了鱿鱼。

"这些工人整天必须为生活奔波,又要去干革命,有些人已经有了家庭,家人不一定认同他的行为。三年五年还可以,十年二十年老婆就会认为她的一生都被毁掉了,有些夫妻就这么离婚了,身体也垮了。你说革命是为他们好,但实际上并没有给他们带来好处。"

施永青了解家庭困难是什么滋味。他在读书的时候,最讨厌的是圣诞节,因为同学会送圣诞贺卡给他,他得回赠同学。他家里有父母和三个弟弟,负担很重,"老爸怎么会给我钱买圣诞贺卡送人?"施永青只好把别人送给他的卡片上的名字擦掉，写上自己的名字再送给其他同学。

少儿时期的施永青经常逃学，除了贪玩，也包含了"对专制的反抗"。"学习实在太专制了，反叛属于自由人的正常反应。"他说。

施永青认为的专制包括：座位被固定，不能随便换；上课时，双手必须放在背后，不许说话不许做小动作；功课太多，需要死记硬背。他并不是不喜欢读书，他喜欢读自己喜欢的书。他看过《红岩》和《青春之歌》，他的父亲向他推荐的则是《钢铁是怎样炼成的》与《牛虻》。

读小学六年级时，在施永青父亲任职的公司里，几位左派职员回内地参加"祖国建设"去了。这些人离开后，宿舍里留下一屋子杂物。施家住在隔壁，他在这堆杂物中翻到了一本小书：《共产主义原理》。这是他最初接触到的马克思主义理论。

施永青办公室的书架上现在还放着《马克思恩格斯全集》第二十一卷。透过书架旁的窗户，可以看到香港中环遮天蔽日的高楼。如今的生活是1968年时的施永青所无法想象的。

1968年，施永青初入夜校，每月工资是二百一十块。八年后，他的工资是三百五十块，只涨了一百四十块。当时的香港，普通公司文员一个月的工资是一千块左右，刚入职的也有八百块。施永青的工资养活自己都很困难。这八年，他吃在家里住在家里，用现在的话来说，是一个标准的啃老族。

"当年在香港，真正的工人阶级反而没条件在左派组织里工作。假如一家人要靠你的工资去养活，那是根本没办法的。左派组织的人大多是知识分子家庭出身，只有家庭支持，子女才有可能去做这一件事。"

教了八年书后，对革命感到失望的施永青决定离开夜校，到社会上去谋得一份能养家糊口的工作。

20世纪70年代的香港，经济开始起飞。《狮子山下》是风靡一时的电视剧，其中的主题曲有着深沉的励志风格。"我哋大家用艰辛努力写下那不朽香江名句"是一代香港人熟知的歌词。此时的香港给年轻人提供了许多机会，施永青的一些中学同学毕业八年后，经过打拼，小有成就。

他在去见一位身为经理的同学时，由于穿着寒酸，被前台小姐拦了下来，无论如何也不放行，连电话也不帮他打。正好遇到他的同学走过，才得以进入。他的同学也埋怨他，这样的穿着实在失礼于人。

这对施永青是一个刺激，这位当年被同学崇拜的"革命青年领袖"深感沮丧。

施永青在一家地产公司找到一份"练习生"的工作。填表时，别人问他要多少工资。他之前打探过市场行情，知道许多人入行的工资在八百块左右，心想自己可以便宜一些，于是填了六百块。

人事部的人看到他填的表，问他想做什么，想顶烂这个市（搞乱市场行情）吗？现在请一个"看更"（保安）都要七百块啦。施永青说，不好意思，那就改成七百块吧。七百块钱的工资，已是革命青年施永青在左派夜校工资的两倍。

练习生的工作很简单，大多数时候就是影印一些文件，在各个部门之间传送。施永青是有心人，每到一个部门，他都试图去熟悉这个部门的运作情况，递送的文件他也会留意，他在这里积累了关于地产行业的知识。

某一天，他看到一张新楼盘的价目表，好奇这些各不相同的楼盘价格是怎么定出来的。在复印这份文件时，他悄悄地多印了一份给自己看。周末的时候，他拿着这张价目表去调查，综合各方信息后，他得出一个结论：公司对新盘的定价低了。他把自己的调查情况写成了一个报告。"毛泽东说过，没有调查就没有发言权。"他说。

星期一上班的时候，施永青在电梯里将这份报告交给了老板。公司根据这份报告提高了楼盘定价，赚得盆满钵满。施永青心想，自己为公司赚了大钱，能分得一些花红吧？他向公司同事提起这样的想法，招来一片嘲笑——练习生也想分红？

施永青没有获得分红。三个月试用期满后，他的工资从七百块涨到了一千一百块，这已经是全公司最大幅度的涨薪。失望的施永青认为自己已经失去了打工的动力。两年后，他决定离开，自己创业。

1978年，二十九岁的施永青和中学同学王文彦各出五千块钱，成立了一家地产代理公司，定名"中原"，取的是"逐鹿中原""问鼎中原"的意思。"只是拣一个好名称罢了，那时我们只希望赚到的钱比打工多一点，志向不是很高。"

两个人租了一张写字台。一个人上街揽生意，一个人在写字台前接电话。每天在报纸上花几十块钱登点小广告。

香港的地产代理周末是休息的，但他们不休息，看楼看地。施永青认为这主要得益于合作伙伴王文彦的勤快。"也许就是从中原开始，这一行开始天天上班了"。生意出乎意料地好。三个月后，一张写字台不够用了，他们租下了半层写字楼，还请了一位女职员。一年之后，半层写字楼变成了一层。

彼时香港地产经纪大都是现金收购，炒楼为主，不收佣金。中原地产是为客户找买主，收佣金。这也是基于中原地产自身资金不足的考虑。

仅一年时间，施永青赚到了他的第一桶金：一百万港币。一百万港币对这个一年前还在领一千一百块月薪的年轻人来说是一个天文数字。施永青认为这笔钱已经足以让他衣食无忧，不用再去"揾食"了。他把公司股份送给朋友，退出中原地产，回家去做他更感兴趣的事情——读书。

此时的施永青并没有完全放弃他的革命理想。他离开夜校最初是觉得革命应该继续，他希望像托洛茨基那样将革命进行到底。他给自己制定了一张读书表。星期一读哲学，星期二读自然科学，星期三读社会科学。

"一开始我只是读罗素、沙特（萨特）的作品，后来才慢慢接触到亚当·斯密、佛利民（弗里德曼）、海耶克（哈耶克）等人的著作。海耶克对马克思主义的批判是深刻的。对我影响比较大的还有卡尔·波普尔，他对历史主义持批判态度，认为社会发展没有必由之路。马克思主义讲历史的必然性，卡尔·波普尔认为必由之路会成为专制的来源，因为你认为人都要走这条路，不走这条路的都是错的，是敌人。卡尔·波普尔的哲学思想是试错法、证伪法，他在社会学上是渐进式的社会改革工程，而不是革命式、乌托邦式的社会改革工程。渐进式的改革就不会错得太多，付出的代价也比较小。"

因为1978年的"金禧事件"，施永青结识了香港托洛茨基派的"长毛"梁国雄和革命马克思主义联盟，他被邀请参加他们的读书会。施永青通过跟他们交往，了解到他们的想法。"这些都是我在中学时代就已经想过的道路"，但他现在开始明白，这条路是走不通的。

从中原退出的施永青在家里看了整整一年的书。他的邻居好奇地问他的母亲，他是做什么的，怎么不去上班。他当时有一个女朋友，受不了他只知道每天躺在床上看书，和他分手了。

"看了一年的书，其实是想找一段时间，做一点思考，判断我将来做什么。最后，我决定认同现实社会。人生不是永远能够为理想而奉献的。资本主义社会虽然不完美，但暂时都是无可选择。既然无法改变资本主义社会，那么我唯有在这个社会里生活。而与其为别人打工，不如自己创业。如果我成功了，或许还可以有能力做一些对社会有益的事情。"

三十二岁的施永青花了十几万港币将中原股份重新购进，再入中原。这已是 1981 年的香港，一年多后的 9 月，撒切尔夫人访问北京，中英谈判开始，邓小平表明了一定要收回香港的强硬态度。撒切尔夫人走出人民大会堂时，一个踉跄，跌倒在台阶上。

撒切尔夫人的"跌倒"令原本不断攀升的香港楼市开始下跌。面对这样的时局，香港地产业一时不知所措，包括中原地产。

"我刚开始做地产代理时什么都做，住宅、商业、工厂、农地，在 1982 年，我们的生意太难做了，只能集中在香港一个叫愉景湾的地方，其他地方的业务都放弃。一些大公司可能只派一个人负责愉景湾，而我们可以有五个人负责这个地，集中做一点就容易比其他公司做得好。"

愉景湾一役让中原地产在身处逆境的香港地产界成名。集中优势兵力对付敌人，施永青认为这是对毛泽东游击战略的实际运用。他用共产党的办法解决了这一难题。

邓小平南方讲话后的 1992 年，内地有人请施永青到上海去看一看。上海成了中原地产在内地最早开展业务的城市。

"我之所以觉得内地的房地产会有发展，最重要的是内地的报酬现金化。内地以前的报酬是福利化，在福利化情况下，工资很低，大家怎么去买房子？企业提供职工住的地方，提供孩子读书、医疗等条件，就不可能发展房地产的二手市场。先是个人拥有房子才有个人之间的转让，我们当时是以做二手房为主。内地的报酬现金化、住房商品化，这就是我们生存的条件。"

1992 年，中原地产最大的变动是施永青的合作伙伴王文彦辞职。在中原地产内部，施永青与王文彦的争吵几乎从未停过，这种争吵几乎可以追溯至两人的中学时期。这两位中学同班同学在上学时会就一些问题从课堂上一路争论到家里，为了争论，连巴士都不坐，一路步行。

"他一定要胜利，他提的意见都要求董事会表态，是支持他还是支持我。其实有不同的意见可以拖一拖，但是他太想赢了。有几次他的意见都被董事会否决，这表示管理层不信任他，他自己辞职了。他辞职时可能想，我一个人没法把公司管理好，一定会请他回来。谁知道我做得比他好得多。"

王文彦和施永青一样，在中原地产拥有45%的股份。"他的收入还是挺高的，但是他不开心，因为他不是要钱。钱不是最重要的，一个人花的钱有限，他需要的钱都已经有了，他想证明让他来管理公司会更好，但是现在已经没有机会了。"

在和王文彦矛盾最大的时候，施永青遇到了老子。这是他喜欢讲的故事。他在去新界的一个道观时，得到了一本非卖品《道德经》。他最初对此书不甚了了，把它放在了书架上。某次上厕所的时候，他随手拿这本书去看，这次他读进去了，从此成为老子的拥趸。"无为而治"成了施永青管理中原的重要理念。

"无为而治就是为员工缔造一种环境，并且制定报酬制度等游戏规则，员工在本能的需要下，在竞争的压力下，自己就会想着去做好。"这些年来，他很少搞企业内部培训，认为"这个用处不大"。

施永青在向我讲述的时候，有一场会议正在他办公室旁边的会议室里举行。"这是每个月一次的管理层常规会议，香港几个主要区的经理都与会，但我基本上不去参加了。"

他喜欢研究社会理论，他发现"无为而治"跟西方的自组织理论很相似。"美国有一个学社叫Santa Fe Institute（美国新墨西哥州的圣塔菲研究所），它由诺贝尔奖得主组成，化学、生物学、经济学等不同领域的专家组织起来，研究的就是自组织理论。他们认为世界上所有的系统，包括宇宙系统、生物系统、人类的城市系统，都不是从上而下先制定蓝图后设计出来的，而是参与者自己去适应、互相影响而演变出来的。这也可以看作一种'无为'。'有为'反而把可以自组织的东西破坏了。"

施永青认为"无为而治"所带来的益处并不止于企业。

"中国的改革开放也是从'有为'走向'无为'。中央少做一点，地方多做一点；国家少做一点，企业多做一点。"

从施永青位于香港中环的办公室去往同样位于中环的礼宾府，也就是以前的港督府，并不需要花多少时间。1997年6月30日下午，彭定康在这里从英国士兵手中接过旗杆上降下的英国国旗，在细雨中乘车离开。

香港回归之后的第二天，7月2日，泰国财政部和国家银行宣布泰铢实行浮动汇率制，放弃多年来实行的泰铢与美元挂钩的汇率制，泰铢急速贬值。席卷亚洲的金融风暴在10月抵达香港，楼市一片风雨飘摇，暴跌不止，房产成为许多人手中的负资产，地产代理公司纷纷倒闭。

"1997年，我觉得我们公司是有条件生存下去的，因为我们做得比其他公司好，人家收缩时我不收缩，就等于人家放弃的我可以去占领。只要你能做 market leader（市场领导者），在排队去死的队伍里你就可以做最后那一个。最后的人就不用死了，淘汰就是因为僧多粥少，少了几个僧，粥自然就够吃了。"

香港楼市深陷苦雨寒冬。2001年9月11日，两架恐怖分子劫持的民航飞机将纽约世贸双塔撞成一片废墟。此时，施永青正在进行一场重要的谈判。9月12日，中原地产以两千万的低价正式收购香港第三大地产代理公司——利嘉阁。中原地产的实力因此得以大幅增强。

2004年10月6日，四十八岁的"长毛"梁国雄穿着印有切·格瓦拉头像的 T 恤宣誓就任香港立法会议员。他还是那个活动于街头的狂热分子。只不过，革命青年变成了革命中年。尽管意见不同，在一些场合，施永青和梁国雄还会一同出席。很难想象，这位西装革履的大地产商和那位一直蓄着长发的立法会议员曾经同是托派人士。

香港旺角街头，两个工人正在发放报纸《am730》。这是施永青投资五千万港币，在 2005 年 7 月 30 日以私人名义创办的免费报纸。

在这份报纸上，可以看到施永青的专栏——《C 观点》。"A 就是 Apple Daily's view，《苹果日报》的观点；B 就是 Beijing's view，北京的观点。香港主要就是这两种观点。我的是比较独立的观点，所以叫 C 观点。"通过这个专栏，他对关心的事务发表自己的意见。

从创刊到现在，他早上起床，从六点半写到八点半，每星期写五篇，已经写了多年。他还是各个媒体邀请的常客，纵论世事。施永青喜欢对不同层面的政策提供意见，他是香港房屋委员会委员、香港小交响乐团董事局主席，在廉政公署里，他也参与了工作。

2006 年，施永青的多个部下涉嫌贪污，被廉政公署带走协助调查，这在地产界引起一阵风波。施永青进行危机处理的办法是把这件事拉到社会层面上评说："这种问题在行业内比较多，香港比起内地还是要好得多，只是现在廉政公署没有办法全部管理，个别情况发生在我们身上是因为我们的生意牵涉的利益太多，很多人想在我们身上拿好处，而不是我们主动想靠这种办法做生意。"

在施永青并不宽敞的办公室里，挂着一幅字，题的是屈原《渔父》中的两句话："沧浪之水清兮可以濯吾缨，沧浪之水浊兮可以濯吾足。"

"屈原认为众人皆醉我独醒，众人皆浊我独清，他对世界上的事情都看不惯。打鱼的人建议他，不要什么都看不过去，而要去适应环境。香港的维多利亚港那么脏，我都还没有跳海，因为水不干净的话，我就洗脚得了。有人说，我们这个行业不干净，你还愿意留在这个行业里？我就是以这样的态度处之。"

2007年6月，《时代》周刊用二十五页的篇幅发表了探讨香港十年变化的封面文章，标题是 Sunshine with Clouds（《晴天，有云》）。

这十年，中原地产也是晴中带云。2007年，中原地产获得了不错的业绩，税后利润超过了十亿。彼时年近六旬的施永青觉得这是隐退的时候了。

施永青还会想起，他最开始做地产经纪人的时候，一位同学在街上遇到他，惊讶地说："怎么你也做地产经纪人了啊？"施永青当时感觉很尴尬。

"香港人很现实，你赚钱多了，他就说你有本事。我把两个人的公司，变成今天拥有分行网络，从地区化到全港化再到跨越内地和香港，现在我们在二十几座城市有自己的分公司，三十多座城市有业务。从净收入、缴税量来衡量，我们公司可以说是全国最大的地产代理公司。"

按照二十年前给公司起名时随口说说的想法，施永青的公司已经实现愿望，"问鼎中原"了。

施永青在2008年做出了一个重要的决定。他在3月7日与太太一起签署文件，将自己所拥有的中原旗下全部股份捐给"施永青慈善基金"。按照当时的市场行情，他在中原45%的股份价值四十五亿港币。

施永青慈善基金资助的主要对象是中国内地农村。在青海、甘肃、云南、四川、湖南等地都有施永青慈善基金的项目。他觉得中国城市化的水平高了，但是农民的人口比例还是很大，只有农村的生活得到改善，中国人整体的生活质量才能真正得到改善。

"我个人的能力已经超过我个人的需要了，我赚那么多钱自己也用不了，我的生活过得也比较简单，不一定要像其他人一样买私人飞机、私人岛，在全世界度假、买别墅，我没有这个需要，我连游艇也不买。那我要这么多钱干什么呢？浮士德的故事你听过吗？他为了得到快乐，去填海、修路，让更多人过得更好，这样他才感觉到自己生命的价值。"

这是中原集团主席施永青对我讲述的关于他的故事。前半部分是革命青年施永青的故事，后半部分是地产巨商施永青的故事。他像一枚硬币，集中了截然不同的两面。他觉得这两面的联系从未完全断绝。

"其实我现在做的事跟马克思主义还是有很大的关系。"施永青说，"世界的主要矛盾是资本积累的速度比新生的需求快，根本原因就是分配的不公平，结果就是资源落在少数人手里。现在内地采用股份制也是这样，赚来的钱给股东，不是让工作人员分享，变成少数人拿了大部分的劳动所得。结果，一部分人的钱越来越多，但是他们消费的能力是有限的，这就导致了社会的需求不足、产能过剩。"

"中国目前也是内需不足，生产出来的东西卖不出去。这样一来，富人的钱也无法进行投资，因为实体经济不需要这么多的钱，没有需求消耗你的投资。金融系统没法把钱重新引到实体经济，这笔钱就只能去买金融衍生工具、累计期权之类的东西，导致金融市场的异化。"施永青认为这是世界目前的基本矛盾。

"我现在没有继续用革命的方式改变世界，因为用革命的方法去改变就包括了暴力和强制，并且还不一定奏效。"施永青认为，要短时间内改变很多人的想法是不容易的，但是在公司里，他还是可以做的。"如果我做得好，我的经营模式慢慢也可以变成一种主导的模式。这就像草原上出现了一种生命力旺盛的草，势必会蔓延出去，把生命力较弱的品种淘汰掉。我认为自然界都是用这种方法优胜劣汰,我比你做得好,运用资源的能力比你强,就会成为主导的系统。"

我问施永青:"你的价值观和以往相比,有很大变化吗?"

"人的价值观都是在具体环境中不断变化的,但是根本的东西没有变。"施永青说。

"你认为自己的价值观中最根本的东西是什么?"

"一个好的社会应该让更多的人可以得偿所愿,让人的自由意志有更多舒展的空间。一直没变的就是这些。"

"你有宗教信仰吗?"

"没有。但是我有宗教情愫,我接受斯宾诺莎的自然神论。老子的'道',其实也是一种自然神。"

"是什么给了你精神动力?"

"小时候感觉到的社会不公平。"

1949年3月17日,施永青在上海出生。20世纪50年代,施永青的父亲所在的公司从上海迁到香港,一家人来到了香港。施永青一家六口住在公司仓库上面的宿舍。父亲的月工资是四百多块钱,母亲需要接一些手工活来补贴家用。国共内战后的香港,经济萧条,温饱问题是大多数家庭的问题。

年少的施永青和父亲走在路上,不止一次看到街头的弃婴。"听到他们的哭声,我就想过去看看,却被父亲一把拉开:'你过去看什么?我们家里的生活都成问题。'当时我心里的想法是,一个幼小的生命,可能就这样死去,社会不应该是这样的,一个新生儿应该健康地长大,有自己的生活。"

这也许是施永青所有故事的开始。

一天里的一生

2010年，我第一次到香港做采访。完成工作后，我沿着马路，走到了中环的天星码头，坐上了渡轮。夜幕下，海水起起伏伏，光影闪动，霓虹灯、广告牌、摩天大楼在雾气里出没，这就是明信片上的香港了。

坐在船里，我想起了二叔公。他当年在广州参加地下学生运动，为了躲避追捕，坐船来到香港。我不知道他当时在香港什么地方上的岸，是在这维多利亚港里看着香港越来越近吗？

我看了电影《十月围城》。电影里，1906年10月15日，孙中山乘船来到维多利亚港，在天星码头上岸。那位叫李重光的年轻人，出身富贵家庭，他不顾父亲的反对，参加革命。他假装孙文，坐到黄包车里，掩护正被清廷刺客追杀的孙文离开。阿四是李家的佣人，他不想让少爷坐到黄包车里。李重光对阿四说："你知道今天有多重要吗？你知道我们为了今天，做了多少准备，死了多少人吗？阿四，这是国家大事啊。阿四，我记得你以前跟我说过，每天晚上只要一闭上眼，梦到的全是阿纯（阿四的女朋友）。我闭上眼，梦到的是中国的明天。"

在电影院看到这里时，我的眼泪流了下来。我觉得二叔公就是这样的人，他当年乘船来到香港时，闭上眼，看到的想必也是中国的明天。

2003年，我大学毕业，回到了广西，在南宁一家杂志社工作。刚开始那几个月，我住在二叔公家。我的到来让二叔公高兴，他一高兴就喜欢买虾吃。那时候，我对虾还不过敏，就着一盘子虾，和他喝了好几杯酒。二叔公说，这下可好了，南宁又多了一个亲人。

我夜里经常在杂志社编稿子，回去很晚，但马上满八十岁的二叔公睡得更晚。二叔公是中山大学广西老战友联谊会的秘书长，负责编一本他们自己传阅的内部刊物。我看了几期后,感到有点累,因为里面的一些内容很相似。比如1949年7月23日,国民党当局到中大抓捕共党分子的"七二三"事件。二叔公当时是中大外文系的学生,参加了共产党的地下活动,他属于被抓捕的对象范围。他反复地跟我讲这段历史,他怎么躲过搜捕,怎么营救被捕的同志,怎么逃到香港,怎么又去往粤赣湘边根据地……这让我感觉,似乎1949年7月23日就是他人生中最重要的一天,他全部的人生意义来自于此。

我对人物命运感兴趣,最初源自我的家人。

我们这个家族本是从广东迁徙到广西的贫寒之家,二叔公的父亲,也就是我曾祖父的哥哥,考上了广西陆军小学,与李宗仁这些新桂系的缔造者们成为同学,他也跟着他们去打了一些仗,成为小军官,不久便回到乡里,用积攒的钱,买了几十亩地,榨油、酿酒、做蜡烛、开杂货店,过上了还不错的日子。

1949年之后,因为这些营生,家里被划分的阶级成分是"工商业兼地主"。二叔公的父亲先是被请去开会,然后就不让回来了,再然后就被处决了。

对于自己父亲的遭遇,二叔公怎么想?好多年,这个问题一直存在我心里。上大学二年级的时候,一次家庭聚会,我忽然来了勇气,向二叔公提了这个问题。二叔公当时挺惊讶,他没想到自己的侄孙会问他这个问题。他沉默了很久,没有直接回答,而是说:"不要说自己的父亲,我们的一些同志连自己的命都没保住。"

在二叔公家住的那几个月,我经常和他聊天,有时甚至聊到凌晨三点,内容多是历史和政治,当我绕着弯儿问到家里的事情时,他就停下来了,说:"你要看得更大一些,去关心更多的人。"

我当时所做的工作没有多少空间让我去做类似的思考。后来,我到了南宁另一家单位,工作更忙,很少到二叔公家跟他聊,尽管我仍有许多无法解答的问题。

2006年,二叔公突然摔倒,脑溢血,不久便去世了。他去世的那天晚上,叔叔叫我到医院去帮忙。我第一次给去世的人换了衣服,然后经过医院的特殊通道,将二叔公的遗体送上了在外边等候的灵车。叔叔给了司机红包,灵车缓缓地驶远。我骑着自行车,沿着南湖边往回走,想起二叔公的这一生,眼泪不断地往下掉。

这么多年的清明节,二叔公从未回过故乡扫墓。二叔公去世后,他的骨灰被运回了家乡,与许多去世的亲人埋在了同一片山岗,一个不愿意回家扫墓的人最终以这样的形式回到了家乡。但这片山岗上,却找不到二叔公父亲的墓,因为将近三十年连绵不断的"运动",包括家人在内的所有人都不敢上山给一个"地主"扫墓,当山岗上立满了坟堆,已经无法分辨哪一座是他的墓。

二叔公去世之后,敏嘉叔叔整理出一大袋文稿,他觉得我感兴趣,给了我。我带着这袋文稿从南宁到广州再到北京。工作忙,没时间打开来看。直到有一天下午,我想起了这个袋子,找了出来。我看到了几张在复印纸上誊写的小传,这是二叔公在20世纪60年代所写。他写到得知自己父亲被处决的时候,很难受,想不通。看到此处,我的眼泪哗哗地往外冒。

有一年春节回桂林,见到敏琪叔叔。叔叔说:"我给你看一些东西。"叔叔翻出许多肩章、徽章和证件,那是二叔公留下来的。叔叔说,他们从小到大都没看到过这些东西,这些东西被二叔公保存在箱子里。这里面有粤赣湘边人民解放军肩章、惠州军事管制委员会肩章、容县土改工作队肩章、容县专署徽章……最后一本是老干部离休荣誉证。我把这些东西排列在一起,仿佛看到他的一生。

二叔公留下的遗物里,有一张五叔公送给他的照片。那是五叔公在20世纪50年代要去沈阳上大学,离开家乡平乐之前,和家里人在县城照相馆的合影。

　　看着这张照片，我想起了刚到南宁工作的第一天晚上，二叔公一家做了一桌丰盛的晚宴。二叔公很高兴，喝了好几杯酒，说，这下可好了，南宁又多了一位亲人。

第九章　A Better Tomorrow

很难想象，一个在20世纪80年代出生的人会没有看过吴宇森的电影。我至今仍清晰地记得自己读小学时，在家乡县城的广播站看了《纵横四海》之后的感受。我一直想着怎么学习周润发和张国荣在古堡里的空中接力。县城广播站播放的影片让同学们有着共同的话题。比如，有一段时间，坐在我前排的同学经常模仿周润发的口气说话，逗得大家咯咯地笑。

而此刻，吴宇森就坐在我的面前，等待拍摄。他穿着黑色西装外套，里边是白色衬衫和白色毛衣。白色的灯光打过去，需要在脸上涂一些粉才能避免反光。墙上挂的画是白色的玉兰、白色的百合、白色的梅花。北京冬日的下午，让人发困。我盯着白色的墙壁看，想象那些平面正在迅速凸起，长出鸽子的脑袋，鸽子拍打着翅膀，在房间里飞舞，子弹如同暴雨一样扫射过来，血像茄汁一样溅在墙上。

雪白和血红是吴宇森电影色彩的两端。在《喋血双雄》中，周润发和李修贤身处的教堂是一片素白，白色的西装，白色的T恤，白色的蜡烛，白色的鸽子。枪声响起，血光四溅。

原研哉写过一本叫《白》的书。他是在尝试探究一个叫作"白"的实体，以找到由人们自身文化设定的那些感觉之源。"白的纯洁是很难保持的，因为它太容易被玷污。它的美之所以能如此强烈地打动我们，皆因我们痛苦地意识到其短暂性。"我想到老子，他说，知其白，守其黑。

桌子上放着装有白色餐巾纸的黑色盒子。吴宇森指着盒子："老庄让我明白要过潇洒的人生。这是一张简单的纸巾，但你可以把它看作一只蝴蝶。"吴宇森喜欢老庄的飘逸。在他看来，如果了解生老病死是自然时序轮替的话，人就不应该计较那么多。"我现在觉得，人与人之间还是要减少恨意。仇恨是人与人之间最大的障碍。年纪越大，我越希望能达到老庄的境界。"

这也是耶稣的境界。耶稣说，要爱你们的仇敌，为那逼迫你们的祷告。吴宇森是受洗的基督徒。

我戴着3D眼镜对着巨大的IMAX幕布看了电影《太平轮》。当佟大为扮演的国民党通信兵和共产党士兵在雪地里举枪相对的时候，我觉得他们一定不会扣动扳机。国民党军队溃败的时候，黄晓明扮演的军官一定会留守阵地，与之共存亡。佟大为也一定会带着长官黄晓明的嘱托，登上太平轮。这是吴宇森的道义逻辑，"重然诺，轻死生"。在过去几十年里，这些逻辑体现在狄龙和周润发、周润发和李修贤、梁朝伟和张学友、周润发和梁朝伟、尼古拉斯·凯奇和亚当·比奇等人扮演的角色身上。

这是吴宇森价值观的体现。他的电影叙事有恒定的"道"负载着。这是他内在的标签。但从另一方面来说，会减弱电影的悬念。如果你足够了解吴宇森，就会明白电影中的人物一定会如此行事。"《太平轮》里，发生过两次战争，发生过生离死别，大家最后互相谅解，迎接新的生命。这是一个越来越讲功利主义的时代，我们需要这些。我以后不管是再拍喜剧还是武侠电影或者时代的悲剧，都是朝爱与美的方向走。"吴宇森说。

胡大为是吴宇森电影风格形成的见证者。吴宇森所拍的许多电影都由胡大为剪辑或配乐。他很明白吴宇森要什么，比如说吴宇森的标签之一——定格。

"他一讲定格，我就知道在哪里定格。"胡大为坐在我的对面，侃侃而谈。他的样子看上去远比实际年龄年轻。

《太平轮》里，有一个场景是黄晓明的腿部中枪了，旁边的炸弹将要爆炸。剪辑的时候，胡大为在此处停了下来，定格一秒钟。吴宇森看到这，拍了拍他。"他知道我明白他的意思。"胡大为笑道。

将个人风格融入商业电影，这是吴宇森一直努力去做的事情。胡大为觉得吴宇森这些年变化不多。"他好像是一瓶红酒，越久越醇。依然那么浪漫，还热爱电影，还没有想到过退休。没什么变化，变的是他戒了烟，懂得珍惜健康了。他样貌像老头，但心还是年轻的。不像我，样貌年轻心也年轻。"胡大为总是很兴奋地说。

张家振是《太平轮》的制片人，也是吴宇森多年的合作者。他觉得吴宇森这些年还是有变化的。"他是一个浪漫的人，不光是对爱情，对生活的态度也浪漫，但在工作上浪漫过分就有点任性了。"

《太平轮》里有三段爱情。他的电影里，从来没出现过这么多女性角色。之前的电影几乎都在讲男人之间的情义，即便有爱情，也是作为副线。这次集中讲几个爱情故事，对他是一个挑战。

魏君子是香港电影的资深研究者。我采访他的时候，高仓健去世不久。他找出自己在2009年采访张艺谋时删掉的一段文字，这篇张艺谋回忆高仓健的文章叫《士之德操》。魏君子与吴宇森接触过几次，他觉得吴宇森身上也有这种"士"的精神："士为知己者死，在他的电影里是非常明显的。吴宇森特别谦恭有礼，无论对陌生人、后辈，都是如此。他是我见过的导演里面做得最好的一个。"

与内地许多七八十年代出生的小镇青年一样，魏君子对香港电影的感情是在气味浑浊的录像厅里培养的。他在20世纪90年代初看的第一部吴宇森的电影是《英雄本色2》。他原本的梦想就是开录像厅。吴宇森的电影里面男人的那种英雄主义，还有男人之间的惺惺相惜，还有他在枪林弹雨里制造的浪漫，对他的青春和人生观都有影响。

"青春"和"人生观"——这是很重的两个词。想一想，确实如此。每个如今三四十岁的男人，几乎都能跟你讲一两个他和吴宇森电影的故事。

"吴宇森的电影里，无论遇到多灰暗的事情，总是有希望在里面。"张家振认为"希望"是吴宇森电影的底子。

见到胡大为的时候，他刚刚在台北完成《太平轮》的混录，来到北京。他像影视剧里标准的香港人一样，喜欢用"开心"这个词："也没有怎么休息，就是跟导演吃了两顿饭，马上又要开工了。哇，很开心。"他觉得最享受的时候是最后的混录："好像是在帮他儿子穿上美丽的衣服，导演的儿子就是我的儿子，导演的电影就是我的电影。我跟他说，《太平轮》之后不要再隔六年再来下一次了，快点啊，我们都老了。"

贾樟柯的电影《三峡好人》中，那位长得神似小马哥的小混混对来重庆奉节寻找妻子的山西矿工说："现在的社会不适合我们了，因为我们太怀旧了。"

这段台词源自《喋血双雄》里周润发和朱江在香港半山腰上的对话："这个世界变了，我和你都不再适合这个江湖，因为我们太念旧。"

当我向胡大为提到这段台词时，他非常感慨。

"你猜我和导演认识多少年了？"胡大为问我。

"应该有三四十年了。"我说。

"四十四年了。"

那就是1970年，胡大为十八岁，吴宇森二十四岁。彼时，他们都身处邵氏片场——香港最大的电影"少林寺"。胡大为和吴宇森都是张彻的学徒。吴宇森是副导演，胡大为是助理剪辑。

"那时候很穷,我做学徒是三百块一个月,相当于现在的五十块。我给家里老妈二百块,剩下一百块留给自己,这一百块里,有六十块拿去看电影。我比 John(吴宇森的英文名叫 John Woo)有钱。因为他拍一部片才六百块,一部片要拍两个月。我是在剪辑室里,他的工作比我辛苦很多,整天在外边,风吹日晒的。"

那时候,电影院里放映很多西方电影。他们就在黑暗里记笔记,学习里边的镜头。他们看萨姆·佩金帕——吴宇森的慢镜头和定格来自于此;看梅尔维尔——周润发的风衣造型来自梅尔维尔的《独行杀手》里的阿兰·德龙;《纵横四海》的某些镜头直接致敬特吕弗导演的《祖与占》。当时几乎每个导演的偶像里都有黑泽明,吴宇森也是,他一直想拍出《七武士》那样的电影。

在胡大为看来,吴宇森是他在邵氏片场里见过的最勤力的副导演。"那个时候拍电影,收工了大家都喜欢去喝酒。John 去得少。首先,他口袋里没钱。还有,我师父张彻拍片从来不进剪辑间。他拍完,John 就把当天拍的素材整理好,经常整理到很晚。我也是很晚还在那。他就坐在那,没有吃饭。那时他很瘦,头发很长。看他可怜的样子,我就把自己留下来的苏打饼干拿出来:'哎,你吃你吃。'我们的友情就是在那个时候建立起来的。我们的友情是苏打饼干的友情。"

1974 年,吴宇森离开邵氏片场。1976 年胡大为离开那里。"他什么都比我快两年,他 1992 年离开香港,我是 1994 年离开香港的。"按胡大为的说法,吴宇森到好莱坞去开大炮,他是到好莱坞练剑——拍小成本电影。

吴宇森是一个怀旧的人。张彻去世的时候,他表达了自己深挚的怀念。吴宇森的儿子吴义方的名字是张彻取的,"教子以义方"。在《太平轮》里,这个名字被用到了黄晓明扮演的国民党军官身上。

吴宇森二十六岁就拍了第一部电影《过客》。他是香港当时最年轻的导演。

但这部电影的制作发行过程一波三折。先是不能上映,接下来又卖不出去。但嘉禾公司的老板侯冠昌从电影里看出了他的潜质,签下他做基本导演。《过客》也改名为《铁汉柔情》上映。"我的很多部戏都是亏本的,但他们还是一直让我拍,对我很好。我觉得那个年代最让我怀念的是那些老板和投资人。"吴宇森说。

"我问他(侯冠昌),为什么找我签约?那只是一部普通的动作片,但他们很喜欢我拍感情的部分。"吴宇森以动作片为人所知,但他在其中注入感情的内核。他一直对自己拍情感戏有信心。

港片的时代气候是喜剧和动作片。吴宇森在嘉禾公司拍的许多电影都是喜剧,这让他感到厌倦。

现在内地电影的状况多少有些像香港电影的黄金时代。一个喜剧火了,许多人都跟风。吴宇森有自己的看法:"年轻人都需要好的精神生活,难道每部电影都嘻嘻哈哈?我们是不是应该去尝试,让观众看到喜剧之外还有另外的类型。别人老问我'我们什么时候能赶上好莱坞',我讲,我们赶不上好莱坞。好莱坞早就把电影的类型分得很清楚,每一种类型电影都有固定的观众群。动作片会有动作片的观众群,文艺片会有文艺片的观众群,喜剧有喜剧的观众群。每一种类型的片子不管收入多少,都有得拍,很多人都有发展的机会。我们这边是只要一样电影流行,大家都一窝蜂地拍。有的年轻人能拍很出色的、又商业又艺术的东西,但是没人注意。这就限定了观众观影的态度。观众真的是这样吗?我不相信,我相信好东西大家都喜欢看。"

1982年,吴宇森拍完《八彩林亚珍》后,决定离开嘉禾公司,其中一个原因是新艺城公司答应让他拍自己想拍的电影。

在电影《八彩林亚珍》里,胡大为客串了一个刁蛮苛刻的导演。"那部戏,萧芳芳是老板，吴宇森是导演。吴宇森拍喜剧是很夸张的。他说，我们以前邵氏片场里那些导演，动作就是这么夸张。萧芳芳就说，过了过了，含蓄一点含蓄一点。"

胡大为扮演的导演是香港导演一种普遍的类型。吴宇森从一开始就不是这样。直到现在，吴宇森给人的印象就是脾气太好了。而他的师父张彻的脾气就不太好。

魏君子编写过一本关于张彻的书，主持过纪念张彻的活动。"我觉得吴宇森从张彻那里得到的更多是经验。他是一个在大片场制度下经验非常丰富的导演。他发明了监制制度，他来做总导演，让其他导演帮他拍戏，他能够同时统筹。张彻拍的都是当时的大片，像《刺马》，放到现在就是《投名状》这样的电影。吴宇森当时能跟到这样的导演，对学习大场面和动作片的拍摄是很有帮助的。"

在听魏君子说这些话的时候，我的脑袋里又冒出了张彻电影里的场景：血从白衫的刀口里迸出来，像茄汁一样。张彻被称为"茄汁导演"。吴宇森学到了这些，只不过，他是让血从弹孔里迸出来。

在嘉禾公司拍最后一部喜剧《八彩林亚珍》时，吴宇森放入了他对时代和社会的思考。电影里有一个企图收购整个香港的沙达集团，到处想办法拆迁建楼。这与当今中国相似。"那个时候，我们都觉得香港贫富悬殊，很愤怒，觉得好人得不到应有的报偿，有太多的不公平。我就想把这样的情绪表达到戏里。但除了对抗恶势力，还是要心存希望。""心存希望"，这在吴宇森导演的每部电影里都能找到。

《八彩林亚珍》有一场在海底隧道拍的戏。车祸造成的拥堵让大家都陷入困境。每一辆车里的人都有自己的心思。巧的是，此时，吴宇森的二女儿吴飞霞正好在美国出生，于是他在混乱的隧道里加了一场婴儿出生的戏。没有什么比新生的婴儿更能代表"希望"了。

萧芳芳跟罗文是好朋友,想让罗文来客串一下。于是,罗文也出现在那条海底隧道里,如同歌舞片一般,唱了一首《共你觅理想》。那是一首与《狮子山下》风格相同的粤语歌曲,与香港的时代气候甚是贴切。

1978 年,张家振从纽约大学修读电影制作后,回到香港,加入嘉禾公司。"当时嘉禾公司有一批邵氏和国泰下来的老人,他们歧视我,因为我跟他们不一样,我不是从最底层开始工作一步步上来,一开始就管着他们。而且,他们有些不好的习惯,比如说下班后去夜总会,有美女陪喝酒。我不是这样的,我很正常地生活,他们就觉得这怎么做电影。当时在香港,如果你已经结婚了,没有小三,人家会瞧不起你的。香港那个时候的风气非常不好。后来我去了美国,发现别人都是六点半下班回家陪老婆孩子吃饭,跟香港完全相反。"张家振说,"刚回来的时候,什么都不懂,开始当制片人,第三部就是吴宇森的片子。"那是一部没有拍出来的电影——《龙潭老鼠》。

一切都准备妥当的时候,嘉禾老板和吴宇森在用谁做主角的问题上发生分歧,吴宇森和老板大吵了一架。开拍前一天,老板把这个戏停了。吴宇森离开了嘉禾。

去了新艺城,吴宇森也并不开心,他被调到台湾去做并不擅长的行政工作。

在北京的这家餐厅里,我看着吴宇森从通道里走过,想起枫林阁酒家里的小马哥,抱着美女,将两支手枪放到花盆里,背景音乐是闽南语歌曲《免失志》。

这是一首励志歌曲。吴宇森的电影其实一直挺强调励志,他甚至把《赤壁》都拍成了以少胜多、以弱胜强的励志故事。他自己的经历本身就是励志故事。

一个在香港石硖尾徙置区长大，依靠基督教会资助才读完中小学的穷孩子，成了国际大导演。他可被当作香港的一个社会学标本进行研究。

吴宇森在餐厅里回忆起当年的困顿，说："我劝勉一些年轻人，不要急，虽然我是二十六岁就做导演，但年轻人做导演，除非你是天才，否则只能把这当作一个磨炼的机会。我到四十岁才拍出《英雄本色》。那个时候我积蓄了很多人生经验，才把人性和感情拍了出来。在此之前，我只能拍拍喜剧。人生阅历很重要，这个行业不怕晚，三十多岁才做导演没关系。当然，有机会也要把握。"

《英雄本色》开头，在一大版伪钞的画面里，出现的字幕是——音乐作曲：顾嘉辉。配乐：胡大为。作词：黄霑。二十多秒之后，香港电影的一个经典镜头出现了，周润发扮演的小马哥用一张一百美元伪钞点燃了香烟。

"去枫林阁是 John 的想法，他在台湾待很久，知道那些餐厅放什么音乐，他就把那个背景音乐变成了配乐。"胡大为说。

《免失志》的歌词暗合了吴宇森当年的境遇。《英雄本色》整部片子都充满吴宇森个人情感的投射。他在台湾的三年并不如意，电影既不卖座也无口碑，有的人甚至劝他就此退休好了——"你已经过时了"。

"我衰了三年，就是要等一个机会，我要争一口气，不是想证明我了不起，我是要告诉人家，我失去的东西我一定要亲手拿回来。"吴宇森为小马哥写的台词，完全是自己的心声。

《英雄本色》中枫林阁的枪战场景是香港电影经典中的经典，开启了一个时代。吴宇森向我详细地回忆起这场戏时，仿佛重新拍了一遍。

"双枪是偶然间想出来的。"吴宇森说，"周润发是为了朋友去复仇，他作为一个杀手，可以很容易冲进去拿个机关枪把人杀了。但我觉得拿机关枪扫射不是一种侠义的行为，不够漂亮，跟一般杀手没有两样。我当时有一个念头，要拍一个在中国电影史上最经典的枪战场面。我对枪支并不熟悉，我让道具师傅给我一一展示从英国租来的道具枪。我看了周润发的手,看他的手掌有多宽、手指有多长,给他挑一把合适的枪。我还问了每把枪能打多少发子弹,我想把那场戏拍出音乐感。有一种德国产的枪叫贝雷塔(Beretta),那种枪可以连发九颗子弹。如果一个杀手进去,他只有九发子弹是不够的,如果两支枪呢,就有十八发。两只手一起开,我找到了那个音乐感,就决定用这两支枪。作为一个精明的杀手,应该很审慎,不能够有失误,万一出什么意外,他应该有所防备,所以,他进去时带了四支枪。他预先把另外两支枪藏在门口的花盆里,逃生的时候可以有机会拿另外两支枪。他踢门进去时,慢镜头,很冷静的,没有声音,忽然两支枪就啪啪啪打,剪辑的节奏跟枪声的节奏配合得非常好。音乐对我非常重要,我以前受歌舞片的影响太深了。我会用三台机器,一台机器二十四格,一台机器四十八格,一台机器一百五十格,三个不同格数的机器拍,快慢剪出来,就会形成一个有魅力的节奏,能欣赏到演员动态的美感,产生不一样的风格。"

那种用不同拍摄速度表现射击节奏的剪辑,像音乐上的什么呢?我觉得像不断重复一个主题的"卡农"。子弹形成了织体,让杀戮和死亡充满了节奏感。

吴宇森是彻底的完美主义者,他拍戏前会做很细致的准备。为了拍杀手,他甚至真的找到一个曾经的杀手,去了解他的生活。"香港以前有个鼓手很厉害,他同时也是个杀手,但他人非常好。那时候,我就去了解他为什么这样做。《喋血双雄》里的那个杀手有他的感情,有他的义,他伤害了一个不该伤害的人,他要去帮助她。你从不同人的角度去看,很多事情并非只有黑与白,不要忘记坏人里面也有好人,值得我们去关注。"

吴宇森的电影里,道义的承担者往往是帮会人物。这形成的反差更为巨大。从这些人身上,我们能感到强烈的存在主义气息。

"存在主义对你有什么影响？"我问吴宇森。

"存在主义给我最大的影响就是肯定个人的价值。"吴宇森说，"我们生活在这个社会，为生存，必定要跟其他人接触，跟大家在一起的时候，也不要丧失了自己。我自己给自己定位，让自己有能力去抗拒命运。"

吴宇森读过萨特的作品。他所喜欢的法国新浪潮电影诸位导演，深受萨特存在主义的影响。萨特是那个时代全世界年轻人的偶像。

"萨特的存在主义是无神论存在主义，你是基督徒，会有产生冲突的时候吗？"我问吴宇森。

"我把宗教当作一种学问，我有宗教信仰，但是我不迷。在我心目中，宗教里的神并不重要，其实神也就是人，活在每一个人心中，活在你的周围。"吴宇森说，"我喜欢看《圣经》，除了了解人类的历史，还了解做人的道理。耶稣说，爱人如己。你爱你的邻居，帮助别人，这就是行侠仗义，这与更大的牺牲相比，没有什么不同。有一个很有名的故事：一个妓女被人丢石头，然后耶稣就拿着石头跟人说，谁认为自己没有罪，谁就丢她，结果没人敢丢，因为每个人都有不好的地方。这才是我相信的宗教。我把这样的认识引申到我的电影里面。我好像在讲一个中国的侠义故事，其实在讲爱心，这跟《圣经》里面所讲的一样，跟佛经里所讲的也都是一样的。"

在《英雄本色》里，小马哥跟宋子豪说，神其实也是人来的。宋子豪的重新做人也是在践行存在主义所认为的人对自我的界定。

我在一本书上看到吴宇森提及影响自己的人有柏拉图，但几乎找不到具体的文字说明他受到了怎样的影响。这一次，我有机会问他："柏拉图对你的影响是什么呢？"

"每一个人心中都有一个美丽的世界，这个世界是你看起来不存在，实际是存在的，幻想可以变为现实。你能不能在任何时刻任何地方都找到一种美？

当你发现这种美丽，你就应该很快乐，你不需要拥有它，你不需要把它拿在手上，你享受了这样的美，你就在精神里拥有了美。柏拉图不是虚幻的，他让你想象并拥有一个美丽的人生。"

吴宇森的这番回答，让我甚至觉得"美"才是他最高的信仰。我不想用"暴力美学"这个词去形容吴宇森的电影，这显得过于狭隘。吴宇森的审美是无处不在的。既然一张纸巾里都有美，那让美附着在白鸽和子弹上，则是再自然不过的事情。

无处不在的还有电影里流露的对友情的珍重。"为什么要给周润发和朱江设计那样的对白？你是一个怀旧的人吗？"

"我们都会怀念过去，怀念我们所拥有的那些友情。那个时候，我感觉到现代社会缺乏一种珍重友情的情怀，所以才想出那样的对白。"

胡大为回忆起制作《英雄本色》的最后一晚。那天，台风来袭，香港挂起了10号风球。按道理，所有人要回家，要不然，他们受伤，公司要赔偿。结果，没人回家，全都在那儿看着。混录完之后，大家松了口气，去吃夜宵。"当时有我、吴宇森和石天。大家提议，各自说一个数目，预测一下票房。导演说：'拍这部戏花了五百万元，成本很小，有七百万元票房我就满足了。'石天问我，我就拍马屁说：'这部戏是蛮好看的，会过一千万元。'贪心的老板石天说：'我看一千五百万元吧。'结果，《英雄本色》的票房是三千四百万元，反应好得不得了。《英雄本色》之前，全是警匪片，全都看警察怎么正义，谁要看黑帮片？！结果出来，讲话的人闭嘴了。"胡大为的语速忽然慢了下来，"那是1986年的事情了，是电影让我们年轻，真的。"

《辣手神探》是吴宇森在香港拍的最后一部片子。这部片子的拍摄是由一座香港要拆迁的茶楼而起念，足可以看出吴宇森的"念旧"。

"茶楼没什么特别，一个老茶楼，唯一特殊的是，以前人去喝茶喜欢带个鸟笼。一大清早，大家比哪只鸟唱得好，赢了就是一顿茶、一顿饭。那是蛮有趣的场面。我发现茶楼里有个长的楼梯，忽然有个想法，如果我们的男主角从楼梯滑下来，开枪打上面的歹徒，一定很漂亮。于是，我们先拍了这场戏，才去写剧本。"

这场戏反映了香港人拍电影的特点——足够灵活。而《辣手神探》将近结尾处，医院枪战中那个长镜头仿佛吴宇森香港电影生涯的总结。

"那是我们拍的最后一场戏。"吴宇森说，"大家困在布景里面，不眠不休一个多月，因为要赶时间。本来有一些国家、戏院排了片，圣诞节要放，但是等不到片子。到底什么时候拍完？很多人都很沮丧，我也很沮丧。我一定要想一个办法给结束掉，而且要结束得很漂亮。我想到要拍一个在香港电影里没有见过的六七分钟的长镜头。枪战要从底层打到第二层，但我们的布景只有一层，怎么办？我们就做了一个电梯的活门，两个人进去把门关上，在二十秒之内设计一些对白让他们讲。二十秒之内，后面换布景，把打碎的玻璃换新的，血沾到墙壁上马上涂掉，把桌椅道具换过来，把尸体拖出去。一推门出去好像打到第二层。拍了三四次都没拍成，因为那个电梯门是假的，关不上。我很泄气，因为没钱了，想要放弃。结果所有的工作人员都不肯放弃。他们说：'导演，这是经典镜头，你想出来的我们要做到，再拍吧。'最后我们完成了那个长镜头，很多人都很喜欢。"

吴宇森的工作室对面就是小学，学校里有个篮球场。"他每次写剧本遇到困难，就一个人跑到篮球场去吸烟，他有时候是孤独的狼。我跟 John 说：'分头啦，你到篮球场吸你的烟，我吃我的饼干，一回来就想到了。'《辣手神探》最后那场戏就一个镜头最好了，因为我不用剪辑。"胡大为说。

胡大为就像是吴宇森的一个节拍器，负责帮助他把控节奏。有时是剪辑的节奏，有时是音乐的节奏。

《喋血双雄》里，有一个场景是圣母像被枪击碎，然后响起了弥撒曲。"原来的配乐还可以，就是紧张配乐，我跟John听了，觉得不够特别，但一时想不到其他音乐。我老婆说，礼拜天我们去教堂。在教堂里面，我听到一首弥撒曲，我说，就那段了。我打电话给John：'明天我给你东西看。'"

九个月后，有一天，胡大为在剪辑《辣手神探》。吴宇森走进剪辑间，胡大为问："又吃饭啊？"吴宇森把一封信递给他——那是马丁·斯科塞斯写给吴宇森的信。"他在信里跟John说，我现在这把年纪，很少在电影院看电影了，我喜欢什么电影，就让我的助手把拷贝拿到我私人工作间看。有一天下午，我看了一部电影叫《喋血双雄》，喜欢得不得了，特别是那场玛利亚的像被那个反派打碎的时候，响起弥撒曲，我看傻了。"

《喋血双雄》为吴宇森赢得了世界声誉。为了采访吴宇森，我把小学时看过的电影都找出来重温了一遍。年纪小的时候，只是看热闹，现在看，会有很大不同。周润发和李修贤在教堂里与恶人对打的那一段，竟然让我想到了李商隐《锦瑟》里的两句："沧海月明珠有泪，蓝田日暖玉生烟。"这两句完全是李商隐的想象，是造境。吴宇森是通过鸽子、子弹、教堂在造境，这个"造"出来的场景几乎蕴含了吴宇森所有的价值观和审美观。

"之所以选择教堂，是因为教堂象征天堂一样的地方，让人有圣洁的感觉。但是，人类的邪恶往往会把天堂变成地狱。我们的英雄李修贤和周润发是义无反顾的人物，他们维护正义，跟他们对打的，一个是警察，一个是杀手，他们两个到那个时候已经不分彼此了，回到一个人的本位。为了应该做的救赎，与邪恶对抗，这是我心中觉得要去发扬的精神。用什么来点题呢？我想到了鸽子。雪白的鸽子代表他们内心的神圣。他们中枪的时候，让鸽子飞过，观众内心会有撼动。我叫他们去买一群鸽子回来，用慢镜头拍，然后剪接起来，果然得到一种非常美丽的效果。"

吴宇森坐在我对面说这一段时,我感到鸡皮疙瘩都起来了。一个炮制了你记忆的人此刻详细地说明这些都是怎么来的,这样的经历真是美妙。

"我觉得白鸽太美了,太优雅了。人们很喜欢白鸽的镜头。好多人跟我说,拜托,再用这个吧。"吴宇森于是把鸽子放在了他的每一部电影里。

吴宇森离开嘉禾公司十年,张家振没有再见过他。1988年,徐克请张家振做他公司的总经理,吴宇森正好在给徐克拍《喋血双雄》,他们因此重逢。不久,吴宇森在一些理念上跟徐克发生了分歧,离开了那里,并且把张家振也带走了。

吴宇森离开后拍的第一部戏是《喋血街头》。吴宇森此时有了非常大的自主权,他终于可以拍他想拍的片子。《喋血街头》的票房和口碑在当时都不好,亏了很多钱,但出品方金公主公司的老板对吴宇森说:"这是你拍得最好的一部片子。"吴宇森非常感动。

金公主又成立了一个新公司叫新里程。吴宇森这次为老板的新公司拍了《纵横四海》,这次票房大卖。《纵横四海》是吴宇森在香港拍的电影里最卖座的一部。

《纵横四海》从有想法到拍出来,只花了两个半月时间,为的是赶贺岁档。"中间我们还跑去美国见好莱坞的人,所以,很神奇。"张家振说。

张家振当时工作的任务之一就是把徐克的电影工作室的电影推向海外,包括吴宇森的电影。他当时主要跑法国、意大利和美国。西方人非常喜欢吴宇森的《喋血双雄》。好莱坞的公司找到张家振,想邀请吴宇森到好莱坞拍片。

几经波折之后,吴宇森、张家振、胡大为都去了好莱坞。几乎与此同时,香港电影的黄金时代结束,开始走向衰落。

"20世纪80年代其实是很光辉的岁月,我不喜欢的是20世纪90年代初期。"胡大为说,"那个时候就像现在中国电影的情况一样,很光辉很华丽,百花齐放,什么人都投资,什么人都拍戏,但越来越多不专业的人来搞电影,一看电影这么好搞,都来搞。工资越来越高,戏越来越烂,我觉得再干下去就要不喜欢电影了。幸好那个时候,John 跑了,两年后,我也跑了。要不然,我大概接着要拍《古惑仔》那样的电影,我不喜欢。"

时代就这么从《英雄本色》一代开始过渡到《古惑仔》一代。

2011 年的新年,我在洛杉矶中国剧院前的水泥地上寻找吴宇森的手印和签名。大家都在找各自感兴趣之人的手迹。这是世界电影人的圣地。晚饭是在柯达剧院旁的一家餐馆吃的。柯达剧院比我想象的要小得多,但是,世界上太多做电影的人都希望能在此地得其门而入。

在经历了《终极标靶》被尚格·云顿剪辑的不快之后,《断箭》让吴宇森被好莱坞认可。而《变脸》让他成为好莱坞拥有最终剪辑权的五个导演之一。这是好莱坞的最高待遇。

汤姆·克鲁斯找到了吴宇森。"那个时候他在伦敦拍戏,他想跟我合作。他跟我的代理谈,我的代理就来找我说,可以跟世界级大明星合作,是个好机会,接了吧。我就说,好吧。"

拍《碟中谍 2》的时候,汤姆·克鲁斯问吴宇森,他可以像周润发那样双手持枪吗?约翰·特拉沃尔塔则在《变脸》里努力地学习周润发的一颦一笑。

当时,《变脸》是张家振作为制片人接过的最大的戏。"我的压力非常大,血压高得不得了。"张家振说。

在好莱坞,张家振是吴宇森重要的帮手。《断箭》是张家振从别的导演手上抢过来的剧本。"拍完《终极标靶》,很多人来找他,他接了一部戏,为此,很多其他人的邀约都推掉了,包括史泰龙、莎朗·斯通。但那部戏最终没有拍成。当时环球公司不想让他拍那部戏，也不想让别的公司用他。好莱坞就这样。那怎么办呢？有不同的人找我回香港，我也想回去，因为已经有两年没收入了啊。但吴宇森是不回头的，他一定要留下来。正好遇到《断箭》的剧本，其实之前已经找到了导演，但我还是抢过来了，让吴宇森拍。"

吴宇森在美国的朋友不多，其中一个重要原因是不会开车。"他直到现在都不会开车。"张家振说，"在纽约还好一点，可以坐公共交通工具，但在洛杉矶不行。"吴宇森住在洛杉矶。

在美国，吴宇森喜欢看中央电视台的节目，他想了解内地的情况。那个时候，一些比他年轻的导演，比如陈凯歌、李安拍华语电影，在国际上取得了很好的成就。吴宇森看到内地有那么多题材，就很想回内地拍戏。

"你当时是什么反应呢？"我问张家振。

"我就当他没说。我说，你在美国拍一部戏那么多钱，回去拿不到钱怎么办？我当时是一心要留在美国的。有好几年我都没有看港片。全身心投入，不然不会做得好。"

"好莱坞最重要的戒条就是不能超预算。"吴宇森说，"不管是大导演还是新人，不管你的戏拍得多烂，只要不超预算，就永远都有戏拍。他们的计算都很准确。有一次，他们预算拍摄期是九十三天，果然就是用了九十三天拍完的。"

"我们在香港拍片养成了一种应变能力，有一些东西不对劲马上改，随时有灵感随时改，在好莱坞不那么容易。我拍《变脸》的时候，超预算两天，是因为我的灵感来了，我想加一场两个人对着镜子开枪的戏。制片部门就说不行啊，这会多出两天的预算。我说，好，这两天我拿我的片酬来付。在好莱坞，一天的费用非常大。拍完那场戏后，老板一看，戏很好，就说：'算了，不用你付了。'"

好莱坞不是每次都这么通融。拍《风语者》的时候，天气很糟糕，但这次公司就没有再多给吴宇森回旋的余地。很多场景都是在没拍成的情况下，靠原来的素材东拼西凑完成。

《风语者》虽然不卖座，但其中的史诗气象是吴宇森喜欢的，也是他追求的。

个人与时代的关系表现得有多深——这是吴宇森界定"大片"的标准。吴宇森说，中国内地没有真正的大片。内地的电影里，最接近他所理解的大片定义的是张艺谋的《活着》。

"《活着》是我最喜爱的中国电影之一。在我看来，那就好像自己的故事一样。影片中关于人性的东西表现得很好，拍摄手法也很好。"吴宇森说，"我们在制作上可以做成大片，但并不是说你花了多少钱，做了多少雄伟的布景，用了多少大明星就是大片。我认为的大片，表达的主题，表达的人性，能够让国际上的观众欣赏到，一方面能够看到我们的时代，同时，也让大家共同分享一份感情。像《阿拉伯的劳伦斯》《七武士》，现在不断地重看，也能受感动。让不同种族、不同文化背景的观众都能感受到其中的人文精神，我觉得这样的影片才叫大片。"

"《碟中谍2》算大片吗？"我问。

"制作上是大片，在感情上还是比较弱一些，顶多是娱乐大片。几年之后你再看，它只不过是一部好玩的电影，并不会成为经典作品。"吴宇森说。

吴宇森希望把《太平轮》拍成他心目中的大片，更为具体的参照影片是《日瓦戈医生》。

"本来我很想拍一部中国的《日瓦戈医生》，但比较困难，难在技术和时间。《日瓦戈医生》一部戏可以拍一两年。我们没有那么多时间，我们已经超支了，还牵涉专业问题。虽然我们电影业很多人的技术都已经达到好莱坞的水准，但并不全面。大家的技术水平参差不齐,花的心思也不够多。有一些掌控权力的人,跟一些真正懂电影的人,有时候合不来,这会产生一个不平衡的作用。有时候要做成一件事,要花过多的钱和时间。在好莱坞,每一个部门都很专业,谁也不会看扁谁,大家都各有各的任务去做。因为有工会制度,工会保证每一个参与的人都有他的水准,出现摩擦的机会比较小,多数工作都会按时间、按预算完成。这是我们要改进和学习的。"

几乎所有的导演到了一定年龄,都想拍史诗电影。对香港电影非常熟悉的魏君子说:"对于时代的掌握还是吴宇森掌握得最好,所以到现在为止,我自己认为,吴宇森最好、最具情怀,也是最具史诗格局的作品依然是《喋血街头》,虽然不卖座,但是真的把家国情怀全部都拍出来了,整个格局是商业性和个人情怀结合得最完整的。唯一问题就是太长,吴宇森的电影一直都拍得很长。"

《太平轮》也拍得很长。上集上映之后被批评最多的就是,几乎整个上半部都是在铺垫,"太平了"。

"《太平轮》为什么要分上、下集呢?"我问制片人张家振。

"有一部老电影叫《一江春水向东流》,也是分上、下两集,这个传统很早就有了。"张家振说。

《赤壁》也是分上、下两集。拍三国一直是吴宇森的愿望。在《纵横四海》里,周润发意兴大发,念了几句辛弃疾的《永遇乐·京口北固亭怀古》:"千古江山,英雄无觅,孙仲谋处。舞榭歌台,风流总被,雨打风吹去。"吴宇森喜欢三国,但他也意识到了小说《三国演义》中某些他并不希望表达的东西。

1935年,鲁迅就说:"中国确也还盛行着《三国演义》和《水浒传》,但这是为了社会还有三国气与水浒气的缘故。"

刘再复说过，中国"义"的原型是伯牙和钟子期那种没有利益考量，无须契约，无须结盟，只有纯心灵的既真且美的关系。而《水浒传》里的"聚义"和"忠义"，《三国演义》里的"结义"是有所图谋的，更像是组织原则。

显然，《三国演义》里的"义"其实并不太符合吴宇森的价值观。从吴宇森的电影里，我们看到其中的主要人物几乎都是组织的"背叛者"。或者说，当个人的价值观与组织原则发生冲突时，吴宇森镜头下的人物选择坚持自己心中的道义，而不是组织的忠义。《喋血双雄》里，杀手发现周润发没枪，把枪给了周润发，这才开始他们的决斗。《辣手神探》里，杀手和周润发举枪激战时，发现有医院的病人在场，停止了射击。如此种种，不胜枚举。

大概正因为如此，吴宇森把三国的故事改造成了励志故事，一方面是为了市场，另一方面想传递一种具有普世价值的中国人形象。吴宇森一直要找美好的东西，而不是阴暗的东西。这是他的价值观。

"我在海外这么多年，我很不喜欢外国人对待中国文化的态度，他们对中国人有很多错误的解读。"吴宇森说。

"我拍《赤壁》的时候，找到一个跟我合作过的特效制作人，《赤壁》里有大量特技大场面，对他们来讲应该是很高兴的事，但他们决定不来了。我让制片人问他为什么不来，他说，他怕在大陆没有电话。那已经是2006年了，他竟然担心大陆没有电话，达不到好的效果。我让人跟他讲，中国是全世界手机使用量第二多的国家。"

吴宇森还说了一件事。拍《赤壁》的时候，女儿给他做助理。她在美国的同事知道她要去中国工作，就送了一样东西给她，说这在中国一定用得上。她把礼物包打开一看，里面是一块肥皂。她有些啼笑皆非，问吴宇森："爸爸，怎么办？"吴宇森说："你在这里买同样的一打肥皂寄回去给你的同事。""我女儿还真买了一打肥皂寄到美国。"吴宇森说,"外国人有一些可笑的偏见还在,所以一定要把我们美丽、宽容、可爱的一面表现出来。"

1992 年,吴宇森第一次去美国拍戏。跟他一起拍戏的一些人对中国人印象不好,当时正好发生了一些中国人偷渡、运毒的事情,他们说了一些不好听的话。吴宇森希望用工作的表现和做人的态度让他们改变看法。"虽然我只是一个拍电影的,但我觉得有机会的话,就要让人家更了解我们。当时整个戏拍完后,有几个人过来跟我道歉:'导演,不好意思,我们看错了。'大家不讲就明白了。全世界都有好与不好的人,大家最好能够互相认识更多一点。"吴宇森说,"我回来拍《三国》,如果再拍周瑜和诸葛亮斗,不是你死就是我亡,那很小家子气嘛。我不要让外国人这样认为。我希望用《三国》打通国际市场,难道我要让外国人看到我们中国人喜欢耍阴谋、钩心斗角吗?我希望让周瑜和诸葛亮成为好朋友。这些对电影的构想和考量,跟我在海外生活的经历有关。"

"我虽然生在香港,但我对香港没有强烈的归属感,1997 年之前,我就变成加拿大人了,后来我又变成美国人。我自己有时候觉得很乱,不知道自己到底是哪里人,我可能是一个世界人吧。"张家振说,"我喜欢的很多故事都是不同文化之间产生的故事。"

张家振的父母都是浙江湖州人。1949 年,他在香港出生。上学的时候,籍贯填的是浙江。让他印象很深的是,因为不是香港本地人,老师在上课的时候骂了他。"当时在香港,大多不是广东人就是上海人,往往就用上海人来指外来的人。老师对我说:'你们上海人是不是吃臭豆腐?'我说:'我吃啊。'他就说:'那你全家都是臭的。'他让我从座位上站起来,罚我站了一天。那些感受是很深的,这影响到我对香港的感情。"

张家振对当时的英国统治者也没有什么好感:"有一次,英国女王有一个表妹之类的亲戚来香港访问,我们那天就不能上课,还要掏五毛钱买个英国国旗站在路边摇。那个时候,五毛钱可以吃一顿饭。很多人那时都没饭吃啊,空着肚子在摇旗,太阳又很晒,有人就晕倒了。我觉得真是岂有此理。"

张家振特别为《太平轮》成立了一个"1949 公司"。原来电影的名字就叫《1949》,但那个片名是没法通过的。

在那艘开往台湾的太平轮上,有张家振的亲戚。"他是我弟妹的父亲。我弟妹比我大几岁,他们是东北人,一家五个兄弟姐妹,已经搬到台湾去了,但是,她的伯父说有黄金在上海,我弟妹的伯母怀孕了,她的伯父就不愿意离开台湾,就派她的父亲把上海那批黄金带回台湾,他在回程的时候就出事了。他们的命运一下就改变了,一个富有的家庭变得很穷困。"

张家振的命运也是在 1949 年之后被改变。1949 年后,有人去了台湾,有人去了香港。张家振的父亲原来在上海商业银行打工,抗战时逃亡去了澳门,待了几年。抗战结束后,因为他对港澳非常熟悉,银行就把他派到香港去了。"他和我母亲也是坐船,小职员没什么钱,我母亲坐头等舱,他坐三等舱,就像泰坦尼克号里面的男女主角那样,他们每天在船上的一个地方见面,这样来的香港。"

"1949 年改变了很多人的命运。"吴宇森说,"那一年,有很多人都要离开家园。"

得知我是广西人,吴宇森说:"我们是老乡啊。"吴宇森的父亲是广西平南人,母亲是广西桂林人。吴宇森的祖父是平南的地主。吴宇森的父亲对在家乡继承父业没有兴趣,十六岁便离开平南,出外闯荡。他爱好文学,以教书为生。遇到吴宇森的母亲后,一起到广州生活。1946 年,他们在广州生下吴宇森。1951 年,他们跟随大时代的浪潮,来到了香港。

刚到香港，父亲就患上了肺病，一病就是十余年，没法劳动。母亲一个人拼命工作，支撑起全家。

石硖尾位于香港九龙北部。1953年12月25日，石硖尾木屋区发生一场大火，五万多人一夜之间无家可归。港英政府为了安置灾民，决定在石硖尾灾区兴建大厦，这是香港最早的公共屋村。吴宇森小时候就住在那里。那里在香港被称为徙置区，相当于贫民区。

年少时光对一个人的影响是挥之不去的。

吴宇森在20世纪五六十年代经历了他的青少年时期。托尼·朱特说，20世纪60年代是理论的伟大时代。"首先是社会科学，包括历史学、社会学、人类学，同时也包括人文科学，甚至在后来，也包括了实验科学。在大学迅速扩大的年代，各种报纸、杂志和讲师们迫切搜罗本子，各种理论都有市场——这些理论并不是因为知识的改进而产生的，而是被无法满足的消费需求催生的"。

20世纪60年代，吴宇森上中学，受《中国学生周报》的影响非常深。这是一个介绍许多新理论的文字园地。吴宇森的第一篇文章就刊登在《中国学生周报》上，叫《杀狗记》，写的是他看杀狗的过程。他觉得杀狗很残忍，就把自己内心的感受写了下来。他说，没有20世纪60年代的《中国学生周报》与大学生活电影会，就没有现在的吴宇森。

吴宇森一直在强调自己的知识分子属性，他一向对知识分子尊重有加。"我受父亲的影响非常大，对知识分子非常敬重。我觉得作为一个电影工作者，知识分子的味道应该重过其他方面。"

作为知识分子，他喜欢历史。历史人物中，他非常喜欢孙中山。

"我觉得他很伟大。在我们那个年代，人们都很敬仰他。他不光是对中国的改变起到了领导作用，还在精神上、思想上，让很多中国人觉醒了，他把西方的价值观带了进来。我希望继承他的一点精神。做人，不能只顾自己活着。宗教里面讲，大家为了众多的人来生活，要有忘我的精神。"

吴宇森的妻子牛春龙曾经说："John Woo是个什么样的人？我会说，假如他生于革命时代，他很可能就是戊戌六君子之一。因为他很希望帮助人，他也会像那些革命战士一样，为国为民。"

电影《变脸》里，约翰·特拉沃尔塔饰演的美国联邦调查局高级探员西恩和尼古拉斯·凯奇饰演的恐怖分子特洛伊互换脸壳之后，各自进入了对方的家庭。在一场枪战中，凯奇为了不让恐怖分子年幼的儿子听到枪声，给小孩戴上了耳机。耳机里播放的是电影《绿野仙踪》的主题曲——Over The Rainbow。

《绿野仙踪》是吴宇森小时候最爱的歌舞片。彼时住在石硖尾徙置区的他，感觉身处地狱。他希望能够离开那里，寻求新的世界。歌舞片的律动和富于想象力的情节带给了他某种慰藉。

在吴宇森的香港电影里，英雄流泪是经常的事情。但到了好莱坞，让英雄流泪不是一件容易的事。好莱坞的英雄模式里，英雄的泪腺通常是关闭的。

带着一张恐怖分子的脸回到家中的西恩，为了让妻子相信他就是她的丈夫，讲述了一段他们恋爱时的有趣经历。这场戏拍了两个版本。尼古拉斯·凯奇先是笑着说了一遍。吴宇森的建议是，哭着说一遍。电影留下的是吴宇森的版本。

"吴宇森把重点放在了夫妻感情里，我觉得做对了。"《变脸》的制片人张家振说，"当时公司说美国动作片观众才不想看那么多感情戏，要把它剪掉。"

原本被剪掉的还有结尾的一场戏。教堂激战之后，恐怖分子特洛伊和他的妻子死去，留下他们的小孩。将脸换回来的西恩回到家中，与亲人团聚。在原来的版本里，电影在此戛然而止。

吴宇森坚持要加拍一场戏：FBI探员西恩回归自己的家庭后，带回来一位小朋友——他收养了恐怖分子的遗孤，并且得到全家人的支持和欢迎。

公司坚持的版本试映的时候，观众打分很低。修改后的吴宇森版本，得到了九十六分的高分。我们现在看到的《变脸》结尾，是吴宇森坚持的结果。

这可以视作吴宇森的风格影响了好莱坞显得死板的惯有模式，也可视作吴宇森价值观的体现。在吴宇森所有的电影里，我们最后看到的都是"情"。

"在你的观念里，会不会觉得情是大于理的？"

"我是这么觉得的，电影也是一样，情大于理。有时候，你会觉得不合理的东西其实是最有情感的，那你该感动就感动，不要被理所困扰。"吴宇森说。

"拍《太平轮》前，你被查出患了淋巴癌，这会让你对生命有新的思考吗？"

"我发现在世的生命非常宝贵，非常感谢我的家人，给我特别的照顾和关怀。有些决定性的医疗方案，是孩子帮我出的主意，他们都大了。这次生病让我发现，我以前太多时间都生活在虚伪里。虽然我拍了一些像《英雄本色》这样的电影，但我还是活在虚伪里，有些事情我避开，有些事情，因为工作关系我不得不虚伪。我对别人的关心不够。有些人焦虑得不行了，我都没有办法去帮助人家。我有这个心，但做不到。还有，我很少跟小孩讲话。当他们需要跟父亲讲话时，父亲只顾拍戏，没有好好地听他们讲。我只是鼓励他们去做好，但没有真正听他们的心声。我觉得这是遗憾。经过这次生病，我对我的孩子感觉到更多亏欠，所以我一定要跟他们好好生活一段时间，去了解他们，起码让他们觉得有一个父亲可以听他们讲讲话。我以后不要再虚伪下去，好就是好，不好就是不好。另一方面，我还没有拍出一部真正十全十美的好电影,如果就这样死了,觉得很可惜。每一部电影我都能发现很多的不足,自己不满意。我觉得人生是永远学不完的,每一部电影都是我学习的过程。"

胡大为和吴宇森平时都喜欢待在家里。"其实他跟我有很多乐趣是相通的。我在家里就喜欢厨房,烧菜煮饭,他也是,他一到家里,没人可以进厨房。"胡大为说。

有好几年,胡大为没有跟吴宇森联系。但是,他们会互相寄贺年卡。吴宇森寄出的贺年卡上印着鸽子,胡大为寄出的贺年卡上印着风铃。鸽子是吴宇森的标志,风铃是胡大为的标志。

"有风没有铃响不了,有铃没有风也响不了。"胡大为说,"人与人之间的关系,其实就是风和铃。"

电影《太平轮》结束的时候,灯光亮了。吴宇森从电影院前排站了起来,他一直跟观众坐在黑暗里看片。他穿着黑色的风衣,白色的衬衫。看着这一幕,让我想起他电影里的形象。这不只是一艘轮船的故事,更是一个关于"太平"的故事。

"太平"这个词并不令人陌生。《纵横四海》里,钟楚红、周润发、张国荣扮演的三个窃贼开着红色的跑车行驶在戛纳海边的时候,他们说起各自的愿望。钟楚红说:"我最希望住在一个太平的、不打仗的地方。"

他们开始怀念元朗的老婆饼、深井的烧鹅、避风塘的虾蟹、上环的鸡蛋糕。这些是香港的标志。20 世纪 80 年代后,这些带着地名的食物开始在大陆的许多地方出现。这是连同电影在内的香港文化曾经的辉煌。

"香港电影的状况很简单,香港的市场已经没有了,台湾的市场也没有了,台湾电影自己都养不活,新马泰的市场也不行了,现在只有内地的市场。香港人自己都不看香港自己的电影，都看西片。这是现实，没有办法。内地一个电影，如果是时装片，如果是一个两千万的制作，商务植入就可以收回成本。香港电影连植入都没有，因为香港的市场太小了。"魏君子说。

对于香港电影的现实，魏君子觉得已经无力感叹了。"像梅兰芳那个时候，不听京剧怎么可能啊？20 世纪 80 年代，不看香港电影怎么可能啊？现在呢？现在已经不听京剧了，不看香港电影了。《天水围的日与夜》很好，《岁月神偷》也不差，在香港卖得很好，但在内地不卖座啊。20 世纪 70 年代末和 80 年代，内地多匮乏啊，我们没东西看，我们看红色经典，看译制片，看香港电影，那是我们最美好的时候，因为我们没得选。现在我们的选择太多了，香港电影就算跟以前一样好，我们依然可以有其他选择，香港电影已经不是唯一了，就跟京剧是一样的。"

吴宇森电影是香港的一个文化符号，但吴宇森觉得自己很难再去拍香港题材的电影了："香港人口实在是太稠密了，几乎没什么地方可以拍，我比较喜欢把重心放在内地。老实说，我实在想不出来什么样的题材可以在香港拍，那边有很多钱，我也很难拍。我不会去拍《英雄本色》第四部，再拿起枪来对射，没意思了。"

"香港题材也好，内地题材也好，什么题材都好，能让我跟这个老朋友聚在一起吃饭就行。"胡大为说，"友情其实是不需要怀念的，我们都知道，友情不会变。可是，一起吃苏打饼干的时光，现在不可能再回去了。"

"怎么看你这几十年的人生？"我问吴宇森。

"我很骄傲自己能成为电影工作者，能拍出自己理想的东西。因为电影，结交了很多好朋友，让我的人生没有孤独感。我没有浪费我的一生。唯一感到缺憾的是，我没能帮助更多的人。年少时家里穷，没机会去读更多书。我一心想在大陆的贫穷地区建一个免费开放的图书馆。这个心愿还没完成。我会让我的子女继续做,直到计划完成。以前,像我这样住在贫民区的人想学电影学艺术,根本是妄想。还好我的父母没有阻止我。但我怎么去读这些书呢?没钱买,只能蹲在旧书摊看,有些书是偷回来的,从图书馆借了就不还。虽然让我学到了知识,但这样的行为是不对的。我要建一个图书馆,补偿我以前的过失。"

对吴宇森的采访结束后,我走在北京的街头。这座城市已经进入夜晚,灯光闪烁。在 KTV 里,如果你点一首张国荣的《当年情》,一个通常的版本是张国荣 1989 年的告别演唱会。一段伴奏后,会出现张国荣的原声。他围着白色的围巾,站在台上,用粤语说:"如果说拍吴宇森的电影是一种享受的话……"

我经过公交车站,站台上有《星际穿越》的广告。倘若时空在五维空间里能像纸张一样折叠起来,然后用铅笔戳出两个洞,此刻,时空的小洞里,会出现小马哥、宋子豪、宋子杰、小庄、李鹰、袁浩云;会出现朱宝意、叶倩文、袁洁莹、钟楚红、毛舜筠。每个人都能从这些人身上想到自己身上曾流淌过的时光。这些时光也总是跟各种"情"有关。就连诺兰的电影里最终想表达的也是"stay"——留在亲人的身边,比拯救人类更为重要。

沈从文说:"事功为可学,有情则难知。"他认为,好的作品"需要作者生命中一些特别的东西"。这些特别的东西和"情"有关。"这个情即深入体会,深挚的爱,以及透过事功上的理解与认识"。大概正因为如此,《边城》最后那句"这个人也许永远不回来了,也许明天回来",才那么打动人心。

1986 年,《英雄本色》的制作快要完成的时候,吴宇森和伙伴们在一起给电影琢磨一个英文名。"大家都很头痛,想过叫 *True Color* 或者 *True Hero*,想了很多,定不下来。"

吴宇森想到了那首歌——《明天会更好》。"这部戏讲的是某一些人的牺牲让另外一些人得到了新生。"他觉得，这首歌能够点出电影本身隐含的主题：每个人都应该有一个美好的明天。最终，《英雄本色》定下了英文片名——*A Better Tomorrow*。

第十章　灾民的后代

我第一次读刘震云的《温故一九四二》是在上大学时，大约是 2000 年。大学里，让你不打瞌睡，能认真听下来的课不多。有一天下午的文艺理论课，我听得入迷。老师分析了刘震云的《温故一九四二》。我很受触动。

那时候，我在我们中文系的系报上登了一篇《在"吃"的世界里》，尝试着写一写中国人吃饭的历史，其中一段写到了我的曾祖母。每年清明节，家里首先去祭拜的就是曾祖母的墓。在很长一段时间里，她的墓碑是一块青砖，上面只刻着她的名字。埋葬她的时候，家里太穷。她去世于 1962 年。当时跟全国一样，我们家乡也出现了"吃的问题"，一家人没什么吃的，曾祖母更多的是把自己的那口饭让给我年幼的父亲，她自己吃得极少。学校放假的时候，我把那份报纸带回了家。假期结束，我回到学校。有一天下晚自习，我回到宿舍，父亲往宿舍给我打电话。在电话里，他说他从报纸上看到我写曾祖母的那一段，他说，自己当初不应该吃曾祖母让给他的饭。父亲在电话那头停住了说话，我听到了哽咽的声音。

电影《一九四二》快上映的时候，我采访了刘震云，提到自己家里的这些事。刘震云说："家族延续下来是什么？绝不是家国天下这些理论。曾祖母省下来一口东西给了你父亲，这就是世界上最重要的东西，是这些东西照亮了整个民族的未来，而不是统治者说的大而无当的话。"

我想回到 1942 年的历史中，去实地走一走。于是，刘震云把他当初写小说时采访的路线、后来和冯小刚为筹拍电影重走的路线、美国记者白修德调查的路线、灾民逃荒的路线，都跟我详细地说了一遍。

我踏上了"重返一九四二"之路。

2012年冬天开始的时候，我在河南省档案馆的二楼看到了1943年12月的《河南省政府救灾工作总报告》。报告在记述1942年大旱的起因时，语言竟然像一首诗，但诗里的意象显露的是一副狰狞的面孔："自春徂夏，旱魔为虐，雨泽愆期，麦苗受损甚巨，迨至收获之期，复遭风雹，以致二麦歉收，平均不及三成。原期秋收丰稔，以补麦季之不足，讵料入夏以来，又苦亢旱，禾苗枯萎，投火可着，低地秋禾，更遭虫害，入秋以后，风雨失调，寒暖不均，早秋晚秋，复告绝望，以致引成今日之大灾。"

在2012年的郑州，完全感受不到1942年的灾荒画面。当我来到《时代》周刊记者白修德调查河南饥荒的最后一站时，吃的第一顿饭是花生炖猪脚。吃完之后我才意识到，这几乎是刘震云小说《温故一九四二》的开头："一九四二年，河南发生大灾荒。一位我所敬重的朋友，用一盘黄豆芽和两只猪蹄，把我打发回了一九四二年。"

刘震云"敬重的朋友"是钱钢。20世纪90年代初，钱钢正在编写中国百年灾害史，找到刘震云，希望他写一写1942年河南的大饥荒，因为刘震云是河南人。可刘震云"当时完全不知道自己的家乡在1942年死了三百万人"。刘震云觉得这件事情有点大，答应了下来。

在2012年的郑州，把我打发回1942年的是两首民谣。

我见到了宋云龙。他出生于郑州宋砦村，今年六十多岁，显然没有经历过1942年的事情，但他记得母亲给他唱过的两首民谣，他把这两首民谣转述给我听。

第一首民谣:"孩儿孩儿你别哭,前边就是大瓦屋。支小锅,打糊涂(类似于粥)。喝一口,老甜哪,逃荒就是老难哪。"1942年,饥荒发生后,沿着陇海线往西逃荒的河南人极其之多,一路上死人无数。宋家有上百亩地,没人逃荒。

第二首民谣:"头伏萝卜二伏芥,三伏里头种荞麦。"宋家在1942年的秋天种了荞麦。"荞麦那东西耐旱,长得快,三个月就能成熟。"宋云龙七十六岁的大表哥说。他经历过1942年的饥荒。冬天里,荞麦收割好了,宋家人准备歇一歇,第二天再拉回家去。第二天去看,荞麦全没了。

郑州郊区的农村跟城市已经没有了差别,地理上的界线也没有了,在大楼盘一般的南阳寨村,我见到了宋云龙的姑姑宋秀莲,她出生于1930年。

"这是一个记者,想问问你民国三十一年的事情。"宋云龙对宋秀莲说。

"民国三十一年?让我想想。"老太太有点茫然。

"闹饥荒,你还记得吗?"

"咋不记得,二层榆树皮揭得老高了。噫,那榆皮面可黏了。就那还没有啊。荞麦你知道吗?做馍馍吃,连皮都吃了。"

"有没有饿死人?"

"饿死的人可多了,你德宝大爷就是饿死的。"

每听完一段老太太河南口音极重的自述,宋云龙就回过头来给我翻译一遍。德宝大爷叫耿德宝,是宋秀莲在宋砦村的邻居。老太太当年是从宋砦村嫁到了南阳寨村。

在1942年的宋砦村,实行的是保甲制。宋云龙的伯父是甲长。"怎么当上的?大家都不愿意当甲长,轮到谁家谁当"。

轮到宋云龙的伯父当甲长的时候,正好是饥荒最甚之时。"政府不减你要缴的粮食。政府的狗腿子就跟着甲长去问老百姓要粮食,交不上粮食就打人。我伯父没办法,不想打人,就自己去借粮食,给穷人抵账。"宋云龙说。

过一段时间后，放债的人就来宋云龙伯父家，把牛啊，车啊，都拉走了。这些东西也有限。后来就开始卖土地。宋家"原来有一百多亩土地，最后卖得只剩下四十多亩"。

这样的日子，地主家也没法过。"要差事（田赋等）没有。"宋秀莲说，"俺娘被逼得跳井了，冬天，被人救了起来，回家衣服可湿了。"

杜德阳出生于1928年，是南阳寨村的老居民。1942年的时候，他正好在郑州城里读初中。在他的记忆里，前一年冬天和那一年春天都没下雨，庄稼不行了。到了1942年底，都没啥吃的了。有的人卖田地，有的人逃荒。很多人往西逃，走到洛阳，才能上火车，前面的这一段铁轨有很多处被扒掉了。

"当时郑州城里有二十万人，每天早上警察搜寻街道，都能拉出来七十多具死尸。"杜德阳的叙述令人震惊。他亲眼看到过饿死的人，"在我们学校旁边，有个老太太，吃榆树皮，拉不出屎来，憋死了。"

当时不只河南闹饥荒，紧邻河南的一些地方也难逃此劫。如今家住郑州的牛士杰，出生于1931年，老家是靠近河南的山西高平，那里1942年也闹饥荒。他当年连榆树皮都没有吃上，吃的是杨树叶。"煮一锅杨树叶，真难吃，涩的，但还是一碗一碗地吃。"毫无疑问，吃这些东西更难消化。"牲口吃的东西，人吃了，大便下不来，没有办法，我父亲用棍给我挖，肛门都出血了。"

说到这时，牛士杰说不下去了，开始低声啜泣。有时，伤痛太深，时间隔多远都无法抚平。"不能提那事，太受罪了。"他继续说，"我坐在门墩上，动都不能动，走不了路了。"

1943年的春季，牛士杰的妹妹出生了，养不起，送给了别人。别人大概给了一斤米。家里买了一些盐，用四斗黑豆换了地主家八斗麦。那一年就是这么过来的。

很多人没过来。牛士杰所在村是高平县北诗乡野沟村。"我们村三十多户人家，绝户的就有四五户。""绝户"，就是全家死光的意思。

邻村更惨。有一户人家上山采黄芩叶，回去后，家里人吃了。第二天，全家四口都死了。"怎么死的？撑死了。黄芩叶吃进去发胀"。

牛士杰家当时还剩下一只羊。看到舅舅家的人挨饿，杀了羊，给舅舅。舅舅把羊肉拿回家烤了吃。羊肉热气，肚子里啥也没有，羊肉吃进去，舅舅的眼睛就瞎了，没几天就死了。他死没几天，舅母就死了。不久，他们的女儿也饿死了。"舅舅一家全没了，绝户了"。

当时能吃的东西都吃了。"我们村有一个老太太，七八十岁，一生吃斋念佛，不吃肉，民国三十一年，把一只自己养的猫杀了吃了。"牛士杰说。

"家族里的人死了，都是我父亲埋的，没有棺材，用席子裹一下。"牛士杰说，"我们村有三四户，全家出去逃荒，到现在都没信。活着一个人都会回来的，肯定都没有了。"

最重要的一点是，农村几乎处于无组织状态中。牛士杰都说不清自己的家乡当时归谁管。"一下是国民党来了，一下是八路军来了，一下是日本人来了"。

1943年，山西人逃荒的方向是河南。当时有一句话："往南逃一千，不往北走一砖。"他们相信南方有吃饱饭的地方。太行山太高，二百多里路，很多人在山里都没出来。而在河南，大多数人往西逃，那更是一条漫长的恐怖之旅。

祸不单行，在干旱和饥荒到来前，先是国民党把花园口的黄河大坝炸开了，洪水一泻千里，形成黄泛区。黄泛区有淤泥，有的人不小心走进去，就陷到里边被憋死了。用当地老百姓的话说，叫"栽橛子"。干旱之后又起了蝗虫。"到处都是蝗虫啊，一片黑压压地飞过去，能把太阳都遮住了。蝗虫过去，高粱就只剩下秆了。"牛士杰说。人们为了赶走蝗虫，都把蝗虫称"蚂蚱爷"，盼着它们赶紧走。

站在重庆黄山风景区位置绝佳的云岫楼前,我试图在脑海里构筑白修德面见蒋介石的情形。但工人们敲打天花板的声音打断了我的回想。这里正在重新装修,屋子里空空荡荡的。看上去,这座当年全中国最受瞩目的官邸放到今天,并不算多么宽敞,隔音显然也不好。如果像刘震云在小说里所写的那样,蒋介石在会见白修德后摔了杯子骂了"娘希匹"的话,那声音一定会在山林间传之辽远。

"日本进攻中国从1931年就开始了,把整个东北都占领了,接着就是1937年7月7日的卢沟桥事变,占领了华北。日本人整天烧杀掳掠,南京大屠杀也发生了。但你知道中国是什么时候向日本宣战的吗?是1942年12月9日。为什么是这个时候?因为12月7日发生了珍珠港事件,12月8日,美国对日宣战了。这样一个积贫积弱的民族,委员长整天要看谁给他援助,没有外援打不了仗。这个时候,地方上发生旱灾,对他来说,一定是件小事情。"刘震云说。

电影里,李雪健扮演的河南省主席李培基到云岫楼见陈道明扮演的蒋介石。一顿饱饭后,李培基准备向蒋介石报告河南灾荒的实情。此时,段奕宏扮演的陈布雷进来,给蒋介石读电报,内容包括:"昨日我军在曼德勒损失惨重""英军一个师七千多人被困,蒙哥马利元帅请求我军支援""罗斯福总统的私人秘书请求委员长接见""南京方面,周佛海派来密使,有意脱离汪逆""希特勒昨天会见了墨索里尼,说将要攻陷斯大林格勒""蒋鼎文将军的军队已渡过黄河,但迟迟未见日军行动"……

当陈布雷说到"印度方面,甘地昨天绝食成功"时,李培基说了一句:"他饿了几天?"陈布雷说:"七天。"

李培基没往下说。当蒋介石问他到重庆有什么事时,他说:"没事,没事。"他觉得刚才听到的事情都比自己想说的事情大。

电影里,李培基的表现并不像历史上那么不堪。"是不是融入了郭仲隗的形象？"我问刘震云。"对，这就是艺术的功能。"刘震云说。

"1942年，我续任第三届国民参政员。是年河南大旱，除少数水田外，一粒未收。中央不准报灾，亦不救济。我以参政员奔走呼号，不遗余力。"这是郭仲隗当年的一段自述。

河南征粮负担重，在1942年之前就开始了。郭仲隗在1941年就曾提议案，减轻河南之压力。河南因田赋被征的粮食居全国第一。1942年，郭仲隗带着灾民吃的榆树皮、观音土、雁粪来到重庆，摆到国民参政会上供大家观看。10月30日，他在国民参政会联名提出《河南灾情惨重，请政府速赐救济，以全民命而利抗战案》。

刘震云用了一个词来比喻中国当时的情况——"杂拌粥"。"别说是委员长，换任何一个人，处在那样的位置，三百万人肯定不是他首先考虑的问题，那是那三百万人自己的事"。

在黄山风景区，有一处别墅叫莲青楼。楼前的池塘里，有开败的莲花和莲叶。这是当年美国军事顾问团驻地。经常到莲青楼的美国高级官员有：蒋介石的顾问端纳、参谋长史迪威、顾问团长巴大维、顾问陈纳德、特使威尔基、魏德迈、马歇尔、大使司徒雷登等人。

1942年，蒋介石与史迪威发生矛盾，在黄山官邸吵嘴，眼看要不欢而散。宋美龄说："将军，都是老朋友了，犯不着这样怄气。要是将军能赏光到我的松厅别墅去坐一坐，将会喝到可口的咖啡！"刘震云注意到了"咖啡"。此时，许多人在逃荒路上吃了"霉花"。

几个月后，到郑州采访的白修德受到了当地政府的招待。"官员设宴招待了我们。有两个汤，我们吃了辣藕片、胡椒鸡、荸荠炒牛肉，吃了春卷、热的蒸馍、米饭、豆腐、鸡和鱼，我们还吃了三个霜糖饼。"刘震云在为小说收集材料时，看到了白修德写的这一段，他认为这是他"看到的最好的筵席之一"。

史迪威在1942年12月写给太太的家书里提到:"每次从印度到中国,我都感到震惊。在印度,当地人垂头丧气、骨瘦如柴、病恹恹、面无笑容、冷漠。在中国,人们抬头挺胸、愉快,笑呵呵地开玩笑,吃得好,比较干净,独立,干活赚钱,显然生活有目标。"显然,"愉快""吃得好""比较干净"并不适用于此时正在往陕西方向逃荒的灾民。

许多美国人倒是纷纷赶来中国,远东对欧美人士总是有着神秘的吸引力。1938年,白修德从哈佛大学毕业,他获得了一笔旅行资助,从北美来到亚洲。一年后,他获得了中国政府新闻处的邀请,来到重庆写专栏文章。再接着,他成了美国《时代》周刊驻中国的记者。

出生于山东的《时代》周刊老板亨利·卢斯对中国向来怀有特殊的感情。登上《时代》周刊的封面,至今仍被视作引以为傲的事情。蒋介石和他的夫人不止一次在《时代》封面上露脸。重庆方面和《时代》周刊互视为重要的朋友。在灾荒发生前的1941年5月,蒋介石曾在重庆为到访的卢斯夫妇设盛宴欢迎。

白修德原本对蒋介石非常钦佩,他和卢斯一样,对他和他的军队褒扬有加。这样的看法持续的时间并不是很长。1942年10月,白修德从美国大使馆看到了来自河南传教士提供的资料:河南正身处饥荒之中。这令白修德大为震惊。他参考这些资料,写下了《十万火急大逃亡》的报道。这篇报道篇幅很短,全是引述材料,缺少生动的现场感和说服力,在美国发表后,并未引起多大关注。

最早引起轰动的是重庆《大公报》的报道。1940年,天津人张高峰在迁往四川乐山的武汉大学政治系上学时,开始兼任《大公报》通讯员。1942年12月,张高峰被派往河南采访。他被一路上逃荒的灾民所震撼,写下了报道《豫灾实录》。"记者首先告诉读者:今日的河南已有成千上万的人正以树皮与野草维持着那可怜的生命,'兵役第一'的光荣再没有人提起,'哀鸿遍野'不过是吃饱穿暖了的人们形容豫灾的凄楚字眼。"民国时期的新闻报道具有那个时期的特色,这样的开头看上去有些陌生,但重要的是,大城市里的人们开始知道河南通往陕西的荒郊路上是一眼望不到头的灾民。他们在雪地里行走,在火车顶上休息,在不知名的他乡野地里死去,也可能在另一个快饿死的人嘴里死去。人吃人的现象已经发生。河南《前锋报》1943年3月23日刊登了"烹子短讯"。这样的新闻,引述起来都让人感到惊悚。

另一篇振聋发聩的文章是重庆《大公报》社长王芸生为《豫灾实录》配发的社论《看重庆,念中原!》。王芸生毫不留情地批评了政府:"河南的灾民卖田卖人甚至饿死,还照纳国课,为什么政府就不可以征发豪商巨富的资产并限制一般富有者'满不在乎'的购买力?看重庆,念中原,实在令人感慨万千!"

蒋介石看了《大公报》后勃然大怒,下令将《大公报》停刊三天,以示惩罚。王芸生原本赴美访问的行程也被国民政府取消了。蒋介石下令国民党机关报发一篇文章,以正视听。其实,在王芸生写的社论里,就对中央社的一篇电讯稿表示了愤怒。这篇电讯稿称:"豫省三十一年度之征实征购,虽在灾情严重下,进行亦颇顺利。"还说:"据省田管处负责人谈,征购情形极为良好,各地人民均罄其所有,贡献国家。"王芸生认为,这"罄其所有"四个字,实出诸血泪之笔。

《大公报》在重庆遭停刊的事情成为新闻。白修德注意到了此情况,更加深了他对河南灾情的疑惑。就在《大公报》被停刊的2月份,他约时任英国《泰晤士报》摄影记者的哈里森·福尔曼一起上路,开始寻荒中国。

黄昏降临时,在洛阳的老城墙下,是悠闲散步的人们。城里高挂红色灯笼的地方不是红灯区,那是年轻人宵夜的地方,跟全中国各地的夜市差不多,烧烤占据了大部分摊位,散发着焦糊、酱香和辣的味道。唯一让人心里感到发毛的是靠近鼓楼的那一家家卖纸钱、花圈、寿衣的店铺,灯光昏暗,气氛阴沉。而在1942年的洛阳,城里城外满是死亡的气息,尸臭味也并不缺少。

我从一堆《洛阳文史资料》里看到一段话:"1942年,河南遭受特大灾荒,由豫东、豫南逃来洛阳的难民不下数十万,在洛的乐户老板,乘机买卖女孩大发横财。当时十三四岁姿容秀美的女孩,最多只能卖黄金五钱。他们除择优自留作摇钱树外,还向西安、宝鸡等地转卖渔利。许昌有个人贩子姓孔,外号'麻包',一次就带来二十多个女孩,因此大大增加了各地的妓女数量。"

电影《一九四二》里,许多人饿死在了洛阳城墙下。为了让逃荒的家里人少饿死一些,老东家的女儿星星把自己卖给"工厂老板",然后,她被转手卖到了青楼。在第一次给顾客服务时,星星怎么也没法弯下腰去端洗脚水,她说她不是不乐意,而是吃得太饱,腰弯不下去。

当时,河南的民营报纸《前锋报》对河南的灾情也有相当多的报道。记者流萤在一篇叫《风沙七十里》的报道中写到了其采访河南饥荒中妓女的情况:"最高的市价,是一夜大票一百元,也有的八十元。由于法币贬值,大钞不值钱,每百元要贴十五元的'水',折合小钞只有八十五元,除酬劳茶房二十元外,剩六十元,分给老鸨一半,剩三十元。巩县的米,时价每市斗三百元,这三十元钱,恰好买市斗一升的米,按重量合是一斤六两,而她们的家里照例还有几张嘴在等着。"

1943年的冬末,白修德裹着军大衣,坐在毫无遮挡的巡道车上,迎着扑面而来的凛冽寒风,朝洛阳方向驶来。"简直像坐在剧院的包厢里,或者说像一个将军在检阅他的部队"。在他面前次第掠过的是一场前所未见的大饥荒。

令白修德感到悲伤的并不是死人,而是无法理解眼中所见:"在一场大灾中,除了大自然,并无别的谋杀者,死去的人们身上并没有伤痕。自然本身成了敌人。"他直到后来才明白，只有政府才能从自然的暴虐中拯救自己的民众。

在洛阳，白修德拜访了同样来自美国的主教托马斯·梅甘。在梅甘的陪同下，他改乘军用卡车前行。在洛阳车站的夜幕中，他看到"人们像垛劈柴一般地把难民装进闷罐车"。

出了洛阳城几十分钟，白修德就看到了雪地中倒毙的人。野狗像狼一样在路上逡巡往返。白修德在拍摄野狗吃死尸的照片时，一具尸体的脑袋转瞬便被啃噬干净。

这些惨烈之景，最开始还能震撼其心，看多了之后，当白修德回望这场灾难时，那些生动的形象和情感色彩竟然黯淡许多，理性分析和数字统计的东西越积越多。

在当时的政治军事环境中，史迪威与蒋介石多有分歧，甚至对延安的共产党抱有更多的同情。白修德开始并不站在史迪威一方。而在经历了这场大饥荒的报道之后，他与史迪威站在了一起。尽管他"看到史迪威的使命是如何毫无希望，并且知道他会走向穷途末路"。这一切盖因1943年刻骨铭心之记忆。

彼时的洛阳城，处于凝滞的状态。许多灾民既没火车票，也没扒上火车。他们只好在洛阳城下等待，进不了城，往西往东都不是。此时的政府，也着手惩处一些投机的无良商人和官员。在电影里，枪毙这些人时，政府人员想让百姓前去观看，以达到宣传效果。灾民们的态度是：现在说什么我们都不信了。

在当时，一个高鼻子的外国人也许更能获取他们的信任。白修德曾经回忆："有一个夜晚，我待在一个军队的司令部里，也就是最安全的地方，有几个农村的官吏请求进来见一见外国人。地方官们手上拿着一叠请愿书，要求我们带回重庆转呈给蒋介石。其中一位反映的问题是，去年秋天每亩地收了十五磅粮食，缴税十三磅。这时候，一旁的军队司令官勃然大怒，冲着地方官又吼又叫。地方官便把送给我们的请愿书的副本递交一份给司令官。司令官把请愿书揣进口袋，然后要求我们把手中的那一份交出来，我不同意，他坚持必须交。于是经历了一个非常难堪的时刻。最后，我交出了那份请愿书。因为如果他把我们扔到黑夜中的荒郊野外，我们将无处可去。而且，如果我们拒绝，他就会在我们离开后，把怒气撒在这些地方小官身上。"

白修德从西到东转了一圈后，写下了一篇现场调查报道《等待收成》。他在洛阳电报局向美国拍发了出去。"按照常规，任何新闻稿，都必须从重庆回传，并经过我那些在政府部门供职的老伙计们预先审查，而他们注定会禁止我发出。然而这份电报是从洛阳通过成都的商业电信系统发到纽约的。"不知是系统出了故障，还是电报员良心发现，未理睬相关规定，这稿子直接发到了纽约。

白修德深感难过的是，似乎已经没有什么能维系人心之善。四百元法币就可以买到九岁的孩子，四岁的男孩则只需要花二百元法币。为了一口饭，男人成为士兵，女人成为妓女。"食物就是硬通货"。那些被中国人视为不可动摇的纲常伦理在饥饿面前也失去了往日的效力。

"从我的笔记里很容易勾画出一个野兽般的世界，但他们不是兽类，他们是创造了世界最伟大文化之一的民族的后代，即使是大多数的文盲，也都在珍视传统节日和伦常礼仪的文化背景中熏陶和成长。这种文化是把社会秩序看得高于一切的，如果他们不能从自己这里获得秩序，就会接受其他任何人提供的秩序。如果我是一个河南农民，我也会被迫像他们在一年后所做的那样，站在日本人一边并且帮助日本人对付中国的军队。我也会像他们在1948年所做的那样，站在不断获胜的共产党一边。"这是白修德"温故一九四二"时得出的结论。他成为共产党的朋友，他所钦佩之人的名单里多了周恩来。1972年，白修德坐在尼克松的空军一号里，再次来到了中国。在机场，他见到了阔别已久的周恩来。周恩来一眼便认出他来。

1943年3月，白修德从洛阳发出的报道在《时代》周刊上刊登，美国舆论一片哗然。宋美龄正在美国访问，白修德的报道令她颜面全无，她竟然责令亨利·卢斯解雇白修德。毫无疑问地，卢斯拒绝了她的要求。这里不是重庆，《时代》周刊也不是《大公报》。

回到重庆的白修德通过宋庆龄见到了蒋介石，白修德提起了饿死人和农民税收的问题。当白修德说自己看到狗吃死人的情景时，蒋介石说不可能。哈里森·福尔曼出示了在河南灾区所拍的照片。"总司令的腿轻轻抖了一下，有点神经质地抽搐。他问道：'照片是在什么地方拍的？'我们告诉了他。他拿出本子和毛笔记下来。"蒋介石向白修德道谢，并称其是"比我亲自派出去的所有调查员"更好的调查员。

几个月后，白修德收到了梅甘神父的一封来信："自从你走后并且发出了电报，粮食就从陕西沿着铁路线紧急调运过来……你的来访和对他们的激励取得了成功，将人们从浑噩愚顽中唤醒，并让他们投入工作，于是问题就解决了……你将会永远被河南铭记。"白修德认为这是新闻的力量。

毫无疑问，蒋介石也从此牢记白修德的名字。他怎么会不知道河南饿死人的情况，只是这位美国记者迫使他承认自己"知道"，而且假装"刚刚知道"。

有当年的报人回忆，白修德和哈里森·福尔曼后来被国民党中宣部部长董显光请到"新赣南"采访。彼时，蒋经国任江西赣州专员，宣扬"人人有饭吃""人人有房住""人人有工做""人人有书读"之口号，被称为"新中国的雏形"。显然，这样的安排已经无法扭转白修德对蒋介石的印象。

我在《洛阳市志》里看到这么一段话："西汉时期，洛阳人口迁移愈加频繁。西汉后期社会矛盾日益尖锐，加之连年不断的自然灾害，洛阳及以东地区'流民入关者数十万人'。饥民们扶老携幼，道路相望，饿死者十之七八。

东汉末年董卓兵烧洛阳后,尽徙洛阳人口于长安,'步骑驱蹙,更相蹈藉,饥饿寇掠,积尸盈路'。洛阳城化为废墟,附近耕地鞠为草茂,满目荒芜,粮食奇缺,饥馑连绵。为寻其生活,百姓被迫向外迁徙。曹操统一黄河流域后……"好了,引用到此,继续下去的话,可以一直引用到1942年以及更靠后的年月。

连白修德都总结出来了:"灾荒在中国历史上来去频仍,它们就像地震、飓风和王朝更迭一样。人们常常用灾荒来标记家族的历史。"

"我研究过从东周到现在的河南饥荒。"刘震云对我说,"那是经常发生的事情。"

有的人决定用痛苦结束痛苦。白修德曾写道:"有时饥民的家庭找来家里所有残存的食物,共同吃上一顿饱饭,然后告诉大家,刚才吃过的饭里已经下了毒药。"

生死的问题在史书上鲜有探讨。史书有时候过于冰冷地记录下统计学意义上的事实,并不负责思考。同样是在《洛阳市志》上,1942年和1943年的大事记用三页纸就记录完了。专门记录饥荒的就一条:"1943年春,旱灾继续,灾情严重,收成大减,人多以树皮充饥。灾民相继逃亡陕西,路弃尸体,无人掩埋。"

在一个冬日的上午,我乘着高铁从西安去往洛阳。火车出了潼关,在冬天阴冷混沌的山野里行驶,远处有几座坟墓从车窗外掠过,我想起了自己的曾祖母,想起了七十多年前饿死在路边的那些亡灵,眼泪忽然就冒了出来。

车厢上的电子屏幕显示,此时的车速是每小时二百八十三千米。这段路程花费的时间也不过一个半小时,反之亦然。而当年,许多灾民坐在像牛拉一样的火车上,缓慢地来到潼关。潼关是通往关中的东大门。在电影里,灾民们搭乘的火车在此被一根巨木拦住。他们是不受欢迎的人,必须掉头往回走。

而事实上，许多人运用各种方式或者说求生的强烈本能，穿越了潼关，向着他们心目中的救命圣地——西安——前进。

电影里，蒋介石来到西安，会见豫陕两省黑白两道的带头大哥张钫，希望他能出手赈济灾民，张钫答应了。现实中也是如此。

许多陕西境内的学生被组织起来帮助赈济灾民。当时，正在陕西读高中的宋云龙的父亲宋国俊便是其中一员。张钫是河南人，之后，他推荐宋国俊到重庆去念中央警校。"父亲看到国民党基层腐败，他希望以后能够有力量，不受人欺负，就报考了中央警校。"宋云龙说。

无论如何，救灾还是开始了。然而，已有上百万人饿死在逃荒路上。这是无法挽回的事实。

那些年发生的看似不相关的事情，其实有着前后的逻辑关系。

中原在中国战争史上的地位一直极高，抗日战争中也不例外。对于已经退到重庆的国民政府来说，中原是大后方的屏障。卢沟桥事变之后，华北沦陷，河南成为日军进攻必须拿下的重要之地。1938年兰封会战，日军攻陷开封，向郑州方向而来。蒋介石命令将花园口黄河堤坝炸开，以"水兵"解燃眉之急。而下游黄泛区百姓成为牺牲品，数十万人丧生。随后大小战事不断，在1942年之前，豫北、豫东、豫南多地沦陷。恰恰在此时，国统区与沦陷区之间出现了这上千万的灾民，对谁都是大包袱，蒋介石想把包袱甩给日本人。在小说和电影的叙事里，日本人在观望思考后，接下了这个包袱。这些包袱反过来，在某些时刻，帮助了日本人。

西安市档案馆里有一本《西安市政处警察局三十三年四五月豫省来陕避难人数调查表呈令文》。显然没有多少人查阅过，因为工作人员费了很长时间才帮我找到。这些呈令文为宣纸质地，上面工整地用蝇头小楷记录下调查情况，仿佛书法作品。但实际内容却是枯燥的简况和数字统计。每天到陕西的河南逃荒人数不等，统计下来也以千人计。他们大多聚集在西安铁道北面，被称为"道北人"。

如今的西安道北，老房子被拆掉了，建起了"大明宫"，道北人再次迁移到西安各处。曾经有一部反映道北人生活的电视剧《道北人》上映，作家和谷是撰稿人。他采访过许多道北人，其中一些便是1942年从河南逃荒而来的。

"河南人，河南担，为啥？河南人过来一担挑。这不是骂人，一头担着孩子，一头担着鸡狗或者行李。一下车，都是几百几千人。自己找地方，搭一个棚，拿锹一弄，啥也没有，就地铺个草。那时候也没人管，你圈一点地方，我圈一点地方。"这是和谷采访过的童秋兰讲述当年河南人逃荒到西安时的情景。

像电影里演的那样，很多人是坐在闷罐子车顶上来的陕西。在过隧洞时，一些人被挤下来，死在黑乎乎的路上。七十八岁的李桃然对和谷说过："我记得当时坐的难民车，连车顶上都坐了好多人。那时候刚来，好可怜，在地上挖了一个窝，铺个东西，搭个草顶，就这样盖的房，前面弄个帘子吊着，住得可可怜了。"

电影里，张国立扮演的老东家走到潼关时，家里人都死光了。一个曾经锦衣玉食的地主，在一路逃荒之后，已经变得一无所有。他没有继续往西走，而是折返往河南方向走。"他觉得自己死定了，只想死得离家近点。"刘震云说。

老东家在雪地上遇到一个小姑娘在哭。小姑娘说："家里的人都死了，剩下的人俺都不认识了。"老东家说："妮儿，你叫我一声爷，咱俩就算认识了。"小姑娘叫了一声："爷。"老东家说："孙女，走吧。"

老东家拉着小姑娘的手往河南方向慢慢走去，消失在画面深处的白雪之中。

在刘震云写的剧本里，结尾是这样的——春天了，山坡下向阳，漫山遍野开满了桃花。繁花似锦中出现字幕："十五年后，这个小姑娘成了俺娘，自打俺记事起,就没有见她流过泪,也不吃肉。几十年后,当我为了一篇采访,问到1942年时,她一脸的茫然:1942年?饿死人的年头多得很,你到底指的是哪一年?"

刘震云说,这是他最满意的场景,里面包含了他对1942年所有的看法。

从郑州出发,飞至重庆,接着从西安沿着陇海线往东走,去往洛阳,然后,我再次来到了郑州。这是一个不规则的环形。在嘈杂的郑州火车站,我想起罗素在《意义与真理的探询》中的一段话:"有很多作家把历史想象成一个循环,认为世界的现况,也就是说目前这个模样,迟早都会重复。从我们的观点,又该如何阐述这种假设呢?我们会说后来的情境屡次雷同于先前的情境,而不能说这个情境发生过两次,因为那意味着一套定时制度,会令这假设无法成立。那情境颇类似于一个环游世界的人,他不会说他的起点和终点是两个不同但十分类似的地方,而是说它们就是同一个地点。"

当我问刘震云历史是不是一个循环时,他给予了否定的答案:"我不觉得历史是一个循环,但是,历史确实是在重复。客观的东西在不断变化,跟秦朝比,当时确实没有电、冰箱、空调、飞机……这样的变化日新月异,但是人性的变化很小。了解河南灾荒的话,你可以看到,人性的变化是非常缓慢的,这也是我写《温故一九四二》的一个原因。"

刘震云在《温故一九四二》里引用了一段资料:"农民一直在等待这个时机。连续几个月以来,他们在灾荒和军队残忍的敲诈勒索之下,忍受着痛苦的折磨。现在,他们不再忍受了。他们用猎枪、大刀和铁耙把自己武装起来。开始时他们只是缴单个士兵的武器,最后发展到整连整连地解除军队的武装。据估计,在河南战役的几个星期中,大约有五万名中国士兵被自己的同胞缴械了。在这种情况下,如果中国军队能维持三个月,那真是不可思议的事情。整个农村处于武装暴动的状态,抵抗毫无希望。三个星期内,日军就占领了他们的全部目标，通往南方的铁路也落入日军之手，三十万中国军队被歼灭了。"

1944年春夏之交，国民党军队在中原会战中败给日本军队。河南的灾民帮助日本人截击了败退中的国民党军队。

汤恩伯称河南人都是汉奸，并贴出告示，准备对河南人大开杀戒。

1944年9月，在重庆召开的国民参政会上，来自河南的参政员郭仲隗痛陈汤恩伯的劣迹：利用军队经商走私；前线激战正酣，汤恩伯在鲁山泡汤；仓库落入敌手时，其中竟有面粉一百万袋，足够二十万军队一年之用……郭仲隗与其他一百零三人提交了严惩汤恩伯的提案。最后的结果是，第一战区司令长官蒋鼎文被撤职，副司令长官汤恩伯得到了蒋介石的庇护，撤职留用。此后，河南省政府全面改组。

白修德曾经对国民政府在灾区仍然征粮感到不解，他问一位军官是何原因。此军官说："百姓死了，土地还是中国的；可是如果当兵的饿死了，日本人就会接管这个国家。"

刘震云在小说里提出，这些将要饿死的灾民该如何做出选择？是宁肯饿死当中国鬼呢，还是不饿死当亡国奴？

几乎与此同时，世界上其他一些地方也出现了大饥荒。

1942年，盟军对纳粹德国占领下的希腊实行禁运政策，希腊出现饥荒。德国当局对此无动于衷，仍坚持要求希腊民众向占领当局交付食物定额。这被称为"人为的饥荒"。

1943年，孟加拉湾发生饥荒，经济学家阿玛蒂亚·森对这场大饥荒做过长期研究。彼时，英国殖民统治当局决定优先对日作战，听任粮食和物价飞涨，导致众多贫民死亡，受害者同样达到惊人的三百万。阿玛蒂亚·森将此称为"崩溃饥荒"。

1943年2月24日的《河南民国日报》上刊登了一则消息:"财政科员刘道基,目前已发明配制出救荒食品,复杂的吃一次七天不饿,简易的吃一次一天不饿。"

电影里,李雪健扮演的李培基对林永健扮演的刘道基说,要是这玩意儿管用的话,中国自秦朝以来就不会饿死人。

什么是真正的"救荒丸"呢?

阿玛蒂亚·森通过对饥荒的研究,得出的结论是:建立民主制度。

在郑州,我又见到了出发时见过面的同学,他要介绍他的女同事给我采访,她的父亲经历过1942年的饥荒。结果,这位女士没有答应当面采访的请求,因为只要一提起民国三十一年,这位女士的父亲就会情绪失控哭起来。"她给我打电话时就差点哭起来。"我的同学说。但她愿意通过我的同学转述。

这位女士的姥爷,在1943年春天,因为吃了太多用发青的麦子做的食物,被撑死了。1942年,家里没吃的了,她的奶奶看见孩子们浮肿难受,就把一个陪嫁的簪子和另外一些首饰拿去村里换了三块红薯回家。奶奶把红薯捣碎了,用来熬粥,这样感觉能多吃一点。一边熬一边捣,快煮熟时,一不小心把锅给弄翻了。红薯汤流了一地,进了灰,没法吃了,一家人哭成一团。后来,她的奶奶落下一个毛病,一饿手就哆嗦,像抽筋一样,解决的办法必须是立刻吃东西,所以,这位奶奶的床头,总是放着一个馍。

在郑州,我见到的那些1942年的幸存者,他们所提到的饥荒都不止于此,二十年后,他们又都熬了一次。他们的心里给馍留有位置,他们会用嘴投票,1942年的时候,他们就投过一回。

"1942年,还会重演吗?"我问刘震云。

"我们做这件事情,不就是希望不重演吗?"刘震云说。

第十一章 游园惊梦

1999年，我到大学报到，遇到一位接新生的学姐。学姐问我是哪里人，我说："广西人。"学姐说："你们广西人厉害啊，要是你前一年来报到，可就有意思了。"她说："你看看这堵墙。"我抬头看了看那堵墙，这是学校大礼堂的一面墙，挂着一些木牌，上面写着：中文系、新闻系、历史系、法律系、哲社系……每个系会在对应的牌子下面摆张桌子，接待新生。学姐告诉我，前一年，在这排桌子的尽头，多了一张桌子，上面立了一个牌子，写着：桂系。这其实是广西籍校友同乡会摆在那的桌子，方便老乡们互相认识。

　　上大学没几天，我就在学校书店里买了两本写李宗仁和白崇禧的书。我看过很多关于桂系的书。多年以后，当《南方人物周刊》打算要做民国军阀系列历史专题时，我马上说，我想写一写桂系。

　　就这样，为了这个桂系专题，我到北京工作之后，第一次因为采访回到了广西。在那个春天里，我穿过广西的城市和乡村，去那些我在书里看过很多次的地方走了一遍。

　　李宗仁故居的池塘在4月雨后的下午十分平静。没有鱼或鸭，水边的几株枇杷树长出新叶。在这座已经无人居住的空旷宅院里，稍有声响便清晰可闻。

　　"现在是淡季，来的人少。"在清明节前两天，二十二岁的李金华坐在售票桌后,百无聊赖。他是李宗仁的堂侄孙,在桂林市完成学业后回到了他出生和长大的临桂县两江镇浪头村,在李宗仁故居工作。

李金华的父亲李常青到山上清理墓地杂草去了,过两天,家族的人来扫墓时,可以轻松一些。李宗仁的墓地不在故乡,他的骨灰存放在北京八宝山革命公墓第一室。"昨天有个广东人来,让我带他到家族的墓地去看了看,他说风水不错,但还差那么一点点。"李金华说。

浪头村至今算不上富足,风景也并无卓然之处。公路从村里穿过,若非有李宗仁故居,不会有多少人在此停留。如同中国的其他乡村一样,李宗仁故居的墙上还能看到往日的红色标语,其中比较清晰的是一条毛主席语录:"在拿枪的敌人被消灭以后,不拿枪的敌人依然存在,他们必然地要和我们作拼死的斗争,我们决不可以轻视这些敌人。"

古往今来许多事没法下断语。临桂地处岭南僻壤,到了清代,突然就成了"晴耕雨读"的标本。政治、经济、文化均落后的广西在清代出了四位状元,数量排在江苏、浙江、安徽、山东之后,位列全国第五。而这四位状元全部来自临桂,包括中国科举史上最后一位"连中三元"的陈继昌。陈继昌的曾祖父陈宏谋是清代理学名臣,官至东阁大学士,加封太子太傅。清末四大词人中,况蕙风和王半塘也是临桂人。

临桂文风极胜,武风较弱。李宗仁曾说:"太平天国时代,洪杨围攻桂林不下,屯兵我乡,居民为其裹胁者虽多,然终乘机逃亡,卒无一人随洪杨远征以至建功发迹的。在我本人以前,我乡未尝出过一个知名的武将。"

李金华经常从村里老人的口中听说关于李宗仁的往事。一个故事是:李宗仁的母亲问年幼的李宗仁长大后要做什么,李宗仁回答,养鸭子。因为鸭可生蛋,蛋可生鸭,生活就可以有保障。李宗仁的母亲对儿子的回答非常满意。

李宗仁说："我弟兄幼时，母亲只勉励我们勤耕苦读，做个诚实忠厚、自食其力的人，绝无心要我们为将为相。后来她老人家年老了，亦绝不因为有儿子为将为相而稍易她简朴忠厚的家风。"

从山上回来的李常青对此很有感触。他翻出了李氏族谱，让我看李家人都从事怎样的职业。族谱显示，除了李宗仁的堂弟李宗信、表弟黄敬修之外，再无其他亲戚在军队里供职。李宗信、黄敬修毕业于陆军大学。"如果没有进过军校接受教育，李宗仁是不会让家族里的人进入军队的。"李常青说。

李常青在族谱里找到对自己的父亲李宗武（李宗仁最小的堂弟）的介绍：终生务农。

李宗仁提到过一次回乡省亲的经历。他的三个胞妹问他，他做了这样大的官，而他的家人仍旧耕田种地，不怕邻里耻笑他吗？

春天的浪头村田野里，秧苗青葱，农人们在劳作。一百多年前，李宗仁也是其中的一员，做一个胼手胝足以求温饱的诚朴农夫更像是他未来的命运。

1907年的一天，从山上砍完柴回家的路上，十六岁的李宗仁意识到自己的命运也许能改变："路上遇见一位赶圩回来的邻村人，他告诉我，广西陆军小学第二期招生已经发榜了，正取共一百三十名，备取十名，我是第一名备取，准可入学无疑。这也可算是'金榜题名'吧。我立刻感到当时压在肩膀上的扁担今后可以甩掉了，实有说不出的高兴。"

这种人生的转折同样发生在几十里地以外的临桂县会仙镇山尾村的白崇禧身上。他十四岁考入广西陆军小学。全省报名千余人，只取一百二十名，他名列第六。

还有容县山咀村（今黎村镇珊萃村）的黄绍竑。他曾这样回忆道："宣统二年春，陆军小学第四期招生，我去应考，侥幸录取了。以前我痛哭绝食，要求父母到桂林的唯一目的，终于达到了。当时我是如何的快活呵！"

如今的桂林城，能找到的历史遗迹不多，广西陆军小学校址已杳无可寻。十六岁的李宗仁到桂林城里报到时迟到十分钟，失去了入学资格，沮丧的他翌年投考，才终于进入这所模仿日式教学的新式军校。

这已是1908年的中国，清政府颁布了中国历史上第一个宪法性文件《钦定宪法大纲》。虽然第一条便是："大清皇帝统治大清帝国，万世一系，承永尊戴。"但大纲里出现了这样的文字："臣民于法律范围以内，所有言论、著作、出版及集会、结社等事，均准其自由。"

清政府声明九年之后将颁布宪法，并将第一次选举国会。然而这一年的11月，支持立宪的光绪帝突然病死，清王朝迎来了最后一个皇帝溥仪。宣统元年，广西举行了最后一次拔贡考试。这曾是李宗仁、白崇禧、黄绍竑三人的父亲最期盼的事情，他们的父亲都是失意的读书人。

李宗仁、白崇禧、黄绍竑进入广西陆军小学，意味着一段历史由此开始。中国大多军阀以血缘关系为纽带，后来的新桂系不大相同，他们的聚合更多是通过乡籍和同学关系。桂系军官多来自四所军校：陆军小学、预备中学、保定军校、陆军大学，有"四校同学会"之说。而他们又多来自广西两个地区：桂林和容县。

在广西陆军小学，李宗仁第一次见到来校视察的总办蔡锷时，感受到了作为崇拜者的满足。"只希望将来毕业后，能当一名中上尉阶级的队副和队长，平生之愿已足。至于像蔡锷那样飞将军式的人物和地位，我是做梦也没有想过的。后来我读古今名人传记，时常看到'自幼异于群儿''少有大志''以天下为己任'一类的话，总觉得这些是作者杜撰的话。我幼年时，智力才能，不过中人。知足常乐，随遇而安，向无栖栖惶惶急功近利之心，只是平时对人处事，诚恳笃实，有所为亦有所不为而已。"

此时的中国，革命暗潮涌动，本是清廷陆军基干训练机关的广西陆军小学，反倒成了广西同盟会活动的中心。"军事指针社"吸收了许多学生加入同盟会。李宗仁是他们发展的对象，他记得入会的时候要歃血为盟。"我只把针向手指上一戳，血便出来了，并不觉得痛。而胆小的同学，不敢遽戳，用针在指头上挑来挑去，挑得痛极了，仍然没有血出来，颇令人发笑。"

李宗仁、白崇禧、黄绍竑在广西陆军小学时并不熟悉。白崇禧更因为患疟疾，入学不满一年就退学了，之后转读师范。1911年，辛亥革命的枪火中断了这些年轻人的学业，他们提前走上了革命之路。这一年，李宗仁二十岁，白崇禧十八岁，黄绍竑十五岁。

十年之后，老桂系头目陆荣廷被逐出广东，沈鸿英成为广西的霸主。彼时，李宗仁和黄绍竑各自拥有数量极少的军队，辗转各地，勉强维生。1922年，身处六万大山的李宗仁找到广西陆军小学的校友黄绍竑，决定联合壮大。

李宗仁和黄绍竑判断，这支新军肯定为沈鸿英所不容。于是，黄绍竑找到沈鸿英表示愿意做他的下属。沈鸿英委任黄绍竑为旅长，并提供武器和资金。1923年，沈鸿英率军攻打广东失败，李宗仁和黄绍竑趁机解除了这支败军的武装，增强了自己的羽翼。接着，他们又说服沈鸿英与其一起扫除陆荣廷的残余势力。当陆荣廷被驱逐出广西之后，李宗仁和黄绍竑再回过头来将沈鸿英的部队消灭殆尽。其间，另一位广西陆军小学校友白崇禧加入其中。李宗仁记得第一次和白崇禧详谈时的情形：他身穿整洁的西服，谈吐彬彬有礼，头脑清楚，见解卓著。

1925年夏天，这些广西的青年领袖击退云南军阀的进攻后，统一了广西。难以想象，仅仅三年前，他们还只是中下级军官，转瞬成了新的主宰者。此时，李宗仁不过三十四岁，白崇禧三十二岁，黄绍竑二十九岁。

李宗仁为这出人意料的局面感到兴奋。"统一后的广西，军事、政治都显出一股前所未有的朝气，为全国各地所无。我们三人始终合作如一，彼此为建国、建省而奋斗，毫无芥蒂存乎其间……我们似确有人所不及之处。而广西也因此薄负时誉。那时联省自治、保境安民之风正炽，于是，川、湘、黔等邻省，都纷纷派员来桂观摩。"

桂系巨头关系密切，但从未结拜为兄弟。多年后，当蒋介石提出跟李宗仁换帖子结为拜把子兄弟时，李宗仁其实不乐意。他认为："蒋先生搞这一套封建时代的玩意儿，其真正目的只不过是拉拢私人关系，希望我向他个人效忠而已，其动机极不光明。我想当时南北双方的要人，相互拜把或结为亲家的不知有多少，但是往往今朝结为兄弟，明日又互相砍杀，事例之多不胜枚举。反观我们广西的李、黄、白三人，并未金兰结盟，而我们意气相投，大公无私地合作，国内一时无两。"

桂林王城内独秀峰东麓月牙池畔，立有一座中山纪念塔。这座塔初建于1925年9月，桂系人士为了纪念广州革命政府成立和广西统一，特地在孙中山1921年誓师北伐驻足之处兴建此塔。

我在桂林七星公园旁的一处住宅楼里见到了曾任桂林文物工作队队长的赵平。20世纪80年代，他为修缮中山纪念塔的事情，到北京找过曾任白崇禧秘书的刘斐。刘斐当时身体不好，躺在病房里。"我跟他聊到桂系，他说了一句话让我印象很深。他说：'当初，我们也是革命青年啊。'"

北伐是国民党多年来主要的军事计划。在孙中山去世后的1926年，国民党的军队得到壮大，广东成为根据地，盟友也在不断发展。李宗仁、白崇禧、黄绍竑是积极的响应者。

这是桂系和其他军阀的不同之处，他们非常愿意加入全国统一的进程。

为了促成北伐，李宗仁在广州第一次见到蒋介石。他对蒋的印象是：严肃、劲气内敛、狠。

北伐最先由桂系的第七军打响。在北伐过程中，蒋介石一直想借机削弱桂系力量，一些主要的战役都让桂军去打，而他的嫡系则是受保护的对象。尽管如此，他的嫡系部队常吃败仗，而桂系的第七军屡立战功，获得"钢军"之称。桂系和蒋介石的矛盾就此埋下。此后二十多年中，这是国民党内最主要的矛盾。

1927年4月4日的《时代》周刊上，蒋介石第一次成为封面人物。他的头像由粗糙的线条勾画，表情冷酷。文章写道："尽管他衣着简便，不事张扬，但仍表现出一个征服者统领一切的事实，而不是和布尔什维克过于亲密的同志。"

仅仅过了八天，4月12日，蒋介石与中国布尔什维克的同志关系画上了冷酷的句号，众多共产党人遭到逮捕和处决，"清党"开始。

身在上海的李宗仁没想到的是，"清党"竟让老家的亲戚成为受害者。"在桂林党部中，我的一位年轻表弟李珍凤也被杀……他对我从不讳言其为共产党。有一次，他竟大胆顽皮地对我说：'表哥，中国二十年后便是我们共产党的天下！'我回答说：'不要胡说！'这样活生生的一个青年，也在清党运动中被杀了。"

"清党"后，蒋介石定都南京，与汪精卫的武汉政府形成对峙。给蒋介石帮了大忙的桂系却没有获得多少实质地位。当时的记者观察到了这样的矛盾。1927年的《国闻周报》《北华捷报》《晨报》表达了相似的观点：桂系所在的第七军苦战一年所获得的只是"钢军"的称号和两万人的伤亡。

宁汉之间的矛盾让北伐处于困境，白崇禧提出让蒋介石隐退。蒋介石十分不悦，但仍被迫下野。白崇禧之子白先勇在接受媒体采访时曾说："如果宁汉分裂，北伐就受阻了。我的父亲关心的是这一点，可能蒋介石的感受就不一样了。"

蒋介石辞职后，南京的军政大权落到了李宗仁、白崇禧和何应钦手上。作为外来者的桂系在南京的地位非常不稳固，而后方又开始着火。1927年11月，张发奎在广州发动政变。身处广州的黄绍竑在家遭到袭击，化装成农民才得以逃脱。

广西是桂系的基石，没有广西，桂军就会成为没有主场而四处游荡的"客"军。冯玉祥就是个例证，他拥有庞大的军队，却没有固定的根据地，一生坎坷而终无着落。

桂林市文明路李宗仁官邸的展厅里，几个挂着相机的女生面对桂系军人年轻时的戎装照时，发出不同程度的赞叹声，她们用是否够"帅"的标准决定自己的嗓音。

一面展墙上有三张照片，配有1935年2月20日《大公报》的文章摘录。报人胡政之写道："广西是李、白、黄三人合作。李以宽仁胜，含量最大，白以精干胜，办事能力最强，黄则绵密而果毅，处分政务事务极有条理。要拿军事地位来比，李当然是总司令，白可称前敌总指挥，黄则坐镇后方，保持着能进能退的坚实地位，这是广西最大的特色。"

此处，"黄"是指黄旭初，而前一个版本的"李、白、黄"中的"黄"是黄绍竑。

当我们提到各地军阀时，往往会想到与之对应的一个头目，提到桂系时，想到的会是两三个头目，李、白或者李、白、黄。三角形是最稳固的结构，桂系领导层的结构也有这样的效果。

桂林李宗仁文物管理处副主任韦芳谈到三人结构时说："三个人的结构是

最合理的，可以互相牵制。如果是四个人的话，就容易在内部拉帮结派。"

当桂系所组的第七军出征北伐时，李宗仁、白崇禧北上，黄绍竑留下来管理后方。"我们军队部署完毕以后，接着就要商量由何人率领的问题。北伐是一个新工作目标，有远大的前途，各级干部都争先恐后地要求参加，不愿意留在后方。白健生因为蒋先生要他去担任副参谋总长的任务，必须离开我们的部队。我因为要主持广西全省行政事务，事实上也很难离开广西。所以，领导广西军队出师北伐这个任务，只有请李德邻担任了。"黄绍竑在《五十回忆》里写道。

广西统一之前，桂系将领将他们控制的地区交给地方当局管理，如有需要，就从地方士绅中挑选县知事的人选。黄绍竑称这是一种"真正实行地方自治的制度"。1925 年，他们占领南宁后，须设立省级行政机构。"我们仍专心致力于以后军事方面的发展，不愿意过问政治。所以把地位崇高的省长弃而不做，而由省议会选举当时的议长张一气来担任。"由于滇军的进攻，张一气很快从省长任上离开。1925 年 9 月，黄绍竑担任了第一任民政长。在协调广西的财政时，他遇到了无法完成的任务。他在省内必须维持一万五千人到两万人的军队，还要向在外地作战的第七军提供尽量多的军费。军费开支对广西是极沉重的负担，占全省财政收入的 60%。

桂系在南京难以站住脚的一大原因也是资金问题。来自上海的资金支撑着蒋介石在南京的地位。1927 年，蒋在上海得到了四千万元，而白崇禧只从上海商会得到了三十万元的捐款。中山大学历史系副教授曹天忠认为，桂系最后失败的原因是广西的经济实力不足。

下野的蒋介石于 1928 年从日本回国复出。1928 年 4 月，北伐再度开始。7 月初，北伐巨头们拿下了北京，蒋介石、李宗仁、冯玉祥和阎锡山在北京西山的碧云寺，向孙中山的灵柩宣告北伐完成。蒋介石抚棺恸哭，冯玉祥、阎锡山也频频擦泪。唯一没哭的是李宗仁,他认为他们的举动都出于矫情,而他"却无此表演本领"。

能和蒋介石、冯玉祥、阎锡山站在一处,桂系的表现让国人吃惊。身处中国最贫穷落后省份之一的广西,桂系仅用三年时间便一路高歌,地盘从镇南关延伸至山海关。

孙中山棺前的四位将领中,有三人极力要维护他们的地方自治,当蒋介石不能让他们服从时,只有付诸武力。

1929年,蒋桂战争爆发,桂系被打垮,丢失了广西之外的所有地盘和大部分军队,唯一保留下来的是黄绍竑留在广西的部队。此时,李宗仁、白崇禧、黄绍竑三人之间的关系开始有些微妙。

1930年夏,桂系在攻打湖南时,黄绍竑表现不力,桂系军队失败而归。这最终导致了桂系高层的决裂。当时有一种说法是,李宗仁、白崇禧回到桂林后,在叠彩山设宴,请来黄绍竑。白崇禧打算在宴会上处决黄绍竑,李宗仁没有同意。最终的结果是,黄绍竑辞去广西省政府主席的职务,离开了经营多年的广西。

尽管黄绍竑把这视作"善美的结果",心中却仍有悲剧感:"我虽然中途下场,而剧情的后半,还是由其他角色继续表演下去,仍是一个极可悲伤的回忆。然而我读了《三国演义》的头一句话'天下大势,合久必分,分久必合'和黑格尔辩证法正反合三个原则,觉得这种历史的演变,总是避免不了的惨劫。"

黄绍竑转到蒋介石一方,后担任过国民政府内政部长、浙江省主席、湖南省主席等职务。黄绍竑与桂系关系的破裂并不是绝对的,他们仍保持着私人联系。多年后,李宗仁竞选副总统,黄绍竑为其助选,起到了非常大的作用。

我在容县县城里寻找黄旭初的别墅时颇费了一番周折。坐上三轮车在城里转了好几处，最后在县委大院里找到了——现在是县政协的办公室。寻找黄绍竑的别墅则容易得多，三轮车师傅一听，直接把我拉到了目的地。

黄绍竑和黄旭初都是容县人。黄绍竑辞去广西省政府主席职务后，同样来自容县的黄旭初接任了他的职位。白崇禧对黄旭初评价极高："他沉毅谨慎，记忆力极佳，国学基础很好，虽文质彬彬恬淡自守，与人无争，但指挥作战时很勇敢，可说是允文允武而极有节操的全才，对于统一广西建设广西贡献均巨。"黄旭初的表现更像是一个听话而能干的管家。李、白、黄的结构有些戏剧性地得以保持。

同样是在1930年，北方联盟在北平成立了一个新的国民政府，阎锡山任主席，颁布了约法。不甘让北方联盟抢去人心的蒋介石在1931年颁布同样的文件，但遭到胡汉民强烈反对，结果他被蒋介石扣押。此事导致包括桂系在内的反蒋派在广州也成立了国民政府。局势紧张了起来，兵戎相见似已不可避免。

出人意料的是，日军在1931年9月18日侵犯我国东北。面对这样的局势，李宗仁据守广西，着力建设。"'九一八'及'一·二八'事变相继发生之后，国难日深，我们以为抗日报国之道，实应登高自卑，从头做起。因此自民国二十年秋起，我和白崇禧、黄旭初等乃决心从根本上整理广西省政。历年内战之后，原在外省做事的桂籍军政干才，如叶琪、李品仙、廖磊等也倦游归来，有志参与省政，共图复兴。"

他们在1934年公布了《广西建设纲领》，提出"三自"政策：自卫、自治、自给。之后又提出"三寓"政策：寓兵于团、寓将于学、寓募于征。

广西从捷克购入机器建兵工厂，从英、美、日购入飞机建立空军，并将学生派往日本空军学校深造。1934年5月的《巴黎海外布道会会刊》描述道：

"看来他们（士兵）跟以前已完全不一样。按照最现代的操典在进行机动训练，坦克和速射炮与飞机配合使用。情况更好的是，军官都有礼貌，举止文雅。可能这是对他们的强制要求，但礼貌终究占了上风。"

为了财政上的节流，正规军队的人数开始精简，但是民团纷纷建立，大量的普通民众接受了军事训练。民团还被用来推广国民基础教育。1933年在广西开始的国民基础教育运动，要求六到十二岁的儿童接受义务教育，还要求不识字的成年人利用业余时间上课。

八十六岁的广西师范大学教授钟文典是广西蒙山人，他记得很清楚，在蒙山，他们家开过店铺，店员们都是民团成员，训练了回来还比试。"老百姓当时是认可的，受训的农民以此为荣"。钟文典在蒙山读小学时，学校还让他们做小先生，给不识字的人讲课。

在20世纪30年代的广西，随处可见这样的口号："建设广西，复兴中国。"

这个时期，广西成为全国的"模范省"，国内外许多人前来参观，大量有关广西的文章登在报刊上。

1934年，从日本陆军大学毕业的刘斐回国，本打算在上海多待几日，却被急电召回广西。他曾回忆当时的情形："白崇禧见到我时非常高兴，他说：'你来得正好。现在广西处在共军泰山压顶的形势之下，老蒋再三来电，要广西和湖南竭力堵截，务须把共军彻底歼灭于湖南、桂北地区，免遗后患。广西兵力单薄，形势险恶，任务非常艰巨，你是陆军大学毕业的，要来显两手才行呀！'"

相比将要到来的红军，桂系更担心的是蒋介石的势力借口进入广西。白崇禧曾对部下说过："蒋介石恨我们比恨朱、毛更甚，有匪有我，无匪无我，我为什么顶着湿锅盖为他造机会？不如留着朱、毛，我们还可有发展的机会。"

刘斐回忆："我们首先确定了对红军作战的主要着眼点，或者说总方针就是'送客'。在形式上做出堵击模样，实际上是保全桂军实力，既要阻止红军深入广西腹地，又要避免蒋介石的中央军乘机跟踪入境的双重危险。"

白崇禧对红军的策略是"打尾不打头"，堵死红军进入广西腹地的必经之路，开放桂东北通道，促使红军尽快过境。红军到达湘江时，并不知道桂系军队已经让出走廊，失去了快速通过的时机。湘军得知湘江无兵防守，急调部队占全州，堵住湘江防线缺口。红军过湘江之役极其惨烈，八万多人只剩下三万，突围之后转入贵州。

刘斐回忆："中央红军长征过广西，为时约两星期。除在灌阳的新圩和马堤街附近有较大战斗外，其余多系地方团队小部队的行动。白崇禧为了抵赖蒋介石责备广西堵击不力起见，大肆夸张战斗激烈程度，并谎报俘虏红军战士七千余人，阵亡数以万计，还拍了一部电影扩大宣传，吹嘘广西部队的战斗力，用以压低中央军的威风。"

这部电影叫《七千俘虏》。"我没看过《七千俘虏》这部电影，但我看到过红军俘虏被押送经过我们家乡。他们没穿军服，穿的衣服都很破烂，连续几天，过去了好几拨。"钟文典说。

1986年4月，广西电影制片厂拍摄的《血战台儿庄》在香港放映。台湾"中央社"香港负责人谢忠侯看完影片后，给蒋经国打电话，说他刚才看了中共在香港上映的一部抗战影片，讲的是国军抗战打胜仗的，跟以前的影片不一样。

蒋经国听说后，让谢忠侯把电影找来看看。通过新华社香港分社，谢忠侯得到了《血战台儿庄》的录影带，带回台北。看完后，蒋经国说："从这部影片来看，大陆已经承认我们抗战了，大陆的政策有调整，我们也要作些调整。"不久，他开放了国民党老兵回大陆探亲的政策。

白先勇曾在1995年7月的国民党机关报上发表文章："抗日战争八年，是全中国军民牺牲惨重，抵御外侮，保卫国家的一场民族圣战，这一段20世纪的中国痛史，所有的中国人都应铭记于心，汲取教训。而台儿庄之役，又是八年抗战中最具关键的一场罕有胜利，中国两岸的政府，不论其政治立场，理应大书特书，载入史册……中共对待民国史已逐渐走向实事求是，广西电影厂摄制《血战台儿庄》巨型战争影片，相当合符史实，对李宗仁、父亲以及其他国军将领抗日的贡献，都持肯定态度。此片在大陆上映，造成巨大震撼，那是自1949年以来，中国（大陆）人民头一次在银幕上看到了国军抗日的真相，以及国军将士英勇牺牲的形象。"

1937年，抗日战争全面爆发后，和蒋介石决裂多年的白崇禧到南京就任副参谋总长，日本报纸写道："战神莅临南京。"

为了抗日，桂系和蒋介石重归于好。李宗仁就任第五战区司令长官。他和白崇禧指挥的台儿庄战役让桂系在全国声名大振。在整个抗战过程中，许多重要的战役都有桂系参与。盟军中国战区参谋长史迪威称，广西的士兵是世界上最好的士兵。

1942年，在桂林读书的钟文典第一次见到李宗仁。"他刚从老河口回来，在桂林王城作抗战讲演，他号召大家起来一致对外。当时的唯一目标是打日本，谁打日本谁就是好样的，师生对他们是很拥护的，头脑中绝没有反动军阀这样的想法。"

钟文典见过白崇禧两次，对他印象很好。第一次是在桂林西郊。"容县韦氏兄弟在桂林西郊广场进行滑翔机表演，白崇禧在现场观看。表演完之后，他下来跟飞行员握手，大家一拥而上，把他挤在中间。他用桂林话讲'莫挤，大家看'，他有儒将风度。"

第二次是在桂林东镇路白崇禧家中。"我和同学出去玩，路过白崇禧家，他们家正在奏着音乐。一问，是白崇禧在为母亲祝寿。我们一看没警察把门，几个年轻人就进去了。院子里摆了三张八仙桌，张发奎、何应钦、黄旭初都在那里。白崇禧看到我们进来，拿了一个放了糖、饼的盘子过来，对我们这几个不速之客说：'请吃糖，莫客气。'当时不只我们，还有几十个路过的人围在那里，绝对没有谁赶你，没有人说：'哎哟，长官在这里，你们不能来。'"

我见到了年过九十的梁辉。他住在桂林市南边一个小区里，过着平静的生活。每个月，他会坐着轮椅参加桂林黄埔同学会的活动。早在 20 世纪 80 年代就有人让他加入黄埔同学会，但他没有答应，之后几年才参加。

1935 年，正在桂林中学上学的梁辉没有告诉家人，悄悄参了军。1936 年，他进入黄埔军校南宁分校学习。1940 年年初，他来到昆仑关，参加了那场惨烈的战役。

"打昆仑关要紧啊。"梁辉说，他当时是广西部队四十六军一七五师五二四团第三营步炮排排长，"我们打了三天三夜，牺牲太大了，我们一个连只剩下十几人。上面要我们撤退，团长不同意，我们要死守，与阵地共存亡，继续打。军长看到我们不退，哭了起来。不撤退怎么办呢？组织剩下的人沿着山走，走过来走过去，给敌人感觉好像还有很多人，一直等到增援部队来。"

梁辉还记得当时和日军近距离肉搏的场面。"我和日本兵肉搏，他们打不过我。我打死了两个，一个用刀刺，一个用手枪打。"听着梁辉的这段描述，我浑身的鸡皮疙瘩都起来了，这是我第一次听一个人说真刀真枪的肉搏，这不是游戏和表演，是真正的你死我活。

没有几个人能从那场战役中幸存下来。在昆仑关，有一个巨大的墓地。梁辉后来去过六次昆仑关，有时候从附近路过也要特意拐进去。"想起曾经和战友一起作战，过着危险的生活，留恋得很。那个坟好大，老百姓帮着埋的，死了两万多人啊。"

"敌人当时攻陷了我们的阵地,副营长和我关系最好,跟我说:'梁辉,跟我一起去把阵地夺回来。'他带我们七八个人去冲锋,阵地夺回来了,他死了。我也中弹了,但还能够走回来。你看,这里还有印子。"梁辉指着身上说,"冲锋了,枪还没响的时候还是有点怕,枪一响就不怕了,一心一意想着怎么把敌人消灭,没什么其他想法。"

现在,战争遗留的阴影仍在梁辉心中。听到飞机起飞的声音,在电视里看到丢炸弹,他就会想起以前,心里不舒服。

昆仑关战役之后,梁辉被调到了军部,接着他获得了到咸水步兵学校学习的机会,毕业后,他成了李宗仁身边的警卫队长。梁辉对李宗仁有很好的印象:"他为什么能打胜仗呢?用人用得好,懂得欣赏别人的才干,对部下也好。"

中南海新华门外,游人如织,一些人会停下来留影。梁辉多年前去过北京,朝新华门看了看。没人知道这位老人曾经在中南海度过了四年。"李宗仁当时是北平行辕主任,北平行辕就在中南海。我当时跟着李宗仁,做警卫队长。"梁辉和李宗仁是老乡,都来自临桂两江。"走在路上,旁边没人时,他会用桂林话跟我谈几句。"梁辉回忆道。

外边的世界风起云涌,梁辉觉得自己在中南海的四年是最平静的。"那四年蛮好耍的,没有什么特别任务,没有什么负担。"

北平行辕主任李宗仁内心没那么平静,他曾说:"北平行辕名义上为华北军政最高官署,委员长也曾电令中央在华北接收的各级机关要听行辕主任的命令行事,事实上,这命令只是敷衍我面子的虚文。各机关仍直接听命于他们中央主管官署的命令,与行辕风马牛不相及。"

1947年下半年后,国民党在与共产党作战时连连败退,国民政府处在风雨飘摇之中。美国人也有意弃蒋"换马",用李宗仁取代蒋介石。李宗仁决定竞选副总统。蒋介石亲自召见李宗仁,告知副总统候选人已由中央提名孙科,要李放弃。李宗仁对此次会面有过生动描述:

> 蒋先生说:"你还是自动放弃的好,你必须放弃。"
> 我沉默片刻说道:"委员长,这事很难办呀。"
> 蒋介石说:"我是不支持你的。我不支持你,你还选得到?"
> 这话使我恼火了,便说:"这倒很难说!"
> "你一定选不上。"蒋先生似乎也动气了。
> "你看吧!"我又不客气地反驳他说,"我可能选得到!"

李宗仁竞选副总统,梁辉记得当时的情景,"他给在场的人一个个发香烟"。副总统选举当时是通过广播直播的,坐在收音机前的人们各怀心事。

蒋介石此时也在官邸内听广播。"当广播员报告我的票数已超过半数依法当选时,蒋先生盛怒之下,竟一脚把收音机踢翻,气喘如牛,拿起手杖和披风,立刻命令侍从备车。"这是李宗仁从总统府扈从卫士那儿听说的情况。

1948年5月10日的《时代》周刊则这样描述当时的情景:"选举结果宣布时,代表们狂热了。他们抬起微笑的李夫人,把她举到肩膀上。街上,一直在听街头广播宣布投票统计的人群,放起鞭炮予以庆祝。欢呼的人群捅向李将军的总部,高高举起李将军。一位代表说:'太好了,我们投票反对了政府!'"

当选副总统的李宗仁离开了中南海,梁辉也随他来到了南京。在南京总统府,梁辉就住在"总统府"三个字后边。在采访梁辉之后,我才头一回去了南京"总统府",我转到"总统府"三个字后边,看到了几间房,那里如今应该是公园办公室。我看着透明的窗户,想了想梁辉多年前住在里边的情形。他大概是极少数既守卫过北京中南海,又守卫过南京"总统府"的人。

李宗仁很少去总统府。他的办公室在蒋介石办公室对面,时常空着。"对我来说,不过是由一个吃闲饭的位置换到了另一个吃闲饭的位置罢了……有关军国大事的重要会议,蒋先生照例不要我参加。招待国际友人的重要宴会,蒋先生也向不邀请我陪客。"

当李宗仁在南京消磨他的清闲日子时,白崇禧正忙于应付内战中的颓势。这样的颓势始于两年前的东北战场。

四平战役是国共在东北战场上最为重要的一役,当时被认为国共双方最擅打仗的将领白崇禧和林彪有了直接较量。最初的情况是:林彪吃了空前的败仗,向北撤退。白崇禧本是四平街会战的主要策划人,林彪败退之后,白氏即主张趁势追击,纵不能生擒林彪,也须将共产党军队主力摧毁。请示蒋介石后,得到的复电是:"暂缓追击。"得到喘息之机的林彪最终扳回了整个东北。这成为白崇禧一生最大的遗憾。

这一"暂缓追击"令国共双方都觉得不可思议。李宗仁对此有自己的见解:"我知道蒋先生不是不想歼灭'共军',而是讨厌这主意出自白崇禧,纵可打一全胜的仗,他也宁可不要。蒋先生就有这样嫉贤妒能,宁饶敌人,不饶朋友的怪性格。此事说出去,一般人是不会相信的,但是追随蒋先生有年的人一定会拍案叫绝,认为这是一针见血之谈。"

1949年1月,共产党军队占领北平,蒋介石辞职,李宗仁成为代总统。李宗仁派黄绍竑到北平去和谈,提出"划江而治"。此时共产党的势力已经足够强大,除了获得全胜外,对别的解决方式并不感兴趣,他们提出的和平条款是要国民党彻底投降。李宗仁拒绝了。

4月20日,共产党军队发起渡江战役。蒋介石想守住的是上海,而不是李宗仁、白崇禧所希望守住的长江,兵力虚弱的长江防线顷刻瓦解。共产党的部队渡江最快时仅用了十五分钟,一天之内就有三十万人过了江。

1949年4月23日,共产党军队登上了南京总统府。梁辉和部下被派往重庆,为代总统李宗仁打前哨。

李宗仁最终没有飞往重庆,而是去了美国;白崇禧想要跟共产党军队最后一搏,终未成功,去了台湾;黄旭初去了香港;黄绍竑留在了大陆。当年那几个从广西乡村里走出来的少年各择前路,桂系从此烟消云散。

身在重庆的梁辉没有了领导。"没有谁指挥我们了,一共四百多人,怎么办呢?经别人介绍,我到了成都的黄埔军校分校。黄埔军校起义,我就跟着一起起义。后来,军饷就是共产党给了,成都给钱给路费给粮食,我们一家三口从成都回到了桂林。"

1949年10月1日,钟文典当时已经是北京大学历史系的学生了。"开国大典那天,我站在北大的队伍中,就在金水桥旁边,最靠近城楼。当时不像今天国庆的时候有方块队,很自然。朱老总坐着吉普车出来,过金水桥去检阅,我们离他只有十几米。毛泽东在城楼上说'中华人民共和国中央人民政府今天成立了',跟电视上是一样的。我看见他按电钮、升旗,非常清楚。"

1965年7月,李宗仁躲过国民党特务的暗杀,与夫人郭德洁辗转回到大陆。

1966年8月,黄绍竑自杀。

1966年12月,白崇禧在台湾暴毙,死因至今仍众说纷纭。

1975年11月,黄旭初在香港去世。

我把四位桂系巨头的故居都走了一遍。

在临桂县会仙镇山尾村的小巷里,"临桂县文物保护单位"白崇禧故居大门紧锁。白家的远房亲戚住在旁边,若有人想进去参观,交五块钱即可开门。这座宅子其实为白崇禧的弟弟白崇祐所建,白崇禧曾小住。村子里的东山小学内，还保留着以白崇禧夫人马佩璋的名字命名的"佩璋礼堂"，只是已不再使用，成了危房，墙上钉着的木牌写着："危险，严禁入内。"

在广西容县黎村镇珊萃村，黄绍竑故居虽挂着"全国重点文物保护单位"的牌子，但屋内杂草丛生，附近的农民把柴火堆放在屋子里。堂屋里有一幅黄绍竑的肖像，清明节刚过，肖像前有纸钱、蜡烛、香燃烧后留下的痕迹。

通往容县杨村镇东华村黄旭初故居的只有泥路。这里也挂着"全国重点文物保护单位"的牌子，院内简陋，黄家的一个亲戚坐在门口摘着红薯叶。黄旭初当年位于南宁的官邸经过修葺，如今是一家经营广西风味菜肴的餐馆。

临桂县两江镇浪头村的李宗仁故居保存得最完好。20世纪90年代初，李金华和家人还曾经在里面住过一段时间。"房子太大了，住在里面让人害怕，后来就搬了出来"。搬出来之后，李金华在夏天还经常跑到院中池塘边的泉眼去洗澡。"看着黑黑的空空的院子，心里还是有点慌"。

我问李金华："你怎么看李宗仁和桂系？"李金华想了想，说："就好像开了一个公司，最后破产了。"

20世纪80年代，李宗仁的第三位夫人胡友松曾经到桂林找过赵平。"她想看看老大姐（李宗仁的第一位夫人李秀文，当时住在桂林），还想到乡下看养鸭子的地方。这是怎么回事呢？'文革'开始后，李宗仁对胡友松说过：'若梅（胡友松的小名），在北京实在待不下了，我们就回老家。院子里有个池塘，我们就在池塘里养鸭子过日子。'"

1969年，李宗仁在北京去世。1949年后，他就再也没有回过浪头村。李宗仁故居的池塘里已经多年没有鸭子，如镜的水面仿佛从未荡起过任何波澜。

几年前，我到美国采访的时候，曾联系过住在加州圣塔芭芭拉的白先勇，他正在写关于父亲白崇禧的传记。我在电话里提到我来自桂林，于是，接下来的对话是用桂林话进行的。白先勇的桂林话讲得非常流利，而且，他说话的语气带着过往年代的气息，跟现在的桂林话不太一样。那次约访，由于一些原因，没能成行。

几个月前，我从视频直播上看到白先勇回到桂林，讲一本细说红楼梦的书。白先勇讲《红楼梦》是合适的。我甚至觉得，他是当世最有可能写出《红楼梦》的作家。可是他似乎已经志不在此。

桂林榕湖边上将建成白先勇文学馆。文学馆所在的小楼我去过几次，那里曾是白崇禧的一处故居。新闻报道里说，白先勇在桂林的每顿饭都在吃米粉。

在北京，媒体同行会有一些聚会。有一次，在吃晚饭的时候，一位老家是湖北的同行忽然问我："你知道广西有个叫平乐的地方吗？"

我一下蒙了。因为除了广西人，还没有谁在我面前提到过平乐。平乐是个小地方，跟别人说起自己的家乡，得先说到桂林，然后告诉别人，平乐是桂林下属的一个县，在漓江的尾巴上。

我跟这位同行说："我就是平乐人。"

"那你听说过张一气吗？"同行问。

张一气是平乐源头人，民国时期唯一做过广西省政府主席的平乐人。那时已是新桂系李、白、黄控制下的广西，张一气作为文职官员，无法发挥太多作用，后来他出走香港，再后来，回到平乐，在榕津创办了一所中学。

"张一气是我的外曾祖父。"同行说。

张一气的一个儿子后来成了北大国际关系学院的教授。我二叔公跟我说过,他们是平乐中学同学。教授的弟弟是这位同行的外公。

从餐馆到地铁,我们聊了一路老一辈的故事。各自回到家中后,我从一大摞书里找到一本县志,把关于她外曾祖父的那一部分拍下来发给她,她又把家人所著之书的某些段落发给我。两人短信往来,直到深夜。这是一个神奇的夜晚,两个生活在北京的媒体人,忽然就被抛入了他们并没有生活过的时空。

在北京的办公室里,有一天,我收到一封来自桂林的信。信是我采访过的梁辉的女儿写的。她告诉我,她的父亲在前段时间去世了。她说,父亲当年在北平行辕做警卫的时候,曾经在中南海里有过留影,如果能够找到,那该多好啊。

初夏的一个上午,我到北海公园游玩,泛舟水上,那是小时候在歌声里听到过很多次的场景——"让我们荡起双桨,小船儿推开波浪"。小船往南行驶到一定地方,就得掉头了,因为那边是中南海。

我想起在桂林采访梁辉的时候,他说,在北平行辕当警卫的那几年,是他人生里难得平静的几年,他差不多每天下班后,都会从中南海里钓几条鱼,拿回去煮来吃。

我坐在北海公园的小船上,看着水面,想着梁辉描述的场景,想着这一百多年里,那些远离家乡去寻找激动和平静瞬间的人们,有些茫然。船身在水上起伏,发出轻微的声响,周围环绕着绿树红墙,白塔倒映在水面上。

致　谢

　　这本书的出版，我要先感谢我的爸妈，尤其是我妈。很多年前，我妈就跟我说："你得写书，你怎么能不写书呢？"写这本书的时候，爸妈一直在督促我。爸妈给了我巨大的写作动力。

　　感谢我的亲人。他们让我开始去理解人生。我很小的时候，有一次，爷爷的朋友来家里玩，爷爷让我在地板上用滑石块写字给大家看。我把堂屋的地都写满了，一直写到家门口。爷爷很高兴。我意识到了写字的某种力量。我一直写到了现在。

　　在我写书这件事情上，许多人比我更有信心。在南宁工作的时候，我的同事唐丽娜就对我说："你以后会离开南宁的，你以后会写书的，写书的话，你得提到我。"果然，就像她说的那样，我离开了南宁，现在也写出了一本书。我把书稿寄给她看。她看了之后，没发现自己的名字，说要给差评。为了不让她给差评，于是我就在这里把她写了进来。其实她给了我的书很高评价，就好像我当年迷茫的时候，像她这样的同事和朋友，给了我许多帮助和鼓励。

　　感谢南宁的徐意伟老师。在南宁的时候，我忙忙碌碌，忙得快失去方向。每周最轻松的事情，就是跟着徐老师和一群骑车爱好者去骑自行车。徐老师说："不要烦恼，你会走得很远的，不会一直是这样。"当年作为特约撰稿人，我给《南方人物周刊》写的第一篇稿子，就是徐老师带我去采访的。

感谢《南方人物周刊》的前主编徐列、前副主编万静波、副主编杨子。他们是我刚入职《南方人物周刊》时的领导。我能在这里工作，他们是我的领路人。人生不如意十之八九，为《南方人物周刊》工作，是少数让我感到如意的事情。

来《南方人物周刊》十年了，我大部分的时间都在采访、写稿，接触最多的人是编辑。其中，编我稿子最多的是郑廷鑫。对于写作的探讨，跟编辑的交流使我受益。

感谢现在和曾在《南方人物周刊》工作的所有同事。人数太多，就不一一列举了，不然好几页都不够用。在如今的时代，这是极为难得的群体，在这里，你能感受到这个国家的希望。

感谢所有的受访者。感谢他们向我说出了自己的观点和故事。没有他们，就没有这本书的大部分内容。

感谢出版社的各位工作人员。他们为这本书的出版付出了辛勤的劳动。

感谢为我推荐这本书的各位老师。他们的名字那么闪耀，许多是我从小在书上看到的令我景仰的名字。当他们的名字出现在这本书的腰封上，成为推荐人的时候，我感到高兴，也感到不安，我希望我能做得更好一点，不辜负他们的推荐。

感谢我的前同事阿蕾（Nath），她为这本书画了漂亮的封面，并不厌其烦地按照我和出版社的意见进行了许多次修改。

这本书在设计封面的时候，我想让我年少时的书法老师黄益香题写书名。我非常喜欢黄老师的字。当年面对着一大堆字帖，黄老师对我说："你不需要写得像任何一个人，你要成为的是你自己。"

很多年没跟黄老师见面了。我回到家乡，提着他爱喝的三花酒去找他。他家在半山腰，以前去他家，看到门口他写的对联，就到了。可是，这次，

致 谢 / 279

我迷路了。我向路边的一位阿婆问路。阿婆说:"你背后就是他家,他去年去世了。"我转过头去,发现果然是黄老师家,只是门口没有了他写的对联。

我爸跟我说,要不你自己写吧。回到北京后,我买来纸墨,提起好久没用的毛笔,给自己的书写了"寻找桃花源"几个字。我把这视作黄老师对我的鼓励。

在"寻找桃花源"的路上,人事在变迁。一些我曾经写过的人,他们如今已不在了。一些人如今的境况,跟我写的时候已经不一样了。还有一些我写的人,我从未见过。可是在文字里,他们如在眼前。这大概便是文字的力量。

感谢所有在文字内外给了我力量的人。

感谢所有陪伴我和给我指路的人。

感谢所有读者。谢谢你们看这本书。

谢谢各位。

卫毅

2017年8月于北京